老殘遊記・帝國的最後一瞥

簡錦松・編撰

中國歷代經典寶庫

21

出版的話

時報文化出版的《中國歷代經典寶庫》已經陪大家走過三十多個年頭。無論是早期的紅底燙金精裝「典藏版」，還是50開大的「袖珍版」口袋書，或是25開的平裝「普及版」，都深得各層級讀者的喜愛，多年來不斷再版、複印、流傳。寶庫裡的典籍，也在時代的巨變洪流之中，擎著明燈，屹立不搖，引領莘莘學子走進經典殿堂。

這套經典寶庫能夠誕生，必須感謝許多幕後英雄。尤其是推手之一的高信疆先生，他秉持為中華文化傳承，為古代經典賦予新時代精神的使命，邀請五、六十位專家學者共同完成這套鉅作。二〇〇九年，高先生不幸辭世，今日重讀他的論述，仍讓人深深感受到他對中華文化的熱愛，以及他殷殷切切，不殫編務繁瑣而規劃的宏偉藍圖。他特別強調：

中國文化的基調，是傾向於人間的；是關心人生，參與人生，反映人生的。我們的聖賢才智，歷代著述，大多圍繞著一個主題：治亂興廢與世道人心。無論是春秋戰國的諸子哲學，漢魏各家的傳經事業，韓柳歐蘇的道德文章，程朱陸王的心性義理；無論是貴族屈原的憂患獨歎，樵夫惠能的頓悟眾生；無論是先民傳唱的詩歌、戲曲，村里講談的平話、小說……等等種種，隨時都洋溢著那樣強烈的平民性格、鄉土芬芳，以及它那無所不備的人倫大愛；一種對平凡事物的尊敬，對社會家國的情懷，對蒼生萬有的期待，激盪交融，相互輝耀，繽紛燦爛的造成了中國。平易近人、博大久遠的中國。

可是，生為這一個文化傳承者的現代中國人，對於這樣一個親民愛人、胸懷天下的文明，這樣一個塑造了我們、呵護了我們幾千年的文化母體，可有多少認識？多少理解？又有多少接觸的機會，把握的可能呢？

參與這套書的編撰者多達五、六十位專家學者，大家當年都是滿懷理想與抱負的有志之士，他們努力將經典活潑化、趣味化、生活化、平民化，為的就是讓更多的青年能夠了解繽紛燦爛的中國文化。過去三十多年的歲月裡，大多數的參與者都還在文化界或學術領域發光發熱，許多學者更是當今獨當一面的俊彥。

三十年後，《中國歷代經典寶庫》也進入數位化的時代。我們重新掃描原著，針對時代需求與讀者喜好進行大幅度修訂與編排。在張水金先生的協助之下，我們就原來的六十多冊書種，精挑出最具代表性的四十種，並增編《大學中庸》和《易經》，使寶庫的體系更加完整。這四十二種經典涵蓋經史子集，並以文學與經史兩大類別和朝代為經緯編綴而成，進一步貫穿我國歷史文化發展的脈絡。在出版順序上，首先推出文學類的典籍，依序有詩詞、奇幻、小說、傳奇、戲曲等。這類文學作品相對簡單，有趣易讀，適合做為一般讀者（特別是青少年）的入門書；接著推出四書五經、諸子百家、史書、佛學等等，引導讀者進入經典殿堂。

在體例上也力求統整，尤其針對詩詞類做全新的整編。古詩詞裡有許多古代用語，需用現代語言翻譯，我們特別將原詩詞和語譯排列成上下欄，便於迅速掌握全詩的意旨；並在生難字詞旁邊加上國語注音，讓讀者在朗讀中體會古詩詞之美。目前全世界風行華語學習，為了讓經典寶庫躍上國際舞台，我們更在國語注音下面加入漢語拼音，希望有華語處，就有經典寶庫的蹤影。

《中國歷代經典寶庫》從一個構想開始，已然開花、結果。在傳承的同時，我們也順應時代潮流做了修訂與創新，讓現代與傳統永遠相互輝映。

時報出版編輯部

【導讀】

冷眼熱腸，書寫人間世

簡錦松

《老殘遊記》這部書，嚴格說起來，不能算是一部遊記，因為作者所投入的書中人物，都是用化名和影射的，沒有遊記的真確性；再者，書中側重的是許多事件的所聞所見，對自然景物和風土民俗反而描繪得少。基於這兩點認識，如把這部書歸類於小說這一部門，是比較恰當的。但是，比起其他著名的晚清小說，又有一點不太相同，就是作者很明顯的將自己化入書中，自導自演地支配一切情節的發展。

那麼，作者的意願表現在哪裡呢？就是在人物本身的意義上。《老殘遊記》中共有三種人物：

一、象徵理想的正面人物，這一種又分兩類：

㈠德行上的理想人物：文章伯、德慧生（文德）、劉仁甫（武德）。

㈡行為上的理想人物：老殘（名鐵英，字補殘）、嶼姑、黃龍子、青龍子。

二、作者譴責對象的反面人物：

玉賢、剛弼。

三、配角人物：

莊宮保、申東造、申東平、黃人瑞。

其他還出現的許多角色，不太重要，就不贅述了。

在這部書裡，劉鶚利用帶著理想色彩的正面人物，和配角人物搭配成沖和的理想界域，然後傾其全力地譴責代表反面人物的剛、玉二名官僚。整個結構，並不複雜。以下我再把各角色一一介紹：

作者所塑造的「老殘」，是個充分理想化的角色。這個人的性格是正直、不慕榮利，而且愛打抱不平的；最重要的是，作者賦予了他全能的能力。這樣的人物性格，一般說來，要在公案小說裡的主角才能夠具備：如包龍圖、彭青天都是。但在《老殘遊記》中，卻由一個非官員身分的人物來擔當，可能劉鶚在塑造老殘時，根本就存在公案式的俠義心理。不過，劉鶚仍然比較進步了，他以醫者形象來代替御史形象。他確認官僚們循常守舊不能根本解決民困，惟有研究病因，從事改革，才能救人之命。由這一點，不僅可體會他教老殘搖著串鈴的苦心，而且還透露出作為一名改良主義者的特性來。

至於其他的正面人物，像文章伯和德慧生，從名字就可以看出它們的涵義了。嶼姑、黃龍子和申東平在桃花山中的一段奇遇，大概劉鶚是把自己再度化身為嶼、黃二人；所以，嶼、黃二人，本質上就是另兩個老殘，都是作者的化身。

整部書中，除了劉鶚以千變萬化的化身在隨機說法之外，具體的事件，就是玉賢的殘民以逞與剛弼的剛愎自用，及治黃河三件。玉賢這個角色，是影射毓賢的，他曾經做過曹州知府和山東巡撫。剛弼一方面是剛愎的諧音，一方面也是影射另一個人——剛毅，這人極端地痛恨洋人，義和團事件的發生，受他鼓舞的地方很多。後來隨慈禧、光緒一行逃到西安（《老殘遊記》發表後，據說剛毅十分憤恨，後來劉鶚獲罪流放，便是他公報私仇）。「遊記」中對二人嚴酷、愚闇的辦案態度，做了深具譴責意味的暴露，痛切地指責他們違背人民的利益，只求自己升官。在以官治民的清廷統治時代，這樣暴露官吏的基本人格和心理上的缺點的一部書，可以說相當具有社會史的意義。

以上介紹了正反兩面的主要人物，這些人物，向來都是受人矚目的。現在，請再看一些配角人物。

莊宮保，名曜，是影射當時的山東巡撫張曜。劉鶚以諒解的態度來寫這位在書中地位最高的人物，稱讚他禮賢下士，廣納眾議，是個有仁心的官員。不過，劉鶚也藉著他暴露了官僚的習氣，書中說到當莊宮保聽到他所賞識的玉賢，竟是個草菅人命的酷吏時，為了情面，並不肯立刻撤換。

中東造，新任城武縣縣令，對衣食的享受，非常重視；他引為美味的松花鷄，乃是由縣民頗不容易得到而送來的。試想，縣民為什麼要送鷄來呢？這和收受賄賂已相去不遠了。

申東平，是東造的弟弟。東平在桃花山遇虎，然後見到嶼姑、黃龍子的一段奇遇，充分地表現了當時讀書人普遍的樣態，筆裡行間，有嘲諷的意味。

黃人瑞，名應圖，人瑞是他的字。此人嗜食鴉片，喜近女色，又是個愛好美食的人；當北方城鎮窮困破落時，他在客棧的上房裡，一面烤著火，一面吃著名叫「一品鍋」的火鍋，還嫌棄味道太老，直到換上新鮮燉鷄，才肯泡湯吃下一碗飯。他不能作詩文，又別無所長；卻因為兄長與軍機大臣有特殊交情，便混了個好差事。

當然，莊、二申、黃氏四人，在遊記中都還有好的表現。如莊宮保的禮賢下士；二申為了不願和玉賢同流合汙，甘冒冰雪，到桃花山中聘請賢士劉仁甫。黃人瑞性格豪爽、有正義心，救翠環和救賈魏氏兩案，他出力尤多。

在清點了書中的主要人物之後，對於《老殘遊記》的主旨，就不難掌握了。我想劉鶚本意，是希望讀者能和他一樣，肯定官僚中也有不壞的人，甚至於說——以代表最高階層的莊宮保來說——在上者並沒有大錯；只是下面的僚屬（玉賢、剛弼）做事有了偏差。想當然的，只要有了像老殘這樣好的「政治良醫」或「政治清道夫」，替他去疾消腫，那麼在上者未嘗不可擁護。不過，如果讀者容許我背叛劉鶚的旨意的話，我不得不指出，我們從《老殘遊記》許多配角的壞習氣來觀察，卻不得不深感寒心；也就是說，這些官僚雖然不乏求好之心，無如積習太深，想改正也改不過來了，這一點才是深深值得後人觀照和炯戒的。也可以說，借著劉鶚的不敢正面凝視的問題，我們反而得到，對這個大清帝國極為清晰的最後一瞥。

時光流逝，永遠比人間的遷變來得迅快。百年來，中國從帝王統治的碩大陰影下，逃了出來，至今驚魂仍然未定。午夜凜寒中，讀到《老殘遊記》這種不惜破除情面，極力批評官僚的醜陋形象的大手筆，不禁對劉鶚的正直氣魄，以及當時人們言論開放的程度，感到萬分驚佩！從這部書以及其他譴責小說的出版和流傳，使後人對於清廷會有更清晰的認識，對於今後國家的前途，將會有更多的設想吧？這些日子來，我閉上眼睛，就彷彿看見那位曾得異人傳授，搖著串鈴，一步一步地踏在夕陽紅暉中遠去的老殘。

我們國家，多麼需要這種具有醫者襟懷的小民呀！

【改寫的話】

《老殘遊記》的篇幅，在中國古典的白話小說中，並不算長，文字也不算艱深；因此，我改寫的重點，就放在文學技巧這部分：在不損害原書的宗旨和趣味下，把前後結構，做了一點可能的更動；某些人物的個性需要凸顯出來的，我也添加了一點筆墨。原書的白話，現在看起來，仍覺得受到文言的拘束很大，尤其是在寫景狀物時特別顯著，改寫時都譯成更接近現代的白話，如大明湖、黑妞白妞說書等處皆是。

此外，必須說明一點，本書改寫的內容，僅以初編二十回為對象，二集和外編，概不採用。理由有二：

1.初編二十回，結構雖有小疵，尚不失為一完整作品。書中敘述的內容，從老殘進入山東開始，到離開山東結束，時空的交代也很清楚。劉鶚在一九〇四年發表《老殘遊記》時，僅僅寫到二十回結束，定然也是基於這個認識。《二集》的內容，前六回講尼姑庵的逸雲，後三回講地獄變相，與前二十回很少關聯不說，內容也有可議之處。

2.二集後三回神怪不足觀，前六回寫逸雲，其實就是初編裡寫嶼姑的翻版，劉鶚對這一個理想人物的角色，極為鍾情，所以一寫再寫。其實寫嶼姑時，猶不失聰明可愛；寫到逸雲，處處賣弄佛理，強作徹悟，反而不如初編的文章。所以，依「重複且質劣則不取」的原則，刪掉這一大段。

不過，為了滿足部分讀者的需要，我還是把二集的前六回摘錄附載在本書後頭，填補原典精選的位置，其實哪裡是精選呢！至於後二集的三回過於拙劣，外編殘稿也一無足觀，就不附錄了。

老殘遊記◆帝國的最後一瞥　目次

蓬閣風多，敗檣波立，
夢回少駐初程

一、蓬閣風多，敗檣波立，夢回少駐初程

溼雲如潑開的水墨，迅速地壓上黃大戶家的白牆；雨，還未下來，空氣中已經有了絲絲的溼意。

黃大戶是當地人對老地主黃瑞和的稱呼，黃老爺子害了一個奇怪的病，每年夏天，渾身總會潰爛幾個窟窿，今年治好這處，明年又在別處爛上幾個地方，藥也吃過不少，就是沒有起色。幸好這病每到秋分時節，就不要緊了，倒是不幸中的大幸。

這天，黃家大宅的上房中，管事的黃福著急地搓揉著雙手，向一位中年模樣的醫者，低聲詢問道：

「先生，治得好嗎？」

中年人像有滿懷的委屈，一字一字緩緩地說著：

「法子盡有，只是你們未必肯依我的法子去做。這樣吧，若要老爺子的病永不發作，也沒有什麼難處，只須依著古人的法子，就不會錯了。」

說著，他感慨地注視著管事的黃福，接下去道：

「別的病是神農黃帝傳下的方子，惟獨此病是大禹傳下來的方子才有用；歷史上只有唐朝王景曾經得到這個祕方，以後就沒有人知道了。這也是奇緣，偏偏我也懂得這個方子。」

屋簷外，細雨潺潺；房中的兩個人，似乎一點也沒有聽到。

中年人開出的藥方，果然靈驗，往年是一處醫好，一處又潰爛起來，今年雖然小有潰爛，卻是一個窟窿也沒有。漸漸秋色漸深，病勢已經不要緊了。

你道，這中年神醫是誰？此人原姓鐵，單名一個英字，號補殘。大家因為他為人頗正直，都器重他，叫他老殘。不知不覺的，「老殘」二字便成了他的新別號。老殘今年不過三十五歲，原是江南人氏，曾經讀過幾年書，參加過科舉考試，也曾學過生意，都沒有成功。有一天，他江南的老家來了個道士，治病很是靈效，老殘就拜他為師，學了幾句應用口訣，從此也就抱個串鈴子，替人看病去了。奔走江湖，也有十幾年了。

閒話休提。卻說山東這個地方，三面環海，北面登州府東門外有座名山，山上有個閣子，名叫蓬萊閣。這閣造得形勢極好，西邊看去，是城中萬家屋宇；東邊看去，又是海上波濤，崢嶸千里，夙稱山東名勝。遠近遊客，往往在下午挑酒擔食的，預先在閣中住宿，準備次日天明時，看海中日出。老殘久有一遊的念頭，不料連日來，黄大戶一家人為慶祝老爺子的病癒，日日演戲宴客，把老殘鬧得疲憊不堪。

這天下午，老殘多喝了幾杯酒，就倚在自己房裡一張便榻上休息。剛闔上眼睛，外邊就來了兩個人，一個叫文章伯，一個叫德慧生，兩人都是老殘的至友，見了老殘便一起說：

「這樣的好天氣，你蹲在家裡做什麼呢？」

老殘連忙起身招呼，一面說：

「我這兩天來應酬太多，正想出門走走呢！」

文章伯向德慧生望了一眼說：

「我們現在要往登州府遊遊蓬萊閣，特地過來約你的，車子已經等在門口，快走吧！」

老殘心想，這一去便不要再回黃大戶家裡，就把隨身的行李收拾收拾——其實，也不過是數冊古書，幾件西洋儀器，並不難收檢。整理妥當，就這樣上車去了。

到了登州，三人就在蓬萊閣訂了兩間客房住下。這時正是九月七日，月色十分好看，老殘向文、德二人道：「人人都說日出好看，其實今夜的月色更是奇絕，我們何妨徹夜不睡，領略領略這風光才好。」

二人正有此意，都道：

「老兄有此清興，弟等一定奉陪。」

三人就敞開了軒窗，趁著月光，開了兩瓶清酒，取出攜來的餚饌果子，一面吃酒，一面談心，不知不覺東方已漸漸放出光明。德慧生望了望天色，驚叫起來道：

「不好！今天的日出是看不成了。」

老殘和文章伯正取了禦寒的毯子，準備到閣子上頭，聽他一嚷，才發現滿天空都是厚厚的雲絮。老殘道：

「『天風海水，能移我情』，古人不是這樣說嗎？即使看不到日出，也不算辜負此行。」

於是三人都帶了望遠鏡，從閣子後面的扶梯，曲折地攀上去，一到閣上，風吹得更緊，彷彿閣子都要搖動似的。天上雲葉子一片片疊起，只見北邊一片大雲，飛到中間，將原有的雲，壓了下來，並且將東邊一片雲擠得越逼越緊，越緊越不能相讓，情狀十分詭譎。海中間呢？白浪如山，一望無際，靠東北的方向，隱隱的有數點青煙，最近的是長山島，最遠的便是大竹、大黑等島了。看著看著，遠近四方忽然變成一片紅光，想是太陽在雲層背後升起了。

老殘和慧生朝東觀看，回頭忽見文章伯正在用望遠鏡凝視，於是兩人也拿出望遠鏡觀看，原來在海天交界處有極細的一絲黑線，隨波出沒，大約是一艘西洋的輪船。看了一回，那輪船也就過去了。老殘和章伯便放下望遠鏡。

慧生還拿著望遠鏡，左右窺視，正在凝神，忽然大叫：

「哎呀！哎呀！你瞧！那邊一艘帆船，在洪波巨浪中，好危險呀！」

兩人齊道：

「在什麼地方？」

慧生道：

「你望向正東北處，就在長山島的這邊，漸漸向我們這邊駛來。」

兩人用望遠鏡一看，都道：「是呀！實在危險極了，幸好是向這邊來，不過二三十里就可泊岸了。」

隔了一點鐘之後，那船來得已經很近了。三人用望遠鏡細看，原來是一艘二十三四丈長的大船；船主坐在當中的舵樓上，樓下四人，專管轉舵的事；前後六枝桅杆，掛著六扇舊帆；又有兩枝新桅，掛著一扇簇新的帆，一扇半新不舊的帆，合計起來，便有八枝桅杆。船身吃水很深，想必艙裡已經裝滿各項貨物。幾乎所有的乘客，男男女女不計其數，都坐在船面上，卻沒有篷窗遮蓋風日。這天風浪又大，臉上有北風吹著，身上被浪花濺著，又溼又寒，又飢又怕；整艘船上的人，都有民不聊生的氣象。

乘客以外，那八扇帆下，各有兩人專管繩腳的事，船頭及船面上，有些來回走動的人，彷彿是水手的打扮。

這船雖有二十三四丈長，卻是破損的地方不少：東邊有一塊，約有三四丈長短，已經破了個大洞，浪花直灌進去；那旁邊——也是東邊——另一塊丈許長的，水波也漸漸浸入，其餘的地方，沒有一處無傷痕。

那八個管帆的，倒是認真地在那裡照管；又是各人管各人的一扇帆，彷彿在八艘船上似的，彼此不相關照。那些水手，只管在坐船的男男女女堆裡亂竄，不知道在做什麼。用望遠鏡仔細看，才知道他們在那裡搜括乘客所帶的乾糧，也有的正在剝客人身上穿的衣服。

章伯看得真切，不禁有氣，狂叫道：

「這些該死的奴才！你看！眼見這船就要沉了，不知想法補救補救，早點靠岸，反而在那裡蹂躪好人，氣死我了。」

慧生道：

「章哥不用著急，這船現在離岸不過七八里路，等它泊定以後，我們上去勸勸他們好了。」

正在說話的時候，忽見那船上殺了幾個人，拋下海去，轉過舵來，又向東邊大洋裡去，不願泊岸。章伯氣得兩腳直跳，罵道：

「好好的一船人，許多生靈，無緣無故斷送在幾個駕駛人手裡，豈不冤枉！」

沉思了一會兒，又說：

「好在我們山腳下，有的是漁船，何不駕駛一艘去，將那幾個駕駛的人打死，換上幾個，豈不救了一船人的性命。」

慧生聽了，皺起眉頭，向老殘望了一眼。老殘會意地向章伯笑著說：

「此計甚妙，不知你要帶幾營人馬去？」

章伯憤憤說：

「殘哥怎麼也這樣糊塗呢？此時此刻，哪有幾營人來給你帶去？自然是我們三個人去。」

老殘說：

「既然如此，他們船上駕駛的不下二百多人，我們三個人要去殺他，恐怕只會送死，不會成功，慧生，你說是嗎？」慧生點點頭。

章伯一想，理由倒也不錯，便道：

「依你怎麼樣？難道白白看他們死嗎？」

老殘說：

「依我看來，駕駛的人，也並沒有錯，只是有兩個緣故，所以就把這船弄得狼狽不堪了。怎麼說呢？第一，他們平常走慣了風平浪靜的水面，在那種場合，他駕駛得也有操縱自如之妙；不料今天遇到這大風大浪，所以手足無措。第二，他們未曾準備方針，平常晴天的時候，照著老法子去走，又有日月星辰可看，所以南北東西，還沒有大錯；哪知遇上陰天，日月星辰看不見了，就不知道東南西北，越走越錯起來。為今之計，依章兄的法子，駕駛一艘漁船，追上他們；但不是去殺那駕駛的，反而要把羅盤送給他，他有了方向，就會走了；再將這有風浪無風浪時駕駛不同之處，告知船主，他們曉得了，不就可以安全上岸了嗎？」

慧生便挽了章伯、老殘，道：

「極是！極是！我們就快去吧！不然，這一船人實在危險極了。」

說著，三人就下閣子，在山腳下覓了一艘輕快漁船，掛起帆來，一直追向前去。這日颳的是北風，使起帆來，分外趁手。一霎時，離大船已經不遠了；連船上人說話的聲音都聽得見了。

三人靠近一聽才知道那船上除了管船的人在搜括眾人財物外，又有一種人，正在演講。只聽他說道：

「你們各人都是出了船錢坐船的，況且——這船也就是你們祖先遺下的產業，現在被幾個駕駛人弄得破損不堪，眼下就要沉沒了；你們全家老小性命都在船上，難道要坐在這裡等死嗎？就不想個法子挽救？真是沒知識的奴才！」

眾人被他罵得啞口無言，內中便有幾個人出來說話：

「你這先生所說的，都是我們肺腑中說不出的話。今天被先生提醒，我們實在感激得很；只是請教有什麼法子呢？」

那人便道：

「你們知道：現在是非錢不行的世界，你們大家捐幾個錢出來；我們拿出本領，奮起精神，拚著幾個人流血犧牲，替你們爭個萬世安穩自由的基業，你們看好不好呢？」

眾人聽說，一起拍手叫好。

章伯遠遠的聽見，對二人說：

「沒想到船上還有這等英雄豪傑之士，早知如此，我們便不必來了。」

慧生道：

「倒也不甚見得，不如這樣好了，我們遠遠地跟著他，看看發展如何，再說吧！」

老殘點點頭，道：

「慧哥所說甚是，我看這班人恐怕是做不好的，只是用幾句新潮的口號來搧動人，騙幾個錢用用罷了。」

當時三人便將帆葉放下，緩緩地隨大船走。只見那船上男女捐獻了許多錢，交到演說人的手裡，等著看他有一番作為。哪知那演說的人，兩手抓著錢袋，爬上一塊眾人傷害不著的地方，立住了腳，便高聲叫道：

「你們這些沒血性的人！涼血種類的畜生！還不趕緊去打那個掌舵的嗎？」又道：

「你們還不把管船的，一個一個殺了嗎？」

就有些不懂事的少年，聽他的話去打掌舵的，也有去罵船主的，都被水手們殺死拋下海去。

那個演說的人，看看不能成功，又在高處大叫道：

「你們為什麼不能團結，如果全船人一齊動手，還怕打不過他們少數人嗎？」

正在劍拔弩張的當兒，只見船上一些年長的人，也高聲叫道：

「諸位萬萬不可亂來，倘若照他的話去做，勝負未分，船先翻了！萬萬不可亂來！」

慧生聽到這裡，向章伯道：

「原來這裡的大英雄只管自己要錢，叫別人流血的！」

老殘也道：

「幸而尚有幾個老成持重的人，不然，這船翻得更快了。」

說著，三人便拉上帆葉，頃刻追上大船，大船上放下繩梯，三人便攀了上去，走到舵樓底下，深深地作了一個揖，把自己帶來的羅盤及紀限儀器等，取出呈上。舵工看見，倒也和氣，便問這東西怎樣用法？有何益處？正在說話間，下面的水手裡面，忽然起了咆哮，說道：

「船主！船主！千萬不可被這幫人騙了，他們帶來的是外國羅盤，一定是洋鬼子差遣來的漢奸。他們是天主教，他們把這艘大船，已經賣給洋鬼子了，所以才有這個羅盤。請船主趕快把那三個人殺了，免除後患！倘若和他們多說幾句話，再用了他們的羅盤，就算收了洋鬼子的定錢，他們就要來取我們的船了。」

經過這一陣喧吵，滿船的人，都被他震驚，連演說的英雄豪傑，也在那裡喊道：

「這是賣船的漢奸，快殺！快殺！」

船主舵工聽了，都猶疑不定。其中一位舵工好意地勸他們道：

「你們三位來意甚善，只是眾怒難犯，趕快去吧！」

三人含著淚水，低頭跳進小船，就要離開；哪知大船的人，餘怒未息，看三人下了小船，便用船上一些斷樁破板，砸將下去。你想小小一條漁船，怎禁得起幾百個人用力亂砸，頃刻間，便粉身碎骨沉下海底去了！

老殘「哎呀！」叫了出來，原來是南柯一夢。

過千年歷下，
正水霽煙澄

二、過千年歷下，正水霽煙澄

一

從十一月初起，濟南城裡，就瀟瀟疏疏地下起雨來，一連下了四五天，到了初五傍晚，才逐漸放出一角藍天，擠出幾絲窄窄的陽光。

秋天彷彿剛剛過去，附近寒山紅葉，老圃黃花，還是深秋九月的景致；經過這一番雨梳風洗，雖然紅葉飄落不少，景色怡人的情味，反而更添加了幾分。

這時，在小布政街上的高陞店門口，正有一個背影，迎著傍晚的斜照，向西邊走去，想趁這個時候，多汲取一點濟南的美景吧！

「江南好，風景舊曾諳，此地的風景，不減江南。」那人喃喃自語道。

走到鵲華橋邊，卻看不到半條船。那大明湖在晚風中，皺起無數細線般的小紋，從岸邊向湖心伸出去，再遠一點的地方，便不覺得了，只覺得澄清得如同鏡子一般。

那千佛山的倒影，映在湖面上，明白得像畫出來那樣。山上的樓臺樹木，都映得清清楚楚，比上頭那個真正的千佛山，還要好看，還要有趣。

鵲華橋畔過去，卻有一叢蘆葦，綿延好幾里路；這時正是開花的時候，一片白花，映著帶水氣的斜陽，好像一條粉紅絨毯，做了那山和水的墊子，遠遠看去，一重疊著一重，分外美麗。

「如此佳景，為什麼沒有遊船？」那人嘆息了一會兒，便轉身回來，走到高陞店門口，忽然店裡一人出來，道：

「殘哥，好久不見了！」

那人注視了半晌，也歡聲道：「夢湘兄，久違了。」

兩人便拉著手進到房裡，王夢湘先道：「殘哥，我先到濟南，住了半個多月，昨天聽說你也來到這裡，便急著過來相見，卻被這場大雨擋住了。」

老殘道：「說的是呢！我從這個月初一到的，幾天來都在下雨，一步也出去不得。」

夢湘道：「濟南的天氣算是好的，像這樣的雨天，半月來還是第一次，卻給殘兄遇上了。」

老殘道：「也沒有怎麼樣，雨後新晴，風景越發好了，可見有一利必有一弊，有一弊必有一利呢！」

又說了一些閒話，夢湘便告辭去了，並約好次日一同遊覽大明湖。

第二天，老殘清晨起來，吃過點心，卻不見夢湘來；等了一個多鐘點，只好自己搖著串鈴，出門去了，在街上踅了幾圈，仍不放心，回到店裡吃過午飯，那夢湘還沒有來，老殘無法，只得留了字條，獨自遊賞去了。

走了幾步，依舊到鵲華橋邊；這天冬陽和煦，昨日那種清涼的景致，又變成一種迷迷濛濛的氣氛。老殘走到橋下，見有船可雇，便雇了一條小船，朝北盪去。

舟行不遠，便到了歷下亭前，上岸進去，過了一重大門，只有一個亭子，油漆已經大半剝落掉了。亭上還懸著一副對聯，寫的是杜甫的詩句：

歷下此亭古
濟南名士多

再看下款，原來是道州何紹基寫的。何紹基是本朝乾隆年間著名的書法家，這十個字，寫得還好。

亭子旁邊，當地人隨便建了幾間房子，破落得很。老殘覺得無趣，便從原路折回，走到岸邊，卻不見原來的船夫，只見小船後面，跳過來一個十二三歲大的男孩，彎著腰來解纜繩，向老殘招手。

老殘道：「你家的大人呢？剛才還在這裡，為什麼換你來呢？你去喊他，說客人要走了。」

那孩子嘻嘻笑道：「何叔叔在庵裡有事，先過去了，我來服侍您老，也是一樣的。」說著，用手向湖上一指。

老殘順手看去，果然有一條小船，向對面千佛山盪去，已經去得很遠了，便回頭道：「我們在這裡等他，你一個小孩，做不來的。」

那孩子道：「您老別看我小，不會有問題的。」

爭了許久，老殘半信半疑，若要等下去，又怕那船夫一去不返，只好上船，依舊向西盪去，那船果然走得平穩，與初時一般無二。不久，又到了鐵公祠畔。

這個鐵公是誰呢？就是明朝初年與燕王為難的那個鐵鉉，後來燕王趕走建文帝，自己做了皇帝，把鐵鉉全家滅門。地方人士敬仰他的忠義，替他建了這個祠堂；每年春、秋兩次，都有人來給他燒香祭拜。

老殘站在鐵公祠前，朝南一望，只見對面千佛山上，梵宮僧樓，與那蒼松翠柏，高下相間；紅的火紅，白的雪白，青的靛青，綠的碧綠。不像昨日在鵲華橋畔，只看見半山的丹楓，染成一片醉紅。從這個角度看去。丹楓只有一株半株，夾在松柏之間，淡淡地點綴著，彷彿是宋人趙千里的一幅大畫，做了一架數十里長的屏風似的。

正在歎賞不絕，忽聽水面嘔啞數聲，一艘漁船緩緩駛過，老殘想：「能在如此山水中優遊一世，不知道要怎樣快活呢？」

看了一會兒，回轉身來，看那大門裡面楹柱上，掛著一副對聯，寫的是：

四面荷花三面柳
一城山色半城湖

老殘點點頭道：「真是不錯。」再進去便是鐵公的享堂。過了享堂，朝東有一個荷花池，池畔曲曲折折地修了一條迴廊；穿過迴廊，到了荷池東面，是一座圓圓的月門，月門東邊，有三間老屋子，上面的瓦片已經破損不少。

老殘走近一看，屋子正中央懸著一塊匾額，卻破了一半，依稀認出是「古水仙祠」四字的上一半。祠內掛著一副對聯，寫的是：

一盞寒泉薦秋菊
三更畫舫穿藕花

意思雖然不錯，字上面卻爬滿了蛛絲；老殘再近前一看，那供桌上的杯盤，也有幾個是破的，有幾個歪倒在那裡，都沒人管。老殘心想：「國人對古蹟的保存，也太不注意了。」一嘆息一會兒，便走到荷花池畔。

那時那孩子已把小船駛進荷池，載了老殘，向歷下亭後面駛去。兩邊荷葉荷花，把小船輕輕夾住；那荷葉是剛剛才枯過的，擦得小船嗤嗤價響；幾隻水鳥，有的被槳聲驚起，不斷地振翅飛去，也有的在船頭上站著，稍停才飛去，都格格地亂叫。那已老的蓮蓬，不斷地蹦到船艙裡面來，老殘隨手摘了兩個，一面吃著，一面船已到鵲華橋畔。

老殘上了岸，信步走到鵲華橋上，只覺得人煙稠密，不像昨天看見的那樣冷落，大概是雨完全停了的緣故吧。

橋上也有挑擔子賣吃食的，也有推小車子的，都圍了不少食客。老殘正在東張西望，忽然從橋的那頭，有一頂二人抬的藍呢小轎，拚命地飛跑而來。老殘一側身正要避開，卻看見一個五六歲的孩子，跑了過去，被那轎夫無意間踢了一腳，倒在地上哇哇地哭起來。

那孩子的母親趕緊跑過來，問：「誰碰倒你的？誰碰倒你的？」問了兩句，那孩子只是哇哇地哭，並不說話。問了半天，才帶哭答道：「那個抬轎子的人。」

女人抬頭一看，哪裡還有轎子的影兒？左手一拉孩子，右手提了買來的東西，嘴裡咕嚕咕嚕地罵著，就回去了。

老殘又看了一會兒街景，才下了鵲華橋，走到橋南來，緩緩向小布政司街走去。轉了一個街口，卻見路上圍著許多人，在看一張貼在牆上的黃紙。老殘擠過去，伸頭看了一眼，又被旁邊的人推了一下，也沒看清楚；再要擠進去，後來的人太多，再也擠不過去，便用力排開眾人出來。

一路走著，一路心裡想著，不知道那張黃紙上寫了什麼，為什麼看的人那麼多呢？只聽耳邊有兩個挑擔子的說道：「明兒白妞說書，我們可以不必做生意，來聽一次吧。」回頭看時，那兩人一個向東穿進巷子裡去，一個繼續往前走，不再同行談話。

老殘又走了幾步，聽路旁鋪子裡有人大聲說：「前次白妞說書，是你請假的，這回說書，應該換我請假了，你別耍賴。」

老殘心想，這白妞是誰？他們口裡說的說書是什麼事呢？為什麼人人都爭著要去呢？

又想，那張黃紙上寫的就是這個嗎？不知不覺，已回到高陞店門口。

茶房上來迎道：「客人去哪裡了，有人來找您呢！」

老殘答應一聲，走進房裡，看到桌上留了一張字條，原來是王夢湘來過了。

二

字條上說了些失約恕罪這一類的話，老殘也不在意，放在燭火上燒了。這才發現桌上還有一張黃紙，有一尺長，七八寸寬的樣子，當中寫著：

說古書

三個字，旁邊一行小字，是

二十四日明湖居

旁邊用小楷注了「王夢湘」三個字，卻和原來的字體不同。老殘方才明白，這張黃紙是夢湘送來的，仔細一想，和街上看到的那張，大小詳略，不太相同，字數也不同，街上那張寫了不少字，沒有這麼簡要。

不一會兒，王夢湘從外面進來，笑嘻嘻地向老殘招呼道：「殘哥，現在才回來嗎？我臨時有事，所以沒有能夠趕來。玩得還好嗎？」

老殘道：「還好，只是在街口看見許多人圍著看一張招牌，好像和你留的這張一樣，怎麼回事呢？」

夢湘拍手笑道：「我今天正為了這事，所以耽誤了你的事。這是一個說大鼓書的，到外埠去演唱了大半個月，剛剛才回到城裡。」

老殘也笑道：「這倒奇了，一個說鼓書的，竟然會驚動這麼多人，連你也瘋狂起來。」

夢湘道：「殘哥，你不知道，這個說鼓書的，和別處不同。」

老殘道：「我聽說山東鄉下，有一種土調，用一面鼓，兩片鐵簡兒作樂器，叫做梨花大鼓，演說一些前人的故事，不是這個東西嗎？有什麼稀奇的地方呢？」

夢湘道：「是這樣子的，本來說鼓書只是些鄉下玩意，不過，自從王家出了個白妞黑妞姐妹，情形就不同了。這白妞名叫王小玉，這人是天生的怪物，她十二三歲時，就學會了說書的本領，比她的師父高明多了。她卻嫌鄉下的調兒，沒什麼出奇，就到北京戲園裡看戲，看了幾年，把什麼西皮、二簧、梆子腔調，一聽就會，什麼俞三勝、張長庚、張二奎等人的調子，她也一聽就會；這時全濟南城已經沒有人趕得上她了。」

老殘道：「這也不難呀！」

夢湘又道：「還有呢！這王小玉天生一副好喉嚨，仗著這點天賦，要唱多高就能多高；她的中氣，要拉多長，就有多長。她又把南方的崑腔小曲，種種腔調，都拿來裝在大鼓書的調子裡，自己鑽研了兩三年，創出這個調子，南北往來的人，聽了她唱的書，無不神魂顛倒——看來你是不相信的，明天去聽一聽就知道了。」

老殘笑道：「信！信！明天也是要去的。」

又問道：「你說被這事耽誤了半天，為什麼呢？」

夢湘正等他有此一問，立即眉飛色舞地說：「兄弟作了一首七古，專門詠她一個人的，今天正好送去，不過，來送禮的官兒太多，所以等候了許久。」說著，拿出一首詩來，抄得還頗工麗，卻是副本。

老殘拿過來看了一遍，不外乎說些才子佳人的套子話，就隨便挑了其中幾個好句子，稱讚幾句。

夢湘道：「你看這詩作得怎樣？昨天我還想多印幾份，分送給濟南城裡的詩友。」

老殘道：「也好。」又補充了一句道：「總是一件風流韻事。」

夢湘收起詩稿，看看時間不早，便向老殘告辭，臨行特別交代，道：「明天一定要去聽白妞說書。我先過來邀你，一起去吧。」

老殘笑著推他出門，道：「去！去！你忙你的事，我還是自己走好了。」

夢湘也笑道：「就這麼辦吧！你自己來，我在明湖居替你訂個位子。」

老殘道：「不用費心。」兩人便分手了。老殘吃過晚飯，又看了一些書，才睡去。

次日，老殘六點鐘起來，問明了明湖居開唱的時間，本是下午一點，但是通常要在上午十點鐘以前到，才有位子等等細節，就拿了串鈴出去，先在南門內，看過了舜井；又出了南門外，到歷山腳下，看看傳說中大舜耕田的地方。再轉了許多路，才到明湖居，恰恰好十點鐘。

那明湖居並不在大明湖邊，只因為濟南城以大明湖出了名，所以借了來做戲園子的名字。進了園門，有一百多張椅子，排列在戲臺前，大多數都坐滿了人，只有七八張桌子空著，都貼著撫院定、學院定、道署定的精緻標籤。

老殘看了半天，沒有可以坐的地方，只好在袖子裡數了兩百個錢，送給看坐位的，才算弄了一條板凳，在人縫裡坐下。

坐了不久，只見那王夢湘穿著一件狐皮大褂，搖搖擺擺地進來，和他一起來的，還有幾個二三十歲的人，都穿得十分光鮮，大概是貴冑公子之流。幾個人指手畫腳地談笑著，一齊走到前面空著的席位坐下。老殘抬頭朝他點了點頭，他卻沒有看見。老殘看看錶，已經快十一點鐘了。

又過一會兒，只見門口車轎漸漸多起來了，來的都是官員，穿了便衣，帶著家人，陸續進來。不到十二點鐘，前面幾張空桌，也都坐滿了。不時還有人進來找坐位，有幾個人也搬了條短凳在夾縫中挨擠著坐。

後來的人，也有朝先來的人打千兒、作揖的，大半是打個千兒，隨便招呼的多；在場子裡，也不分是做官的，做買賣的，或是讀書人，大家都嘁嘁喳喳，在那裡閒扯。因為人太多了，說的話都聽不清楚。偶爾有人高談闊論、笑語喧譁，老殘側耳聽了幾句，卻也沒有什麼意思。

園子裡面，還有一種人——頂著籃子賣燒餅油條的，約有一二十個；老殘隨便買了一點來充飢，算是午飯。別人也有向他們買的，為數還不少。

老殘邊吃燒餅，邊打量那個戲臺；只見那臺上，擺了一張半桌，桌面上放著一面板鼓，鼓上放了兩片鐵簡兒——心裡知道這就是梨花簡兒了——旁邊放了一個三弦子。半桌後面，列著兩把椅子，並無一個人在臺上，偌大的一個戲臺，空空洞洞的，一無他物，看了不覺好笑。

又過了半個鐘頭，大約十二點半的時候，從後臺上簾子裡，走出一個男人。

三

老殘見臺上有人出來，忙將吃剩的燒餅包好，注意起來；只見那人穿著一件藍布長衫，長長的臉兒，滿臉疙瘩（ㄍㄜ ㄉㄚ gē dā），彷彿像乾皺的福橘皮似的；然而舉止行動之間，卻給人一種沉靜穩重的感覺。

那人走出臺來，淺淺地作了一個揖，也不說話，自顧自的在半桌後面靠左的一張椅子上坐下，慢騰騰地將那三弦子取來，隨便和了一和弦，彈了一二支流行小調，這時聽的人也有幾個，大概都是像老殘一樣，剛從外地聞名而來的；那本地人很少留心去聽他。

不久，弦音一轉，忽然彈出一支大調，也不知道這是什麼曲牌子，只聽他彈到後來，全用輪指，那幾個手指，像滑珠一般地滾動，曲音便抑揚頓挫起來，恍如有幾十根弦、幾百隻指頭，一起彈開來似的。這時臺下叫好的聲音，一陣一陣地轟起來，說也奇怪，並沒有把那弦音壓下去。這曲彈罷，那人才停下來休息。後臺有人送上茶去，臺下也有不少人四處走動，鬧成一片。

停了幾分鐘，忽聽許多掌聲，老殘抬頭看去，原來那簾子裡面，走出來一個姑娘，大約十六七歲，長長的鴨蛋臉兒，梳了一個矮髻（ㄐㄧˋ jì），戴了一副銀耳環，看起來倒還娟秀；身上一條藍布外褂兒，配上藍布袴子，都是黃布鑲滾的邊，雖然是粗布衣裳，也覺得潔淨可愛。她走了幾步，先朝下面點點頭，這才走到半桌後面右邊的椅子上坐下。

那彈弦子的，等姑娘坐好，便取了弦子，錚錚（ㄓㄥ zhēng）鏦鏦（ㄘㄨㄥ cōng）地彈起來了。這姑娘便站起身來，左手拿著梨花簡兒，夾在指縫裡叮叮噹噹地搖起來，與那弦子聲音相應；右手拿起鼓槌子，凝神聽那弦子節奏，忽然鼓聲一振，已經唱了起來。

初時歌喉初發，只覺得字字清脆，聲聲宛轉；漸漸的，像乳鶯出谷，新燕歸巢，令人應接不暇；每句七字，每段十幾句，有快的，有慢的，有時聲音低，有時聲音高；其中轉腔換調的地方，變化無窮。好像過去幾十年所聽過的曲子，都不是曲子，只有這一段，才是真正的曲子。老殘凝神聽了不久，那女子一曲唱完，仍舊走進後面去了。

這時滿園子的人，談談笑笑，賣瓜子、落花生、山裡紅、核桃仁的，高聲喊叫著賣，滿園子裡聽來，都是人聲，老殘左右看看，覺得沒有什麼意思，便想走到王夢湘那裡去，忽聽旁座兩人說了幾句話。

其中一個低聲問道：「剛才這個就是白妞了？」

另一個道：「不是，這是黑妞，是白妞的妹妹，她的本領，是白妞教的，若比起白妞來，不知道還差多遠呢！」

原先那個人道：「唱到這樣的地步，還能更好嗎？」

另一人又道：「你不知道，所以說黑妞好了。其實，黑妞的好處，你可以一點一點說出來，等一下你聽到白妞唱的，她的好處，你一定說不出來。黑妞的好處，別人也可以學到；白妞的好處，別人是學不到的。」

原先那個人還不服氣。只聽另一人又道：「你不相信？你想這幾年好玩耍的人，誰不學她的調子呢？就是窰子裡的姑娘們，也都學她，只是頂多有一兩句到黑妞的地步，若是白妞的好處，從沒有一個人能及她十分裡的一分。」

老殘聽他們抬了一槓，已知剛才唱的人是黑妞，不想再聽，便立起身來，要過去找王夢湘，那邊臺上已經換了一幅景象。那臺後又出來一位姑娘，年紀約十八九歲，裝束與前一個毫無分別，老殘暗暗叫了一聲：「好險！若不是聽他們討論了一場，怎麼知道哪個是黑妞，又哪個是白妞呢？」

再仔細看去，那姑娘瓜子臉兒，白淨的面龐，相貌不過是中人以上的姿色，比剛才的黑妞還不如；但是站在那裡，卻覺得秀而不媚，清而不寒，令人由心底敬佩起她。只見她低垂著頭出來，盈盈地走到半桌後面，把梨花簡「叮噹」搖了幾聲。

煞是奇怪，那兩片頑鐵，到她手中，便像有五音十二律似的。她又將鼓槌子輕輕在鼓面上點了兩下，方才抬起頭來，向臺下看了一圈。

那雙眼睛，像秋水，又像寒星，又像寶珠，又像是白水銀裡頭盛著兩丸黑晶球，左右一顧一盼，連那坐在遠遠牆角落的人，都覺得王小玉看見他了，那坐得近的，更不必說。就這一眼，滿園子裡，便鴉雀無聲，比皇帝出來，還要肅靜得多呢！

王小玉這時才開口唱了幾句書，起初聲音並不大，但是不知怎麼，只覺得字字清晰，入耳之後，竟有說不出的好聽，那五臟六腑裡，像熨斗熨過，無一處不伏貼；那三萬六千個毛孔，像吃了人參果，無一孔不暢快。

唱了十幾句以後，漸漸地越唱越高，忽然一下子聲音拉到最高，像一線鋼絲，拋入天際，又細又韌，又尖又長，不禁暗暗叫絕。

這時，園子裡已經有人鼓掌了。哪知白妞的聲音，竟比掌聲還高，竟在那片掌聲中，作了幾個轉折，還聽得清清楚楚。等到掌聲一停，那白妞的聲音，又高了一階，接著有三四疊，節節高起。老殘想：「這樣的唱法，只有登泰山可以相比了。」繼之又想：「若比泰山，也只有從傲來峰西面，仰攀泰山，才有如此奇景。那登傲來峰的人，初看傲來峰峭壁千仞，以為上與天齊；等到翻過傲來峰頂，才看見扇子崖，還比傲來峰高；等到翻上扇子崖，又看見南天門還在扇子崖上，愈翻愈險，愈險愈奇。大概就像這樣吧。」

一面想著，一面聽著那王小玉唱到極高的三四疊之後，陡然一落，又極力做出千迴百折的本事，把一條聲帶練得像一條飛蛇，在黃山三十六峰半山腰裡，左右盤旋，頃刻之間，已經繞了幾圈。

從這裡以後，愈唱愈低，愈低愈細，細到那聲音漸漸地聽不見了，滿園子的人，都屏氣凝神，不敢動一動。

約有二三分鐘之久，彷彿有一點聲音，從地底下發出；這一出之後，聲音忽然又高高揚起，像放那東洋煙火，一個彈丸上天，隨著化成千百道五色火花，縱橫散亂。這一聲飛起，便有無數聲音，一起演奏起來。

那梨花簡的聲音，大鼓的聲音，連那弦子也放出聲音，都來相應。弦子彈的都用輪指，忽大忽小，和小玉相和相答，正如花塢春曉，好鳥爭鳴；老殘只覺兩隻耳朵忙不過來，不曉得該聽哪一聲才對。正在繚亂之間，忽聽「霍」然一聲，人聲、弦聲都停下來。那鼓聲又咚咚敲了十八下，才停下來。這時臺下叫好之聲，轟然如雷，比剛才更響更久。

老殘問明旁人，知道要暫停一陣子，便要走過去和夢湘招呼，但擠了幾步，卻無法靠近，只聽夢湘大聲說道：

「以前看到書上形容歌聲的妙處，有『餘音繞梁，三日不絕』的說法，我都不信，試想那餘音怎麼能繞梁呢？又怎能三日不去呢？後來聽小玉姑娘說書，才知道古人措辭都是有道理的。每次聽她說書之後，總有好幾天，耳朵裡無非都是她的書音，無論做什麼事，總不入神，反覺得『三日不絕』，這三日還嫌他說得太少，還是『三月』二字，形容得透徹些。」

他那桌上的人，都拍手叫道：「夢湘先生說得精闢極了。」老殘再看看旁桌的人，也有點頭微笑的。要再上前招呼，那王夢湘只瞧著臺上，卻不回頭來看；老殘等了片刻，覺得沒趣，仍舊回到自己的位置上來。

接著，那黑妞又上來說了一段，聽旁邊的人說，叫做黑驢段，也是白妞教她的。聽她內容，不過是說一個讀書人，遇見一個美人，騎著黑驢走過去的故事，情節並不複雜。將要形容那美人前，先形容了黑驢子怎樣好法；等鋪敘到美人的好處，不過簡單幾句，精神全出來了。這段書全是快板，越說越快，在說得極快的時候，好像驢子「的、的」奔跑，聽的人彷彿都趕不上的樣子，卻字字清楚，無一字不送到各人耳輪深處。但是比起白妞那一段，卻未免遜色了。

接著二妞又輪著唱了幾段，才結束，老殘看看錶，已經五點鐘了。

四

次日，老殘在旅舍裡等王夢湘來，等了一上午，仍不見他的影子，便出門去了。

到大街上，買了一匹繭紬，又買了一件大呢褂面子，到成衣鋪裡量身，訂做了一件長褂。預算這幾天西北風再厲害些，眼前身上的衣服就不夠了。

吩咐了成衣匠以後，吃過午飯，走到西門外，先到趵（ㄅㄠˋ bào）突泉上，吃了一盌茶。這趵突泉是濟南府七十二泉中的第一泉，在一個大池中間。池水有四五畝地寬，兩頭都通到溪河，池中流水，汩汩有聲。在池子正中間，有三股大泉，從池底冒出，翻上水面，足足有兩三尺高。

據當地人說，當年這股泉水冒起有五六尺高，後來官府來修池，不知道怎樣就低下去了。

這三股水，都比水桶倒出來的還粗。池子北面，是個呂祖殿，殿前搭了兩座涼棚，設著五六張桌子，十幾條板凳賣茶，以便遊人歇息。

老殘吃完茶，走出趵突泉後門，向東轉了幾個彎，尋到了金泉書院，進了二門，便是著名的「投轄井」，相傳是漢朝陳遵留客的地方。

再往西去，過一重門，就是一座蝴蝶廳，廳前廳後，都是湖水圍繞，像一隻蝴蝶展開雙翅，所以叫蝴蝶廳。廳後種了許多芭蕉，雖是晚秋初冬時候，但也僅有幾片殘葉，大多數仍然翠碧如昔。西北角裡，芭蕉叢中，有個方池，大約二丈見方，就是金線泉了。金線泉在四大名泉中居第二。「四大名泉」是哪四個？就是剛才說到的趵突泉，此處的金線泉，南門外的黑虎泉，撫臺衙中的珍珠泉。

這金線泉相傳水中有條金線，老殘仔細看了半天，不要說金線紋，連鐵線紋也沒有看見。正納悶時，遠遠走來一男一女，那男的拉著女的手，走到池子西面站定，彎了身，側著頭，向水面上看了一下，便向女的說：「是這裡了，妳過來。」那女子過去，聽那男子又說：「妳看那水面上一條線，彷彿游絲一樣，發出赤金似的光亮，在水面飄動。看見了沒有？」

只見那女子看了許久，初時還頻頻搖頭，後便點頭說看見了，後來連頭也不點，呆呆地看了半晌，才笑著站起來，和那男子說話。

老殘等他二人走後，也到池子西邊站住，照樣看了，果然有一條金線，左右擺動。心想：「莫非底下有兩股泉水，因為力量不均，彼此相抗，所以產生了這道界線。」看了一會兒，仍舊出了金泉書院。

老殘出來，順著西城而行，過了城角，一直向東，到了南城外。這南城外好大一條城河，河裡泉水澄清，看得見河底游魚，水草糾蔓，倒有一丈多長，被那水流拖得搖搖擺擺，十分有趣。

走走看看，又見沿路上幾個大長方池，有許多婦女坐在池邊石上搗衣；再過去有一個大池，池南數間草房，走到前面，原來是個茶館。老殘便進了茶館，選了靠北窗的位置坐下，就有一個茶房，沏了一壺茶來，茶壺都是宜興壺的樣子，卻是本地仿造的。

老殘坐定，問茶房道：「聽說你們這裡有個黑虎泉，你知道在什麼地方？」

那茶房笑道：「先生，你伏到窗臺上朝外看，不就是黑虎泉嗎？」

老殘依言朝外一看，原來就在自己腳底下。有個石頭雕的老虎頭，約二尺餘長，倒有一尺五六寸寬，從那老虎口中噴出一股泉來，力量很大，從池子這裡，直衝到池子那面，然後轉到兩邊，流進城河去了。

又坐了片刻，看那夕陽漸漸西下，才付了茶錢，緩緩地進了南門，回到高陞店。

自曹府，傳聞酷吏；
寒天孤旅，忽遇良朋

三、自曹府，傳聞酷吏；寒天孤旅，忽遇良朋

一

那日老殘在北柱樓吃飯，是山東巡撫院中一名文案請的。這名文案，原是江蘇人，姓高，號紹殷，他的夫人害了喉蛾，換了七八個大夫，老醫不好，恰巧老殘搖著串鈴，大搖大擺地過去。高家管事的就請他來試試，吃上兩帖藥，居然好了。高公歡喜得不得了，就邀集了文案上幾個同事作陪，辦酒請他，恰好有個候補道的也在席上。

席中，那候補道的忽然嘆了口氣，說：

「昨兒聽說玉佐臣要正式升做曹州知府了。」

席上右邊一人說道：

「哦？他的班次還遠著，怎麼這樣快就補缺呢？」

原來說話的人道：

「因為他辦強盜辦得好，暫代知府不到一年，就做到路不拾遺。上個月，我從曹州鄉下經過，親眼看見一個藍布包袱在路旁，沒有人敢撿去，我就問當地人說：『這包袱是誰的？為什麼沒人收起來呢？』當地人說：『昨天晚上就放在這裡，不知道誰的？』我就說：『那你們怎麼不去撿呢？』當地許多人都笑著搖頭說：『撿了？全家還有命在嗎？』宮保大人也聽說了，才特別保舉他。」

高公道：

「玉佐臣這人確實能幹——可惜，太殘忍了！不到一年站籠站死兩千多人，難道沒有冤枉的嗎？」

那邊王五就說：

「冤枉是一定有的，倒不必說。」

那候補道又說：

「大凡酷吏的政治，外面看去，都是好看的。各位都記得常剝皮做兗州知府時，何嘗不是這樣。不過呀！要是到了『人人側目而視』的地步，可就完了。」

又一個說：

「玉佐臣的酷虐，固然不對；但曹州府的民風，也實在太壞。從前兄弟我在曹州府時，幾乎沒有一天沒盜案，養了兩百名捕快，都像不捕鼠的貓兒，一點用處也無。那些各縣捕快提來的強盜，不是老實鄉民，就是被強盜脅迫去看守騾馬、挑擔子的人；至於真強盜，一百個中也挑不出一個來。現在被玉佐臣雷厲風行的一辦，盜案竟然自動消失了，相形之下，兄弟實在慚愧。」

旁邊一人接道：

「話固然這麼說，依我淺見，還是少殺人為是。」

一逕議論不休，酒也飲足了，飯也吃飽了，才各自散去。

老殘回到高陞店裡，心中惦記著玉賢的事，竟遲遲不能睡去。

二

第二天，老殘心裡有些煩惡，不想出門，便坐在窗下讀書。忽聽門外有人高聲喊道：

「鐵先生在家嗎？」抬頭看，原來門口停了一頂藍呢轎子，轎上的人，正是高紹殷。店裡的夥計一面招呼地說：「在！在！」一面領他進來。

老殘急忙開門出迎，道：「請房裡坐！房裡坐！地方太小，只好委屈委屈了。」

紹殷笑道：「哪裡的話！」

兩人坐定，紹殷看見桌上擺著幾本書，隨手翻翻，覺得字體古拙，仔細一看，原來是宋版張君房刻的《莊子》，再三讚歎不絕。

老殘道：「這不過是先父傳下的幾本破書，又不值錢，隨便帶在身邊當小說看而已。」

紹殷道：「哦，我說嘛！先生原是科第世家，為何不在功名上講求，卻做這個職業呢？雖說你能視富貴如浮雲，但也未免太高尚其志了。」

老殘道：「鄙人原非無意功名，只為了兩個緣故，到現在還不敢做官。」

紹殷道：「什麼緣故呢？」

老殘道：「一來我的性格過於疏放，不合時宜；二來，俗語說：『攀得高，跌得重。』我不想攀高，是想跌得輕些吧。」

紹殷哈哈笑道：「有理！有理！不過，眼前如果有一個機會，既不怕你疏放，又不是你自己的攀緣的，不會跌下來，這種地方，你願意去嗎？」

老殘也笑道：「這麼好的地方，怎能不冒險去一去呢？」

紹殷道：「不瞞您說，中午宮保請我們便飯。宮保談起幕府人才濟濟，凡是知名之士，無不精心羅致。坐中姚雲松就說：『眼前就有一名奇士在城裡旅行，宮保並未羅致。』宮保急問道：『是誰？』」

老殘道：「那是誰呢？」

紹殷道：「且聽我說下去，那姚雲松，和你並不相識，聽說他還是從別人那裡知道你的。餘話休提。當時他就把你的學問怎樣，品行怎樣；怎樣通達人情，又怎樣熟諳世務，說了一遍。說得宮保十分歡喜，就叫小弟立刻寫個內文案的聘書送來。小弟說：『這樣冒昧恐怕不妥當，這人既不是候補人員，又不是拜門投效的；再說，還不知道他有什麼功名，聘書很不好寫。』

宮保聽了這話，仍然興沖沖地說：『那麼就下個請柬好了。』我又說：『若要請他看病，那是一請就到的；若是要招他到幕府來，不知道他願不願意，要先問他一聲才好。』宮保說：『很好！下午你就去探探口氣，陪他來見一見我。』因為這個緣故，小弟特地來和閣下商議，可不可以現在和我去見見宮保呢？」

老殘道：「那也沒有什麼不可以——只是見宮保須要冠帶整齊，我一向穿不習慣，能夠穿便衣相見最好。」

紹殷道：「自然是便衣。現在我們就去，到了以後，你在我的辦公室裡坐一下，等我進去通報後，宮保會在簽押房裡接見你！」說著，又喊了一乘轎子，送老殘前去。

三

這山東撫署本是明朝的齊王府，府內許多地方都沿用舊名，進了三堂，就叫宮門口。旁邊就是高紹殷的辦公室，對面就是宮保的簽押房。

高紹殷陪老殘坐了一會兒，便有個差官過來請道：「宮保請鐵老爺。」

老殘見了面，深深作了個揖；宮保請他在紅木炕上坐了首位，紹殷坐對面相陪；另外搬了一張方凳，在兩人中間，宮保自己坐了。寒暄已畢，宮保便道：

「兄弟才疏學淺，做這個封疆大吏，實在為難！兄弟沒有別的法子——只要聽到奇才異能之士，都想請來；倘若能夠給我一二指教，那就受惠不盡了。」

老殘道：「宮保的政聲，有口皆碑，那是無可挑剔了。惟獨河工這件事，外間頗有微辭——聽說是用賈讓《治河策》，主張不與河爭地。」

宮保道：「是呀！你看河南的河面多寬，這裡的河面多窄呢。」

老殘道：「寬窄並不重要，河面窄，容不下，只有伏汛幾十天。其餘的時候，水流遲緩，沙淤得很快，所以常常泛濫，與寬窄沒有太大關係。」
宮保道：「那麼，賈讓的治河三策都是無用的嗎？」
老殘道：「賈讓只是文章做得好，他並沒有辦過河工。賈讓之後不到一百年，就有個王景，他才真正是辦河工的人才；他治河的法子，與賈讓正好相反。自他治過之後，一千多年，沒有河患。明朝的潘季馴，本朝的靳文襄，採用他的方法，都很成功。宮保想必早已知道了？」
宮保沉吟道：「我略略聽說過而已，究竟王景是用什麼方法治河呢？」
老殘道：「他是從大禹治水上領悟出來的，《後漢書》裡只記載著『十里立一水門，會更相迴注』這一件事；至於其中詳盡之處，書上沒有記載，鄙人一時也說不清楚，等鄙人回去以後，再作篇詳論呈上來好了。」
莊宮保聽說，大為高興，向紹殷道：「回頭你趕緊把南書房那三間收拾收拾，明天就請鐵先生搬到衙門裡來住，以便隨時請教。」
老殘道：「宮保雅意，甚為感激，但是眼前還有幾件心事未了，要到曹州走一遭。等鄙人從曹州回省，再來領教吧！」
說完，老殘即告辭出來，出了撫署，把轎子辭去，獨自在街上遊玩了一會兒，才回到店裡。店裡掌櫃的一見到他，連忙過來恭喜，不多時，連店裡的其他住客也有好些過來奉承的；原來他們都得到了消息。

老殘心裡想道：「本來要再玩耍兩天，看這樣子，恐怕無謂的糾纏會沒完沒了。唉！三十六計，走為上計。」當夜寫了兩封書信，託高紹殷代謝莊宮保和姚雲松的厚誼，天方濛濛亮，便喚起店家結清帳目，雇了一輛二把手的小車，就出城去了。

四

出濟南府西門，北行，約十八里有個市鎮，名叫雒口。當初黃河未併大清河的時候，濟南城裡七十二泉的泉水，都從此地入河，本是極繁盛的地點。自從黃河併了大清河，向南流去，此地雖仍有貨船來往，只等於原來的十分之一二，差得遠了。老殘到了雒口，雇了一隻小船，講好是逆流送到曹州府的董家口。下船先付了兩吊錢，讓船家好預備些柴米，恰好這天是南風，掛起帆來，呼呼地去了。

走到太陽將要落山，已到了齊河縣城，拋下錨住了一夜，第二日住在平陰，第三日住在壽張，第四日便到了董家口，仍在船上住了一夜，天明付清船錢，將行李搬在董家口一個店裡住下。

這董家口本是曹州府到大明府的一條主要官道，因此有不少客店。老殘住在董二房老店，掌櫃的姓董，幾代都是本地人，現年六十多歲，人人都叫他老董；只有一個夥計，名叫王三。老殘住在店內，本想明日雇車就往曹州府城去，因想沿路打聽那玉賢的政績，也就不急著走。

這天上午九點多了，店裡住客，連那起身極遲的也都走了。店夥去打掃房屋，掌櫃的早寫完帳，在棧門口閒坐，老殘也在門口的長凳上坐下，向老董問道：

「聽說你們這府裡的玉大人辦盜案厲害得很，究竟情形怎麼樣？」

那老董嘆口氣道：「玉大人呀，官倒是個清官，辦案也實在用心，但只是手段太毒辣了些。起初還算辦了幾個強盜，後來強盜摸準了他的脾氣，這玉大人反而做了強盜的兵器。」

老殘聽著，越發奇怪，接口道：「這話怎麼講呢？」

老董道：「說來話長。」

五

原來：

距離董家口西南幾里的地面，有個于家屯，這個屯子只有二百多戶人家；莊上偏偏有個小財主，也姓于，叫于朝棟。于家有兩個兒子，一個女兒，兒子都娶了媳婦，生了兩個孫子，女兒也出了閣，是很普通的家庭。

這于家屯從來不鬧盜案的，連小小的竊犯也沒有，不知道怎的，去年秋天——收成也還算好——卻出了幾個盜賊，就在于財主家搶了一次。其實也不過丟些衣服首飾，值不了幾吊錢；鄉下人看不得這一點小小損失，省不得就經官動府，報起案來——誰知道卻結下禍胎。

原來玉大人最愛辦盜案，聽了消息，立刻下令嚴緝；居然被他捉住了兩個從犯的嘍囉，追出來的贓物，不過幾件布衣服，那強盜頭子早已不知跑到哪裡去了。

就因為這麼一抓，強盜們恨透了于財主。到了今年春天，原先那夥強盜竟然在府城裡面搶了一家店鋪。玉大人雷厲風行的鬧了幾天，一個賊也沒有抓著。

十天後，這夥強盜又搶了另一家，搶過之後，還大搖大擺地放了一把火。這麼一張皇，玉大人可就怒火燒天，調起洋槍馬隊，立刻追了下去。

那強盜搶過之後，呼嘯著高舉火把出城，手裡洋槍朝天亂放，看那陣勢，誰敢上前攔阻？出了東門，向北走了十幾里地，火把才看不見了。等玉大人調集了馬隊，趕到東門口，地保更夫，就把這些情形詳細稟報。玉大人直在馬上咬牙切齒，聽了幾句，呼喝一聲：「追上去！」一立刻風馳而去。追了二三十里；看見前面又有火光，又帶著兩三聲槍響。

玉大人聽了，怎麼不氣？他仗著身邊手下有二三十匹馬，都帶著洋槍，而且自己的膽子本來就大，於是越追越急。

說也奇怪，平常也有些盜案，但是強盜們搶下了人家，立刻急著逃走；這一次，卻像有恃無恐的，一路上，不是火光，便是槍聲，直引著玉大人追來，到了天快明時，眼看離追上不遠了，那時也到了于家屯；過了于家屯，再往前追，槍也沒有，火也沒有。

玉大人雙眼一橫，躍下馬來，說：「不必往前追！強盜就在這村莊上！」

當時玉大人怒色可掬，把個關帝廟權充衙門，駐衛起來，一面派定手下的馬隊，東南西北各留兩匹人馬把守住，不許一個人離開；部署已定，才派人將地保、鄉長全都叫起。這時天色還暗著呢！起初眾人看見黑漆漆的大街上，站滿了舉著火把的洋槍隊，還以為是明火打劫的盜匪，都關著門不敢應答。

經此折騰，天光也漸漸放明亮了，地保等人還不知發生了什麼事，只在關帝廟前長板凳上坐著納悶。

這玉大人親自帶著十來個人，從南頭到北頭，步行挨家去搜。搜了半天，一點可疑的形跡也沒有。又轉到橫街上，由東往西搜去，剛剛搜到于朝棟家，搜出三枝土槍，又有幾把鋼刀，十幾根齊眉木棍。

玉大人忙了一夜，肝火特別旺盛，此時眼睛裡哪容得下這些槍刀，大怒喝罵道：「強盜一定在他家了。」

傳令把于家大小押下，自己在大廳中央一坐，喝令地保前來問道：「這是什麼人家？」地保猶不明白，只得答道：「這家姓于，老頭子叫于朝棟，有兩個兒子，大兒子叫于學詩，二兒子叫于學禮——這兩人都是捐納的監生。」

玉大人問畢，傳帶犯人。你想一個鄉下人，見了府裡的正堂大人來了，又是盛怒之下；而屋子內外，都是執刀槍的馬兵，哪有不怕的道理呢？上得廳房裡，父子三個跪下，已經是擻擻地抖個不停，哪裡還能說話？

玉大人只一開口道：「你好大膽！你把強盜藏到哪裡去了？」那老頭子早已嚇得說不出話來。

倒是這于學禮曾經在府城裡讀過兩年書，見過一點世面，膽子稍微壯些，聽了「強盜」

兩字，還能回答：

「監生家裡向來是良民，從沒有同強盜往來的，如何敢藏著強盜？」

玉大人聽說「監生」二字，倒也客氣兩分，放緩了顏色問道：「既沒有勾通強盜，這軍器從哪裡來的？」

于學禮道：「因去年被盜之後，莊上不斷地常有強盜來，所以買了幾根棍子，叫佃戶長工輪班來看守門戶，又因為強盜都有洋槍，鄉下買不到洋槍，我們也不敢買，所以從那些獵鳥兒的獵戶手上，買了幾枝打鳥的土槍，夜裡偶爾放兩聲，驚嚇驚嚇強盜而已！沒有別的意思。」

這玉大人看他跪著又挺直了腰，像要爭論的樣子，本來就有七分的不悅，再聽他左一口強盜，右一口良民，更忍不下，就大喝道：「胡說！哪有良民敢私藏軍火？你家一定是強盜！」

說罷，也不再問于朝棟等三人，便命手下人把前後門一起鎖上，在屋子裡大搜起來。這些馬兵，哪有一個好人？這一下從于家的上房搜起，衣箱櫥櫃，全都推翻在地上，稍微輕便值錢一點的首飾，都被他們偷偷藏過，收在腰包裡去了。

起初搜了半天，倒也沒有搜出什麼犯法的東西，哪知搜到後來，在一間堆放壞損的舊農具的小屋子裡，竟然搜出一個包袱，裡頭有七八件衣裳，有三四件還是舊紬子的。馬兵拿到大廳，呈上，並說：「在堆東西的房裡搜出這個包袱，不像是自己家的衣服，請大人驗看。」

玉大人一見這包袱，雙眉一皺，眼睛一亮，說道：「這幾件衣服，我記得好像是前些天城裡被搶的那一家的；姑且帶回衙門去，照失單查對。」之後，又轉過頭冷冷地向于家父子道：「你們說！這衣服從哪裡來的？」于家父子面面相覷，都答不出來。

還是于學禮回道：「這衣服實在不曉得哪裡來的？」

玉大人冷笑兩聲，霍地站起身來，向外走去，吩咐幾名馬兵，會同地保將于家父子帶回城去審問。說著，上馬進城去了。

六

《大清會典》上，有站籠這一項，大凡死囚犯，不即刻斬首的，就鎖上站籠，列在府縣衙門外，折騰個幾天，也要死的，而且死得比斬首之刑，更為痛苦，所以一般仁德的官吏，都盡可能的不去使用它。

閒話休提，這于家父子平白飛下奇冤大禍，一時全失了主意；內室裡的親眷，也顧不得內外之分，都奔出來抱頭痛哭。

那負責解送的馬兵又催促道：「我們跑了一夜，肚子裡很餓，你們趕緊給我們弄點吃的，吃過趕緊走吧！大人的脾氣，誰不知道，遲去越不得了。」地保也慌忙回家交代一聲，收拾了行李，叫于家預備幾輛車子，大家坐了進去，趕到晚上兩更天，才進了曹州府城。

那裡于家父子緩緩起身；這裡于學禮的媳婦，急急地趕進城裡。原來這個媳婦，乃是城裡吳舉人的女兒；這吳氏一見到父親的面，立刻號啕大哭——這時候不過一更多，比他們父子三個還早行了十里路。

吳氏一面哭著，一面把早晨發生的事告訴父親，吳舉人聽後渾身發抖，抖著說道：「犯著這位喪門星，事情就可就大大的不好了。我先去走一趟，看看情況再說。」連忙穿了衣服，到府衙外求見，門上的人說：「大人有令：『今天有要緊的盜案，無論什麼人，一概不見。』」

吳舉人和衙門裡的刑名師爺素來相好，連忙進去見了師爺，把種種冤枉說了一遍。師爺說：「這案子在別人手裡，斷然沒事，但是我們這位東家，辦事向來不照律例……」他想了想，又說：「這樣吧！如果這案子交到我的手上來辦，我一定盡力幫你。唉！只恐怕上面的不交下來，我可一點法子也沒有。」

吳舉人知道他所說是真，當下連作了幾個揖，重重地囑託一陣才出來。趕到東門口，這時那班馬兵押解于家父子的車子也正好到了。吳舉人攔住車子，搶到前頭，看見他們面無人色，眼淚已經含在眶裡了。于朝棟看見他，只說了一句：「親家救我！」就哽咽得說不出話來。

吳舉人還沒開口，旁邊的一名年輕馬兵嚷道：「大人在堂上等著！已經派四五撥快馬催促過了，還不快走！作死嘛！」駕車的不敢逗留，抖起韁兒便走，可憐那吳舉人，提起那肥胖的身子，邊跑邊喘著氣，口裡還說：「親家寬心！湯裡、火裡，我有法子，必定趕去。」

這只是一霎間的事，進了東門，馬上就到衙門口，這邊已經有幾名公人在門外等著，一見犯人到來，立刻用鐵鍊子鎖好，帶上堂去。人還沒跪好，玉大人驚堂木一拍，厲聲道：「你們還有什麼話說！」

于家父子喊了一聲：「冤枉！」

玉大人立即接口罵道：「人贓俱獲，還喊冤枉！來人呀！把他們上了站籠站起來。」幾個差人應諾做了。

七

夜已經快二更，左廂房裡點上幾盞洋油燈，十來個大漢圍著方桌，靜得一點聲息都沒有。方桌中央，一副金光澄澄的手鐲，躺在那兒。

陳仁美是這三班捕快的頭兒，也是曹州府著名幹練的捕頭，打從玉大人到任之後，自行招納了一隊馬兵，就把原來的捕快歸閒置散，這一點，陳仁美知道，因此，有許多事情，他不願意插手去管，同時不敢管；但是今天不同。

油燈光照在每個人的臉上。只聽陳仁美說：「各位兄弟！今天于家屯這個案子，分明是冤枉的，剛才于家二嫂子都說明了，各位想必都是同情她的。」

說著，那一旁坐著的于學禮的妻子，忍不住又低聲啜泣起來。陳仁美看她一眼，又開口道：「諸位有什麼法子，大家想想，如果能救得他們的性命，一來是件好事，二來——」

他把桌心的金鐲子往前一推，道：「誰能想出妙計，這副鐲子就是誰的。」

金鐲子是于家媳婦拿出來的。

眾捕快們沉默著，一名年紀較大的站起來，環視眾人一圈道：「各位的心情，是一樣的，要說妙計，誰也沒有；只好相機行事，做到哪裡算哪裡。陳頭兒，你看怎樣？」陳仁美重重地嘆了口氣，說：「也罷！」

此時輪班站堂的另一些捕快，已經到大堂上去了，陳仁美先派人去通知他們，留意留意，給些方便，按下不表。

那于家三父子聽說：「站站籠」三個字，早已嚇得魂不附體，任由幾個差人橫拖倒拽的拉下去。

陳仁美打個手勢，就有值日的走到公案面前，跪下一條腿回話，道：「稟大人，今天站籠沒有空位，請大人指示。」

玉大人怒聲道：「胡說！這兩天明明沒有站什麼人，怎麼會沒有空呢？」值日的回答道：「只有十二架籠子，三天前已經站滿，請大人查看簿子便知。」

玉大人一看簿子，用手在簿子上點著說：「一、二、三、嗯，這天有三個；一、二、三、四、五，這天有五個；一、二、三、四，哦，這天又有四個；總共——總共——十二個；沒有空，倒也不錯。」

差人又回道：「依小人看來，等明天一定有幾個站死的，屆時再將他們補上好不好？請大人明示！」

玉大人深深地吸了一口氣，面色收斂得一派莊嚴的樣子，說道：「我最恨這些東西，若要將他們收監，豈不是又被他多活了一天，斷乎不可！你們去把最先站的三個放下，接來我看看。」

差人去將那三人放下，拉上堂去，玉大人親自下堂來，用手摸著四人的鼻子，點了點頭，道：「是還有點兒氣息。」回到堂上去，傳令道：「每人打二千個板子，看他死不死。」眾差人威嚇一聲，那三人就嚇死了，還不曾動一下板子。

也虧陳仁美用過心，這于家三父子雖然被站上站籠，但因有差人在他們腳下墊了幾塊厚磚，減少了許多苦楚。

且不說陳仁美和眾捕快這班差人們，想盡法子，要救于家的命。這吳氏也真是個賢慧的媳婦，天天到站籠前給公公和丈夫灌參湯，灌完了回去就哭，哭了就四處求人，頭也不知道磕破了幾十次，總沒有人能夠挽回得動這玉大人的牛性子。

第三天，于朝棟先死了；到第四天，于學詩也差不多了，吳氏將于朝棟屍首領回，親視含殮，換了孝服，將她大伯和丈夫的後事囑託了她父親，自己帶了參湯，先餵過兩人，然後跪到府衙門口，對著于學禮哭得死去活來。

這個案子，不用說，早已驚動府城附近幾十個村鎮；吳氏跪哭的時候，已經有二千多人圍觀，只見那吳氏忽然不哭，站起來向她丈夫說道：「你慢慢走，我替你先到地下收拾房子去！」說罷，從食盒裡掏出一把鋒利的小刀，朝脖子上用力一抹，就沒有氣了。

圍觀的人，有些是老太太，也有些是年輕的姑娘；當時就有了哭聲。那陳仁美和一班奉命來維持秩序的差人看見，也覺得悲慘。

仁美對差人們說：「諸位！這吳少奶奶的節烈，是一定可以得到朝廷表揚的。我看——這個時候把于學禮放下來，還可以活，我們不如借著這個題目，上去替他求一求吧！」眾人都說：「有理。」

陳頭兒立刻進衙裡去，找到稿案先生，把剛才的事說了一遍，又說：「民間的意思，說這節婦為夫自盡，情實可憫，可否求大人將她丈夫放下，以慰烈婦在天之靈？」稿案說：「這話很有理由，我就替你走一趟也不枉。」

走進簽押房，見玉大人正在詢問外頭發生了什麼事，為何老百姓這等喧譁。稿案便把陳仁美的意思說了。

玉大人方才曉得吳氏已死，民眾都有同情她的意思；心裡著慌，面上卻不表現出來，笑著對稿案先生說：「你們倒好，忽然都慈悲起來了。」

稿案正要開口，那玉大人「呸！」的一聲，吐出一口濃痰，大罵道：「你會慈悲于家人，你就不會慈悲你主人嗎？這人不論冤枉不冤枉，死了就算了；若放下他，一定不肯甘休，一定要到省裡京裡上控，到那時候，連我的前程都保不住。俗語說得好：『斬草要除根。』就是這個道理。尤其這吳氏，最最可恨，她一肚子覺得我冤枉了她一家人——若不是個女人，她雖死了，我還要打她二千板子，出出氣呢！你傳話下去，叫那些刁民早早散了回家，莫再管閒事；還有，誰若再來替于家求情，就是得了賄賂，不必再來稟報，就把這求情的人，也用站籠站起來就完了。」稿案下來說了，大家嘆口氣，就散了。

到傍晚，于學詩、學禮先後死了，一家四口棺木，停在曹州府西門外的觀音寺。玉大人還立一道告示：「禁止聚觀」。

八

卻說老殘在董家老店住下，次日聽店主老董談起于家莊的事，就要往西門去看于家的四口棺木，奠祭奠祭，被這家主人千萬攔住，不讓他去。

正說話間，隔鄰糧號的劉掌櫃，也湊過來聽。說到精采處，他也添上幾句，原來吳氏自殺那天，他恰巧進城收帳，擠在前排，看得最真切，回來連作了三天噩夢，經老董一提起，又全部回到眼前來，便接過來說：

「當日四個人死後，于朝棟的女婿——也是個秀才，急急趕回和于學詩的媳婦商議，準備上控。就有地方上老年見過世面的人勸阻他道：

『不妥！不妥！你想叫誰去呢？叫外人去，本來就事不干己，弄不好還有個多事的罪名。若說叫于大奶奶去吧，兩孫子還小，家裡偌大的一份產業，全靠她一人支撐，萬一再有個三長兩短，這份家業只好由眾親族分去，兩個小孫子誰來撫養？好端端的反把于家的香火斷絕了。』

旁人也勸道：『我們民家被官家害了，只當做是命該如此，除了忍受，還有什麼法子？倘若上控去了，照例要發回來審問，要是再落到他手裡，不是又白白送上一條命嗎？』眾人想想，也真是沒有法子，只好罷了。」

老董點點頭，接口道：「後來，市井裡的人都說，那些栽贓在于家的真正強盜，聽見這樣的結局，都後悔得不得了，說：『我當初恨他報案，害咱死了兩個弟兄，所以用個借刀殺人的法子，讓他家吃幾個月的官司，不怕他不花掉一兩千吊錢。誰知道竟鬧得這麼厲害，連傷了他四條性命，實在我和他家也沒有這麼大的仇恨。』」

老殘道：「依這話聽來，玉大人不是給強盜做兵器嗎？」又問：「這強盜所說的話，又是誰聽見的呢？」

老董道：「還是那個陳頭兒。

那天，他們碰了個大釘子下來，看這于家死得實在悽慘，又平白收了人家一副金鐲子，心裡很覺得過意不去，所以大家動了公憤，齊心齊意要破這一案。再加上鄰近地方，有些江湖上的英雄豪傑，也恨這夥強盜做得太毒、太絕，齊來幫助，所以不到一個月，就捉住了六個人。其中有四個牽連著別的案子，都站死了；有兩個專只犯于家移贓這一案的，被玉大人都放了！」

老殘說：「玉賢這個酷吏，實在令人痛恨！他除了這一案不算，別的案子辦得怎麼樣呢？」

老董未及回答，門口又來了幾輛小車，是過路人打尖的，老董前後招呼，忙著在各桌上算飯錢。老殘吃過飯，逕自出門去了。

一時無事，就在街頭四處逛逛，看見一戶雜貨鋪便踱了進去，想買些零嘴吃吃。櫃臺裡邊，坐著一個五十多歲光景的老頭子，正在打盹，老殘喚了兩聲，那老頭兒才突然驚覺，站起來招呼。老殘買了東西，順口問他：

「您老貴姓？」

「姓王，您貴姓？不像是本地的人。」

老殘道：「姓鐵，江南人。」

老人道：「江南真是好地方，上有天堂，下有蘇杭，不像我們這個地獄世界。」

老殘道：「這裡有山有水，也產稻、也產麥，和江南有什麼兩樣？」

老人嘆口氣道：「一言難盡！」就住口不說了。

老殘付了錢，又問道：

「你們這裡的玉大人好嗎？」

老人道：「是個好官，是個清官，是個大好官。衙門口有十二架站籠，天天沒有空；難得有一兩天空得一個兩個的。」

兩人說話的時候，後面走出一個中年婦人，在貨架上找東西，手裡拿著一個粗碗，盛著半碗白粉；看見櫃臺外有人，多看了一眼，仍舊找她的東西。

老殘道：「哪有這麼多強盜呢？」

那人道：「誰知道呢？」

老殘道：「恐怕有些是冤枉的吧？」那人道：「不冤枉！不冤枉！」

老殘道：「聽說他隨便見著什麼人，只要不順他的眼，就抓來用站籠站死；或者說話不小心，犯到他手裡，也是一個死，有這樣的事嗎？」

那人聽了老殘的話，眼眶子漸漸發紅，只是不知道老殘的身分來歷，所以眼淚未曾落下。口裡還說：

「沒有這樣的事！沒有！沒有！」

那找尋東西的婦人，朝外一望，眼淚就滴了下來；東西也不找了，一手拿著碗，一手用袖子掩著臉，往後面跑去；才跑了幾步，就唏噓地哭起來了。老殘本想再問下去，看那人的臉色哀慟，反倒不好意思開口，只得辭出。

回到店裡，老董也收拾好店面，坐在那兒抽煙，看見老殘，忙問他到哪裡去了。老殘便將剛才小雜貨店裡所見的種種，告訴老董，問他是什麼緣故？

老董說：「這人姓王，只有夫妻兩個，三十歲才成家；所以只生一個兒子，今年已經二十一歲了。這家店裡的貨，粗笨的，就在本莊有集的時候買進；比較細巧一點的，都是他這兒子到府城裡去買；今年春天，他兒子在府城裡，不知怎麼多喝了兩杯酒，在酒樓上就把這玉大人怎樣可惡，怎樣冤枉好人，隨口瞎說；正巧被玉大人的心腹聽見，就把他抓進衙門。

大人坐堂，只罵了一句說：『你這東西謠言惑眾，還得了啊！』站起站籠，不到兩天，鄉下的爹媽還不曉得，就活生生地餓死了。您老剛才看見的中年婦人，就是這王姓的妻子，今年也四十多歲了；夫婦倆只指望這唯一的兒子，身邊更沒有別人；您提起玉大人，叫他們怎麼不傷心呢？」

老殘道：「這玉賢，看來真正是死有餘辜的人，怎麼省城裡傳聞他的官聲，好到極點，煞是怪事！我若有權，非殺他不可！」

老董聽他大聲斥罵，嚇了一跳，連忙拉了他進屋裡去，低聲道：「您老小聲點！您老在這裡隨便說說，還不要緊，若到城裡，可別這麼嚷嚷，會送性命的呀！」老殘笑道：

「多承關照，我留心就是了。」當日回房休息。

九

第二天，老殘別了董家口，直奔馬家集；這個集子，比董家口稍小，離曹州府城只有四十五里。老殘到了這兒，天色已晚，想要住店，不料連走兩家，都已經住滿。

老殘沒處可去，正在懊惱，忽見路旁有個店招——平安客棧，因為天色太暗，又沒有燈光，看不清楚，而且那門也是關著的，像是不做生意。老殘無法，只得上前敲門，敲了半天，才有一個人出來，說：「我家這兩天不做生意！」問他什麼緣故，也不肯說，只是不肯放人進來。

商議了半天，那店夥才不堅持，無精打采地開了一間房子，嘴裡嘰咕著說：「茶水飯食，今天都沒有準備；您既然今晚沒地方睡，在這裡將就將就，別怪我怠慢！我們掌櫃的進城收屍去了，店裡沒人。對了！您老要是還沒有吃飯，對街有個飯店兼茶館，可以到那兒吃。」

老殘連忙謙道：「謝謝！謝謝！出外人隨便將就都行。」

那店夥看他好說話，也放出好臉色，道：「我睡的地方，在大門旁邊的小屋裡，您有事便招呼我，別客氣！」

老殘聽說「收屍」兩字，料想和玉大人有關；這晚吃過飯，也不到別的地方，單在飯館裡買了幾塊茶乾，四五包點心，臨走時又沽了兩瓶酒；那店夥正坐在大廳上等他回來好關門；老殘道：「我買了些酒，你拴上大門，一起進來喝一杯吧！」

那夥計欣然答應，跑去把大門、二門都上了閂，才到老殘房裡，站在一旁直說：「您老請自己用吧！俺粗人，不敢當的。」

老殘拉他坐下，倒一杯酒給他，他高興得嘴都合不攏，連連說：「不敢！不敢！」其實酒杯子早已送到嘴邊去了。

幾杯下肚，這店夥的話就多了。

「我看您老儀表非凡，明明像個讀書做官的；怎麼做起搖串鈴的郎中，又這等好脾氣，稀見得很呢！」

老殘也不笑，只問：「你說讀書做官的人，就不會有脾氣好的人嗎？」

店夥道：「那當然！仗著這裡沒有外人，我可以放肆說兩句，那些做官的，沒有個好東西！像俺這地方上的玉大人，真是了不得，賽過活閻王，誰碰著了，就是個死！」

老殘聽了此話，便問：「那麼說來，你方才說掌櫃的進城收屍去了，想必也是和玉大人有關的囉？」

「當然！當然！俺掌櫃的進城，為的是他妹夫。他這妹夫，也是極老實的人，一直就住在俺這個店的後面；平常，就到鄉下買購幾匹土布，到城裡去賣，賺幾個錢，也夠生活。那天他背著四匹白布進城，在廟口擺攤子賣，早晨賣去兩匹，後來又賣去五尺，最後又來一個人，只要八尺五寸布。

他妹夫本要撕那匹賣過的，誰知這人一定要在那整匹未賣的撕，說是願意每尺多給兩個大錢，就這樣成交了。

過了沒有兩頓飯的功夫，玉大人騎著馬，打廟門口過，身旁有個馬兵向他說了幾句話，玉大人神色一寒，朝他妹夫望了一眼，就說：『把這個人連布帶到衙門裡去！』到了衙門，玉大人三步兩步趕上大堂，坐下，他妹夫和布匹也帶到了。玉大人也不看，就拍著驚堂木問道：

『你這布哪裡來的？』

『鄉下買來的。』

『每個有多少尺寸？』

『一個賣過五尺，一個賣過八尺五寸。』

大人一聽，便罵他：『混蛋！你既是零賣的，兩個都是一樣的布，為什麼這個上頭撕撕，那個上頭扯扯呢？還剩多少尺寸，怎麼答不出來呢？』當時便叫差人：『替我把布量一量！』有差人過來量了，報上去說：

『一個是二丈五尺，一個是二丈一尺五寸。』

玉大人裝腔作勢地罵過了，便笑著向他說：『你認識字嗎？』他說：『不認識。』大人說：『念給他聽！』

旁邊一個文案先生，拿過單子念道：『十七日早，金四來報：昨日太陽落山時候，在西門外十五里地方被劫。劫犯只有一個人，從樹林子裡出來，用大刀在我肩膀上砍一刀，搶去大錢一吊四百，白布兩匹：一個長兩丈五尺，一個長兩丈一尺五寸。』念到這裡，玉大人手一揮，阻止文案再念，說：『布匹尺寸顏色，都和失單相符，不是你搶是誰？你還想狡辯什麼？拉下去站起來！把布匹交還給金四結案。』

站了兩天，才有人來店裡報告，請掌櫃的去收屍。」

那店夥說得順口連酒都忘了喝，老殘便斟滿一杯遞過去給他，隨口問道：「這件事，看樣子是捕快做好的圈套，你掌櫃的妹夫做了替死鬼；但是他一個老實人，為什麼人家要害他呢？你掌櫃的有沒有去打聽打聽呢？」

店夥道：「怎麼沒有？說來，這也要怪他自己不好，嘴巴太快，才惹來這樣的下場。」

老殘「哦！」了一聲，聽他說下去：

「我也是聽人家說的。府城裡面，靠南門大街有一條小巷子，住的都是做小買賣的人家。當中有一家，只有父女兩個，做爸爸的四十多歲，他女兒才十七八，長得也好看，就是沒有婆家，日常站在巷子口，和過往的人眉來眼去。不知怎樣，被府裡馬隊的王隊長看上，兩人就有些不乾不淨。

這王隊長，原來是黑道上的人物，渾名叫做『花胳膊王三』，仗著馬隊的威勢，怕他的人不少。衝著這一點，他和那閨女的事，左右街坊都不敢過問。也是合該有事，竟被她爸爸回來撞見，當晚就把她著實打了一頓，還把大門鎖上，不許女兒出去。不到半個月，那花胳膊王三，設了一個計，把她爸爸誣告成強盜，用站籠站死。後來不但這女孩做了王三的小妾，就連她家的三間房子，也成了王三的產業。

俺掌櫃的妹夫，在南門口賣過布，知道這件事情，和別人講起，別的人都勸他不要說出去，他不聽。有一天，在飯店裡多吃了兩杯酒，就發起瘋來——」

說到這裡，忽然住口，推說酒喝夠了，起身便要離去。老殘再三拉住，店夥道：「您老不是微服私訪的老爺吧？俺多喝了兩杯，發起酒癲，說話可不能算數，您別聽好同我一般見識吧！」

老殘這才恍然大悟，道：「不干你事，不干你事，我聽著好玩，不聽也是可以的。」夥計聽了，才放下心來，把故事說完。

原來當日掌櫃的妹夫，並不是一個人喝酒；和他一道在酒樓上的，還有馬家集的人，叫張二禿子。兩人一面喝酒，一面說話，他妹夫說：「怎麼緣故，這些人一點天理也沒有！」

那張二禿子也是個不知利害輕重的人，說得興起，也大聲道：「那王三還是義和團的小師兄呢！聽說二郎神、關帝爺多少位正神，常常降在他身上，難道就不管管他嗎？」

妹夫道：「誰說不管？聽說呀，前不久他請孫悟空大聖，孫大聖沒有到，來了豬八戒老爺。倘若不是因為他昧著良心，為什麼孫大聖不肯來，倒叫豬八戒下來呢？我說呀！像他良心這樣壞的人，總有一天，碰著大聖看不過去的時候，舉起金箍棒來，給他一棒，那他就受不了了。」

二人談得高興，不知道早就被密報給王三去了；沒有幾天工夫，掌櫃的妹夫就遇到這場大禍；張二禿子看看來勢不妙，橫豎自己沒有家眷，一屁股溜到隔省的河南歸德府去找朋友，才給他逃掉了。

夥計把話說完，站起身來，在桌上摸了個半截線香，把燈撥亮些，說：「我去拿油壺來添添這燈。」

老殘說：「不用了，橫豎沒事，早些睡吧！」

次日早晨，老殘收拾行李，讓車夫來搬上車子，要付房錢，夥計再三不收，道：「掌櫃收屍去了，歇著也是歇著，難得您老來做伴，錢，是不便收的。您老要進城，切勿多話。俺這裡，人人都耽著三分驚險，大意一點兒，站籠就會飛到脖子梗兒上來的。」

老殘笑著道：「多謝照顧！」

一面，車夫將車子推動，向南擇大路出發。

十

午牌時分，老殘已來到曹州府。

進了北門，就是一條熱鬧非凡的府前大街，老殘尋了一家客店歇腳，這客店比董家口、曹家集兩處所住的大得多，老殘為了省幾文錢，只在廂房擇一個小間的住下。

吃過午飯，便到府衙門前觀望觀望，只見大門上正有幾個差人，在懸掛著紅色彩紬。門口兩旁，果真有十二個站籠，卻都是空的，一個人也沒有。那彩紬上還繡著四個金字：「政清刑簡」。

老殘心想：「難道一路傳聞，都是謊話嗎？」便沿街走去，問了許多人，眾口一詞都是稱頌玉賢的。看看天色已晚，才回店歇宿。

次日，早飯後，老殘想府前大街不必問了，信步便往南門走去；走了許久，看見一家小小書店，倒也清淨雅致，東邊一半牆上，掛著幾張字畫，無非是一些仿造的筆墨，無什趣味；西半邊是些木架子，堆滿了書。老殘走到賣書這邊的櫃臺，問掌櫃的此地賣的是些什麼書籍，兩人就談了起來。

正談話間，外面忽然走進來一個人，拉了拉老殘說：「趕緊回去吧，衙門裡頭來了幾個差人，在我們店裡，急著找您老說話呢！快點走吧！」

老殘聽了，也不知什麼事，便道：「你先回去，叫他們等一等，我和掌櫃的再說兩句，就回店去。」

那人不肯，扯著老殘袖子，口裡直嚷：「我在街上找您好半天了，俺店裡上下都著急得不得了，您老就早點回去吧！」

老殘說：「不要緊的，你既找到了我，你就沒有錯了，你先回去，隨後我就來。」

那人去後，書店掌櫃的看著他走得遠了，慌忙低聲向老殘說道：「您老留在店裡的行李值多少錢？此地有靠得住的朋友嗎？」

老殘道：「我的行李倒不值什麼錢，在此地也沒有熟識的朋友，您問這話是什麼意思呢？」

掌櫃道：「我們這個玉大人，厲害得很，不論你有理沒理，只要他自己心裡覺得不錯，就拉上站籠去；現在既是府裡的差人來了，恐怕不知道是誰牽連到您老，我看是凶多吉少，不如趁早逃走；行李既然不值錢，丟了就算了，還是性命要緊！」

老殘心裡納悶，卻不想就此悄悄溜走，便回答說：「我倒不怕，難道他能拿我當強盜不成？這事我很放心。」說罷，向掌櫃的道了聲謝，便出了店門，往客棧走去。

走進店裡，只見院裡放了一頂藍呢大轎，許多轎夫穿著棉襖袴，頭戴著大帽子，圍在一旁吃餅。上房和廂房裡，也都有許多戴著大帽子的人出入；老殘仔細看，他們背上寫的都是「城武縣民壯」的字樣；心想這些都是城武縣的差人，不知道曹州府的差人在哪裡？

十一

老殘正納悶著，只見上房裡走出一個人，朝自己打了個招呼，道：「補翁！多時不見了。」

老殘連忙回道：「不敢。」看這人的形貌，似乎在哪裡會面過，卻是早已沒有印象。看他穿了件舊寧紬二藍的大毛皮袍子，玄色長袖皮馬褂，腳下著了一雙絨絲鞋，分明是個讀書的人。

這人也爽快，直截了當地便說：「小弟姓申，名東平；家兄東造，和您在濟南城是見過面的。」

老殘屈指一算，喜道：「路上聽說令兄委了城武縣，剛從省城裡出發，這麼快便到曹州府了。既然令兄在此，今夜便熱鬧了。」

原來曹州府屬下，有三個縣，城武是其中的大縣。申公上任之前，必須到府城拜會，然後才蒞縣視事。昨夜一到，打聽到老殘也在這裡，因此急急遣人覓他；老殘自然不知道這一層道理。寒暄已畢，老殘便向東平問道：

「剛才店裡的夥計四處找我，說曹州府裡派人來傳我，你知道嗎？」

東平道：「恐怕不是吧！」喚了店夥一問，原來就是申公的差人找他去的。兩人聽了，才相視而笑。東平拉了老殘的手，說：

「前些時候，宮保大人聽說老哥不告而去，心裡十分難過，說自己一生最愛人才，以為天下沒有不可以延納的人，今日竟遇著一個鐵君，能夠視富貴如浮雲，反身自省，愈覺得自己齷齪不堪了——這件事，省城裡沒有人不知道的。」

老殘伸了伸舌頭，道：「豈敢！豈敢！」

東平又說：「家兄這一次出來，宮保大人還特別吩咐他，如果見著鐵君，好好代他致意！沒想到果真遇見您。」

老殘和東平本來只見過幾回，兩人都是性情中人，聊上幾句，彼此就談得十分投緣。不久，申公從玉大人府中回來，見東平和老殘在房中閒談，心裡頗為高興，便低聲向隨行的差人吩咐幾句。立時有一名差人飛奔進來，大喊道：「不要走了姓鐵的！快拿下！」就有數名差人跑過來，大喝助威；老殘正驚愕間，只見申公從外面進來，笑道：「宮保有令逮捕你歸案呢！」

老殘也笑道：「我可不是強盜哩！」

東平也說：「大哥！適才我和補翁也談到宮保的意思，補翁還不相信呢？」

申公揮揮手，命手下人退下，笑著道：「補翁是清高的人，你說這些還汙了他的耳呢！」

老殘道：「哪裡的話，宮保愛才若渴，小弟實在欽佩得很；至於我不辭而別的緣故，並不是自鳴清高的意思。一來是我深知自己才疏學淺，不敢受大人的抬舉；二來是因為這玉賢的聲名太大，想出來看看到底他是何等人物。至於『清高』二字，小弟不但不敢當，而且不屑去做。天地間的人才，本來就很有限，假使真是一個人才，又自視清高，不肯出來濟世救民，豈不是辜負了上天的苦心嗎？」

申公道：「高論！高論！」

東平道：「補翁剛才說要出來查訪玉賢的政績，可訪出什麼消息沒有？我們這玉太尊，究竟是何等人物？」

老殘憤憤道：「不過是下流的酷吏，比歷史上有名的郅都、甯成之流還要欠一等了。」便把路上所聞細細述說一遍，二申也有同意的，也有不曾聽說的，說到最後，中公忍不住嘆息道：「我們一朝做官，耳目都受到隔閡，若不是補翁這樣細訪，還不容易窺見他的面目呢！」

老殘又道：「我卻有一件疑惑的，今天在府門前躑躚，看見十二個站籠都空著，恐怕鄉下人的話，不太靠得住，也說不定。」

申公道：「這倒不然！我剛從府衙裡出來，知道一點，這是因為玉太尊昨日得到撫院的通知，已經委派實缺，還在別案的奏摺裡特別保舉他以道員銜候補；還說，一旦實授道員以後，賞他加三品頭銜。玉大人一高興，下令停刑三日，讓大家賀喜，你不見衙門口掛著紅彩紬嗎？聽說停刑的前一日——就是昨天——站籠上還有幾個半死不活的人，都打死了。」

說完，彼此嘆息一會兒，老殘便要告辭回房休息；中公看他只穿著一件棉袍子，便道：「怎麼這麼冷的天還穿棉袍子呢？」

老殘道：「其實我也不覺得冷；我們從當小孩子起，就不穿皮袍子；日久習慣了，這棉袍的力量，恐怕比你們的狐皮還要暖和些呢！」

申公道：「雖然這樣說，終究還是不妥。」回身叫家人：「你們到我那扁皮箱裡，把一件新翻的白狐袍子，取出來送到鐵老爺的屋子裡去！」

老殘朝二申做了個搖串鈴的手勢，道：「千萬不必，我也不是客氣的人，這事萬萬不必。你想，天下有穿狐皮袍子搖串鈴的嗎？」

東平聽著，噗嗤一笑，正要開口。那申公正色道：「你那串鈴本來就可以不搖，何必矯俗到這個地步呢！承蒙不棄，還拿我當個朋友的話，我可要勸勸你。不管你高興不高興。剛才聽補翁說天地生才有限，每個人都該盡點力，對這話，我完全贊成。但是，補翁所做的事情，卻與口中所說不符；比如宮保大人要請你出來做官，你卻半夜裡跑了，一定要出來搖串鈴，冒風霜。這不是太不近人情了嗎？」

老殘道：「搖串鈴固然對世道沒有多大好處；難道說，做官就有益於世道嗎？請問老兄：你現在已經是武城縣一百里十萬人民的父母官了，有沒有辦法為百姓謀幸福呢？我知道你在這以前已經做過兩三任官，有沒有值得讓人民稱道的善政呢？」

申公道：「不是這麼說，我們這些庸才，能混混日子也就算了，像補翁這樣宏才大略，不出來做點事情，實在可惜。」

東平也道：「對呀！現今無才的，拚死拚活要做官；有才的，又抵死不做官。天下事就這樣搞壞了。」

老殘道：「不對！我看那些無才的要做官，還不要緊；壞就壞在有才的要做官。你想這個玉賢玉太尊，不是個有才的嗎？只為了想做官，而且急於做大官，所以傷天害理的事做到這樣；現在他官聲這麼好，不要幾年，就升上封疆大吏，這是一定的事。像這種人，官愈大，為害愈甚，出守一府，一府全都受害；巡撫一省，那一省便要殘破；做全國的宰相，那麼天下人都要受其害。由此看來，到底是有才的做官為害大呢？還是無才的做官為害大呢？」

頓了一頓，又說：「倘若他也像我一樣，搖個串鈴子混混，正正經經的病，人家不要他治，一點點小病痛，醫錯了也死不了；即使他一年醫死一個，一萬年醫死一萬個，還趕不上他一任曹州府所害的人數呢！」

三人又說了幾句，無非是玉賢如何如何酷虐；中公又把狐皮袍子的事提起，老殘不得已，只好收下。天時已晚，便飯後，各自回房休息。

十二

這一夜，申家兄弟反覆不能成眠，想到玉賢的種種酷虐，又想到眼前還要做他的下屬，都感到萬分無趣。

次日一早，申公起身，忙喚東平到廂房裡請老殘過來吃飯。東平應聲：「好！」走到東廂一看，門是虛掩的，裡面沒有半個人影。但見那靠北的窗戶上，裱糊的紙，全都破爛不堪，只有一張完整的，懸空了半截，經過雪氣溼潤，也有些腐蝕了；北風一陣吹來，這紙就迎著風「豁多！豁多！」地響；旁邊零碎小紙，雖然沒有聲音，卻不住地亂搖。清晨的天色又陰沉得很，整間房裡，便覺得陰風森森，慘淡異常。東平站了一會兒，嘆一口氣，就走了。

且說老殘此時正在不遠處的城牆上眺望雪景。

那城牆還是洪楊之亂時地方上捐錢重修的，雖然不怎麼高大，在山東一帶還算是大的。從城上向外望去，阡陌縱橫，真是個好地方。清晨的風已經很大，棉袍子穿在身上，下襬飄得老高，站在高城上，就像乘雲駕風的仙人一般，老殘心裡高興，便伸開兩臂，舞蹈起來。

不一會兒，空中忽然一片一片地飄下雪花來，頃刻之間，雪便紛紛大了，迴旋飛舞，越下越緊，老殘也不怕，依舊在城牆上走。那雪下得更大了，從高處看下去，只見大小樹枝，彷彿都用簇新的棉花裹著似的。樹上有幾隻老烏鴉，縮著頸子，蹲在一起避寒，不住的抖擻羽毛，怕被雪堆著；又看見許多麻雀，躲在人家的屋簷下，也把頭縮著，看著實在可憐。

老殘心想：「今年的冬天來得好快！」又想：「這些鳥雀，無非靠著草木上結的果實，以及小蟲小蟻之類，充飢度日；現在各樣的蟲蟻，被雪一蓋，都看不見了；那果實，也早已沒有，豈不是要捱餓到明年春天嗎？」想到這裡，竟然替鳥雀擔憂得不得了。

走了幾步，又想：「這些鳥雀雖然凍餓，還沒有人用槍去射殺牠們，也沒有什麼人用網羅來捉牠們，儘管暫時飢寒，到明春也就好了。若像曹州府的百姓，近幾年的收成，就不怎麼好，又有這麼一個殘酷的父母官，動不動便捉了去當做強盜，用站籠站死，嚇得人們連一句怨恨的話也說不出來。在飢寒之外，又多一層懼怕，豈不是比鳥雀還要不如嗎？」想著，眼淚不覺落了下來！

又見那老鴉，有一陣沒一陣的，「刮！」、「刮！」叫了幾聲，彷彿牠不是號寒啼飢，而是因為有了言論自由，故意來驕弄這曹州府百姓似的。

想到這裡，看看雪實在太大，只得回去。回到店裡，便有一名戴著紅纓帽的人迎將上來，口稱：「鐵老爺！敝上請鐵老爺吃飯，等您回來呢！」

老殘道：「請你們老爺自己用吧，我早上出門前，已經吩咐店裡準備午飯，一會兒就送來。說我謝謝就是了。」

那人道：「敝上說，店裡的飯菜不中吃，我們那裡有人送了兩隻山鷄，已經都切片了，還切了些牛肉片子，等著您過去吃火鍋呢！敝上還說，如果鐵老爺一定不肯過去，那麼就把飯搬到鐵老爺的屋裡來吃。我看還是請您過去吧，那邊屋子裡的大火盆，有您屋裡火盆四五個大，暖和得多呢！我們下人也省了一場搬動，您老看怎樣方便呢？」

老殘無法推辭，只好過去。申公見了，說：「補翁在那屋裡做什麼？這樣的大雪天，正好喝他兩杯。今天恰好有人送來兩隻山鷄，燙著吃，味道很好，所以我就想借花獻佛了。」說著，便讓老殘入坐了。家人端上山鷄片，果然有紅有白，顏色可愛；燙著吃，更覺清香鮮美。

申公說：「補翁吃得出有點不同嗎？」

老殘道：「果然有點清香，和別的鷄不同，是什麼道理？」

申公道：「這鷄出在肥城縣桃花山裡頭，山裡松樹很多，這山鷄專門吃松花松子，所以有點清香，俗名叫做『松花鷄』，雖然是本地出產，可也不容易買到。」

飯後，三人同到裡房吃茶、烤火。

東平道：「家兄昨夜為了玉太尊的緣故，十分懊惱。」

申公道：「這事不提也罷，不要擾了興頭。」

東平道：「說說何妨！補翁閱歷甚多，或許有良策，可以應付呢！」

老殘聽他兄弟爭論，便問是何事，申公道：

「昨日我倆聽見高論，想那玉大人如此酷虐，小弟又在他屬下做官，著實為難。倘若依他的意思去做，可憐平白害了百姓，實在不忍；不依他的法子去做，又實在沒有別的良法，不知道如何是好？殘哥能幫我出個主意的話，感激不盡！」

老殘道：「說起來也不難，只是不知道老兄做官的宗旨如何？若只求在上官面前討好，做得有聲有色，這樣最容易，只須依照玉大人的辦法，動動刀斧就成了。若要顧念到『父母官』三字，想要為民興利除害，那麼盜匪的問題也並不難解決。」

申公道：「為民除害的心，自然是有；但本地的盜匪太多，也是全省有名的。前任的黃大人召募了五十人的小隊，盜案仍然層出不窮，最後上面看不過去，找了一個理由把他免職。你想：縱然我有為民的心，弄到最後卻步上黃大人的後塵，這又有什麼意思呢？」

老殘道：「黃公的做法，當然不可遵循，而且，他養五十名的小隊，也太多了。花費大，不是虧空公費，就是擾亂百姓、強迫捐獻。若是前者，左右只害了自己，並不打緊；若是後者，豈不是『逼民為盜』，哪有釐清的一天呢？」

申公道：「高見！高見！我計算過以城武縣的財力，一年籌個一千兩來專門辦理盜案，還可以拿得出，超過此數，只好私人掏腰包。要像前任那樣，養上五十名小隊，還不知道從哪裡湊錢呢！」

老殘沉吟道：「照這樣說，倒有個辦法。如果你每年能夠籌出一千三百兩，不要管我怎麼用它，我就可以代你定條計策，包你全縣沒有一個盜案，假使有盜案，包你立刻可以偵破。你看怎樣？」

中公拍手歡道：「補翁若肯屈就，再也沒有什麼難題了。」老殘笑著搖手道：「不是我自己去，而是教您一個好法子。」

東平在一旁聽了，道：

「補翁不去嗎？補翁不去，這個法子誰來主持呢？」

老殘笑對東平說：「正是，我想推薦個人給賢昆仲，但是此人非同小可，必須要特別禮貌才請得動他，有他出來，就不必我去了。」

十三

老殘要推薦的這人，叫劉仁甫，是江湖上大大有名的人。

當時北三省——河南、山東、直隸三省，和江蘇、安徽兩個半省，盜賊多過牛毛。這些強盜當中，還有兩種分別：一種是大盜，大盜有頭領、有號令、有紀律。他們畫地為寨，聚上千兒八百人馬，有槍有炮，平時就靠催收糧草，斂幾個買路錢來維持，也和官府有租稅收入一樣；這些是不作興殺害人命的。還有一種小盜，就是那些隨時隨地要無賴的流氓，或是失業的遊民，胡亂搶劫殺人之後，落草為盜，既沒有能力結夥成大盜，也沒有餘錢買槍火兵器，搶過之後，不是喝酒，就是嫖妓、賭博，把劫來的錢花掉，這種人最容易犯案。

官府查緝盜匪，固然很賣力，不過抓來抓去，頂多是那些小盜，辦了幾個，明天又生出幾個，令人好生頭痛。至於那大盜們，不要說頭目人物，就是他們的嘍囉，也很少被捉著。遇到像玉賢玉大人之流的酷吏，少不得捉些善良百姓，冒充強盜來抵數。

強盜一多，民間沒有法子，就有了保鏢這一行。看官！保鏢的可不是個個武功超群，往上一竄，躍上十丈八丈的屋簷，跳下來還能和百來個人廝殺的。他們也和你我一樣，只不過體魄強健，嫻熟刀劍罷了，他有什麼法子能保人家的鏢呢？原來大盜們還有這樣的規矩，不可以搶劫鏢局的人貨——照說，保鏢每一趟保的貨，都有十萬二十萬兩銀子，鏢車上管事的人，不過三兩個，最多十來個。要是哪一處強盜搶去，就夠他享用一輩子了，難道他們不會動心嗎？這當中有個緣故。

大凡鏢車出門，都要打出字號，學些行話；萬一遇到不識相的來搶，看見字號、行話，彼此打個招呼就放過去了，絕不會去搶他。鏢局的幾家字號，大盜都知道；大盜有幾處巢穴，鏢局也是知道的。

倘若大盜的人到了有鏢局的地方，進門去只要打個暗號，局裡人就知道是哪一路的朋友，必須留他吃飯喝酒，臨走還要送他三百兩百的現鈔做盤纏。若是大頭目到了，更要盡力去應酬。這一來，大盜們等於在各地開了幾個錢莊，有什麼不樂意的呢？這就叫江湖上的規矩。

這劉仁甫十四五歲時，就在江湖上行走，曾經到嵩山少林寺學拳術棍棒。學了幾年，覺得徒有虛名，大為失望，下山以後，經過許多地方，有一天到了四川峨嵋山下。

仁甫心想，久聞峨嵋金頂的風景，何不上去玩玩？也是他少年心性，偏愛撿那種險峻的小路去走，走了半天，忽然迷了方向。午後的峨嵋山上，總是會下一陣急雨，雨下過就不要緊了。這時正是下雨前的一刻，濃雲密密地裹住周圍的林木，天色一下子全暗了下來。正在徬徨失措之際，耳邊忽聽到有人長嘯的聲音，循聲望去，原來是一名挑水的老僧，對著黑雲縱聲長嘯。

仁甫看見山中有人，便放心了，那老僧也不理他，挑起水擔子，越走越快，仁甫放開雙腿，追了許久，才看見老僧進入一間破樹皮搭成的草寮。不禁暗暗詫異。

從早到晚，僧人就不再出來了；這劉仁甫動了少年脾氣，也搭了一個草棚子，就在和尚的斜對面住下。這僧人並不和他說話，天才亮便自行去挑水，長嘯，夜晚便在屋前空地練起拳來。

劉仁甫原只是出於好玩，打算兩三天後離開，再到別處玩耍。是晚，見僧人拳法絕妙，不禁暗暗稱奇，連想要離開的心思也打消了。

過了三天，夜夜如此，劉仁甫看得技癢，忍不住跑出去，跟著他的拳路比劃，和尚也不在意。一晃半年過去，仁甫知道自己的武功已有大進，還不知道所學的究竟是哪一門派的拳法。這天，和尚又出來打拳，看見劉仁甫打了一趟拳，口裡雖然不說話，眼角隱約地逗出了一點笑意。

仁甫見了，心知機不可失，便上前跪下，口稱：「師父！」僧人既不開口，也不迴避，仁甫再叫：「師父！」

只見那和尚朝他笑笑，輕輕地說：「孩子！起來，我不是你的師父。」又道：「你所學的，一套是太祖神拳，一套是少祖神拳，都是少林寺的拳法，將來好好守著，不要輕易傳給別人。」

仁甫奇道：「徒兒在少林寺四五年，沒有見過出色的拳法，師父從哪一位少林高僧學的呢？」

那和尚抬起頭緩緩道：

「這是少林寺的拳法，卻不是從少林寺學來的。現在少林寺裡，早已沒有人會了。這太祖拳，就是達摩老祖傳下的；少祖拳，是神光祖師傳下來的。當初傳下來這個拳法的時候，本意是為了讓和尚們學了這些，身體可以強壯，精神可以悠久；因為出家人常常要在深山野地裡，單身行走，難免遇到虎豹、盜賊之類，出家人身上又不好帶兵器，單靠這拳法，來保護性命。

後來少林寺拳法出了名，外邊來學的日益增多，那些人中，也有後來做了強盜的，也有奸淫人家婦女的，官府時常為這事苦惱，寺裡的老和尚也覺得太不像樣。因此，在現任住持以前四五代祖師，就將這些正經的拳法收起來不再傳授，只用些好看而不管用的招式，敷衍敷衍做個門面。我這拳法，是從漢中府裡，一位老和尚那裡學來的，你在少林寺，自然學不到了。」

當時正是太平天國鬧得天翻地覆的時候，仁甫從四川出來，路上見到湘軍在招訓新兵，就投入旗下從軍。起初幾個月，湘軍屢屢戰敗，損失了許多人馬，仁甫仗著武功，反而把敵軍的一名副將擒來。這時，劉仁甫到軍中，也已經結識了一班朋友，眾人看他立下大功，好不開心。

如此又過了一個月，上頭的封賞，一直沒有下來，就有耳目靈敏的人來說了：「湘軍必須湖南人，淮軍必須安徽人，才有得照應，外省的人，立下功勞也是白幹的。像劉仁甫那樣，又不是湖南人，又不是安徽人，何必辛苦掙什麼功勞，自找沒趣。」

仁甫知道了，只當做沒聽見這回事，又過了個把月，命令發下來，升他做一名小小的都司。到了這時候，他才曉得，再留在軍中，也不會有什麼出息了，收拾一下行李，便回到山東老家。

劉仁甫回到家中，從不和人說起峨嵋山上的事，每天和農夫一道下田做工，閒暇的時候，經常在山東、河北兩省遊玩，一面也是觀察山川形勢，結交風塵異人的意思。走的地方多了，做些俠義的本事，外頭的名聲就漸漸大起來。在河北、山東兩省，練武功的人，幾乎沒有不折服於他的；但是在老家，卻很少人知道他的名氣。也有一些慕名來向他學藝的，到了當地去打聽，地方上的人還不知道究竟怎麼一回事。

十四

老殘把劉仁甫的故事說到這裡，申公和東平齊聲讚歎，道：「可恨我們白白活了一把年紀，連這樣一位英雄人物也錯過了。」

老殘道：「還不晚呢，怎麼就說錯過了呢？」

東平道：「補翁快說！你有什麼妙法，可以請他來和我們相見呢？」

老殘道：「不急！不急！我的『妙計』，就是要請這位劉先生到尊兄縣上去幫忙的。」說著，向申公道：「不知道老兄可願意將此人延請來做上賓？」

申公忙道：「自然！自然！何用說呢！」

老殘正色道：「我方才說的這個劉仁甫，在江湖上大大有名；前年京城裡各家鏢局，聯合請他主持，送去幾十份重禮，都被他退回去，情願埋名隱姓，做個農夫，可見是不容易請的。老兄若能請到此人，小心客氣地以上賓之禮來待他，就好像貴縣開了一個保護本縣官民的鏢局了。他無事時，在街上茶館飯店裡坐坐，這裡過往江湖朋友，他一看便知道，隨便請幾個來吃吃飯，喝兩杯酒，不要十天半月，各處的大盜頭目，就都傳遍了，立刻會告誡手下說：『某處是劉某立足所在，不許打攪。』至於小盜，本來就不能和大盜相提並比，假使他隨意亂做，自有大盜的手下人，暗中替他追捕下去，無論怎樣的案子，都能夠破得漂亮。前任所募的五十名小隊，也可以裁減，只留下十名，節餘下來的錢，每月撥五十兩給他，不管他怎麼用；十名小隊，也撥五名給他留做呼喚的人，不加干涉，自然一切都做得好了。只是——

此人千萬不可怠慢，若怠慢此人，他必然立刻離開。他早上一走，下午各方的大盜都知道他和貴縣沒有瓜葛了，必然鬧得更凶了。」

東平咂咂舌頭，道：「有這麼厲害！」申公也道：「補翁的法子真妙，一部《資治通鑑》，還找不到這樣的主意呢！」

老殘道：「是真的，可不是說著玩的。」

中公道：「當然！當然！我明天就派人帶重禮去聘他；不過，此人既不肯應鏢局之聘，我們官府裡的人去請他，恐怕他也不肯來。」

老殘知道他話中的意思，也不再客氣，便道：「單單你去請他，他是一定不肯來，所以我要詳詳細細寫封信去，並且拿『救一縣無辜良民』的話去打動他，自然他就肯來了。我和他的交情不同於別人，我如果勸他，一定肯的。」

東平道：「哦！補翁和他有什麼交情，我們倒不知道。」

老殘苦笑道：「當年的事，不提也就忘了。我二十幾歲的時候，眼看天下將有大亂，所以極力留心將才，談兵舞棒的朋友很多。有一天，就在朋友家中認識劉仁甫。這晚聚會的人可不少，有的講世界地理，有的講兵法陣圖，有的講製造兵器，大家都是平時下工夫研究過的，談得很熱鬧。突然間，整個房裡全都靜下來，當時就看見一個年輕人在大廳中央，專心一意地打起拳來，眾人圍在旁邊，都屏住氣觀看。」

喝了口茶，又說：「我平日對武術一道，也頗有興趣，看過不少拳經刀譜；但是這一晚看他打的拳路，不但好看，而且有一股威風襲人，都是從來沒有見過的；到最後，這人縱身一跳，把幾丈高的屋梁拍了一下，才飄飄然落到地面，像沒事一樣。那圍觀的人見他躍起，都抬頭看，卻沒想到他竟然去拍那屋梁，就有很多人眼睛裡掉進了灰塵，一霎時，大廳中又是笑，又是罵的，鬧成一片。這天以後，我就和他有了交情。後來，大家漸漸年長，知道治理天下，又是一種人才，像我們所研究的講求的，都是沒有用的。因此，各人都各自謀生混飯，把這些雄心大志，全部拋進東洋大海去了。」

申公道：「補翁說哪裡的話呢！你的學問見識，別人全都趕不上。」老殘搖手謙遜幾句，又道：「可笑！可笑！當年我們還相約，倘若國家有用我們的一天，凡是在座的人，都要出來相助，不可以借故推辭。眼看今天的政局，益覺得當時真是狂妄得可笑。」

三人說了一陣，夜色已深，三人便約好明日寫了信，由東平送到柏樹峪，代表其兄去聘請劉仁甫。商量已定，這才各自回房安歇。老殘又擬了一封信，把玉賢的許多不是，詳詳細細地說了，託姚雲松呈給宮保——也打算明日寫好——才打開鋪蓋睡覺。

訪賢蹤，驚虎桃山，人入仙城

四、訪賢蹤，驚虎桃山，人入仙城

一

次日，東造赴任去了，老殘和東平又盤桓了一日，第三天清早，東平才帶了個家人動身。出曹州，過平陰，不到午牌時分，已經到了桃花山的山腳下。

出曹州的時候，還坐著大車，到平陰縣時，便換了馬匹，家人把行李換了小車，又雇了幾個車夫推著。等到了桃花山腳下，連馬匹也不方便，只好向村裡的人雇了一頭小驢，這才騎驢上山。

才出村莊，迎面攔著一條沙河，有三百來丈寬，真正的河身，只有中間一線，兩旁都是沙，土人在河上架了一個木板橋，約有數丈長光景。河面上結了一層冰，水從冰下流過，潺潺琤琤的非常好聽，大約是水流中帶著小冰，與上層的厚冰互相撞擊，發出來的聲音。

過了沙河，就是東峪。

原來這桃花山是南北縱走的，裡外一共有三重山峰，遠遠的像巨龍一樣，盤旋迂折，岡巒重疊，到此相交。靠左邊的山脈，和中央這條山脈，隔著一條大谿河，像山靈有意伸出一隻巨手，這就是東峪；那靠右的山脈，也有一條大谿河，叫西峪。兩峪裡的水，都流到山腳下相會，變成一條大谿，就是剛才所過的這條沙河，冬天水少，所以沙河的水量，就只剩得幾丈寬了。

進了東峪的山口，抬頭看時，只見不遠的前面，就是一片高山，像一座插架屏風似的，迎面豎起，土石相間，林木叢雜。

這時大雪早已停了，天色逐漸清朗，雖然沒有一點陽光，但是已經有些澄藍的天了。極目望去，石頭是青顏色的，雪地是白顏色的，樹上枝葉，是黃褐色的，又有許多松柏，還是翠生生的綠色，一叢一叢地聳峙在白雪之中，如同國畫上畫的一般。

東平騎著驢，玩賞著山景，口裡不由得吟詠起來，想要作兩首詩，描摹描摹這個景象。也不知過了多久，正凝神想詩的時候，忽然「轂鐸！」一聲，覺得右腳鬆了一下，身子忽然向右傾跌，滾下山澗去了。

抬頭看時，剛才走的路，已經在頭頂兩丈高的地方——原來這條路是沿著山澗造的，還不算太高，雖滾下來，並沒有受傷。

那澗旁的雪，本來就很厚了，上面又結了一層薄冰，做了一個淺淺的包皮；被東平一路滾下，那薄冰破裂後，碎冰紛紛滑落，劃成淺淺的溝子。東平滾了幾滾，就被一塊大石攔住，所以一點沒有碰傷，只覺得身體下面，尖尖刺刺的，極不舒服，回手一摸，原來是滑下來的碎冰塊，東平罵聲：「慚愧！」便扶著石頭，掙扎著想站起來，哪知一用力，竟把雪地戳了兩個一尺多深的窟窿。

再看那驢子，口裡正有一陣沒一陣地嘶叫，兩隻前蹄還站在路面上，兩隻後蹄，卻陷入路旁的泥雪裡，抽不出來，一條尾巴，搖晃得像花鼓擺兒。

東平想喊「救命」，卻看不見推車的人的影子，心裡十分著急。

卻說那家人押著行李小車，幾個人正走得滿頭大汗，忽聽到前面裂地崩山般的巨響，隨後又聽到驢子斷續的叫聲——山中靜寂得很，聲音傳來，倍覺清晰——心裡也開始著急，不知道發生了什麼事？偏偏這行李車走得又慢，不比騎著驢子，一步是一步，不太吃力；從出發到現在，早就比申東平慢了一里多路。原來這種車子，每輛得由兩個車夫，一個推、一個挽，才能走動。那小車輪子，本來是要壓到地上，有了反作用力才好走；現在雪積得太厚，壓在雪上，既沒有土地那麼堅實，阻力便很大。

眾人來到出事的地方，已經過了大半鐘點，東平忙喚家人，設法下來相救，但因冰面既滑，又沒有可以立腳的地方，下頭的人固然上不去，上頭的人也下不來。眾人商量之後，才把捆行李的繩子，解下幾條，接駁起來，將一頭放下澗底；中東平自己把繩子繫在身上，大家合力才將他吊了上來，恰好路上有幾個行人經過，也幫了些忙。家人替東平把身上的雪拍了又拍，然後牽過驢子來，讓他騎上，慢慢前進。

經過這一場驚嚇，東平不敢獨自先行，只和眾人保持一小段距離。

二

行行復行行。這條路雖然不是羊腸小道，但是忽高忽低，時上時下，也不十分好走；況且，本來是石頭路，經過冰雪一凍，異常地滑。三人從飯後一點鐘起身，走到四點鐘，還沒有走上十里路。眼見剛才幫忙救人的幾個山客，早已去得無影無蹤，東平心中無限悵惘，便拍驢向前跑了幾步，心想：

「聽村莊裡的人說，到山集不過十五里地，說遠其實並不遠，只是現在已經走了三個鐘頭，才走到一半，恐怕天黑以前走不到了。」想到天黑，又想：「冬天太陽本來就落得早，況且又是山裡，兩邊都有高嶺遮著，黑得愈快。」細一盤算，更覺害怕。

又走了許久，天色真的由濛濛的灰暗轉為深黑了。東平勒住驢，沮喪著臉向推車子的家人商議，說：

「看看天色已經暗下來了，再走過去，還有五六里路呢！路又難走，車子又走不快，怎樣好呢？」

家人道：「那也沒有法子，好在今晚是個十三日，月亮出得早，路還看得見，不管怎樣，總要趕到集上去。」

東平皺皺眉頭，嘆了口氣，向那名車夫問道：「這附近沒有村落可以借宿嗎？」

車夫原是在桃花山下雇來的，都答道：「有幾家獵戶，借宿恐怕不太方便。」

東平聽了，默默無語，撥轉驢子，向前走去。耳邊聽那車夫和家人，絮絮叨叨地討論個不停，仔細一聽，原來——

「大概這種荒山野地裡，不會有強盜吧！」家人道。

「別說強盜沒有一個，就算有了，這一場大雪，早就把他凍跑了。」

「說的是呢。其實我們的行李不多，倒不怕強盜來搶，拿去就拿去，大不了回城裡再辦一份禮來。實在可怕的，是豺狼虎豹，天晚了，倘若出來吃人就糟了。」

東平遙遙聽著，心裡七上八下，暗暗害怕。又聽那車夫道：「這山裡，虎倒有幾隻，不過，有仙虎管著，從不傷人的。」心想：「不知道仙虎是什麼樣的神明。」發起一陣子呆來，下面的話就聽不見了。

漸漸地月亮升上來了，天光映著雪光，並不覺得陰暗，樹林的葉子都飄落盡了，北風撲在臉上，清清冷冷的，也不討厭。東平邊走邊看風景，逐漸又把懼怕的心情收拾起來，一頭驢子也愈騎愈快，直到一條橫澗前頭。

這桃花山並不太高，只是特別險峻罷了，平時攔雲遮雨，也養成了幾條小小淺溪，和有幾個小小瀑布，都流到兩峪底的大谿河裡去。冬天瀑布雖然乾了，卻又不比小溪；小溪上面沒有水，還可以走過；瀑布沖下來那道深深的山溝，非從橋上過去不可。

東平下得驢來，探手探腳地走到崖邊一看，見那山溝大約有兩三丈深；寬也是兩丈多，當面隔開去路。再向左右看，一邊是陡山，一邊是深谷，更沒有別的路可繞道。

那山溝上頭呢？只有當地人用兩條石柱架在上面，算是橋梁，每條不過一尺二寸寬，兩柱又不是緊緊地靠貼在一起，當中還留著幾寸寬的空檔，可以從中間看到澗底。石上又有一層冰，滑溜滑溜地，直閃著晶光。

東平踮踮腳尖，實在不敢過去，只得在一旁的石上坐下，越想越怕，連回頭再看一眼的勇氣都沒有了。

不久，推車子的也到了，家人看見老爺呆坐在巖石上，滿臉都是惶恐懼怕的神色，便上前去探問。東平看見來人，抬手朝背後亂指道：

「你看！你看！這種橋怎麼過法？不小心，腳一滑，就會摔死！誰有膽子誰過去，我真沒這個膽了！」

家人走過去相了相地形，也覺得害怕，便向車夫們招招手，叫大家過來看；車夫們都是走熟了這條路的，都說：

「不要緊，有法子過去，我們穿的都是蒲草鞋，不怕路滑。」

其中一個年輕的道：「等我先走一趟試試，您老看過就不怕了。」說著就三步兩步的蹦跳過去了，口裡還喊著：「好走！好走！」舞蹈了一場，才又跑回來。

眾人見了，都哈哈大笑；家人皺眉道：

「人過得去，車子行李怎麼過去！」

車夫們道：「車子沒有法子推，我們四個人抬一輛，做兩趟抬過去就成了。」

中東平休息了一會兒，也就好了，便開口道：

「車子抬得過去，我卻走不過去；那頭驢子又怎麼辦呢？」

車夫道：「驢子的事，您老不用費心；現在我們先把您老扶過去，別的您就不用管了。」

東平道：「就是有人扶著我，我也不敢走；告訴你們吧，我兩條腿已經軟了，哪裡還能走路呢？」

車夫說：「要不然，還有個辦法：您老索性躺下來，我們兩個人抬著頭，兩個人抬腳，把您老抬過去如何？」

東平紅著臉道：「不妥當！不妥當！」

又一個車夫道：「還是這樣吧：拿根繩子，您老拴在身上，我們夥計一個在前面，拉著一個繩頭；一個在後面，拉著一個繩頭，兩個人一起扶著您，這種走法，您老膽子一壯，腿就不軟了。」

東平說：「只好如此。」

於是，眾人七手八腳的，把東平和車子都送過去了。那頭驢子死也不肯走，又費了許多工夫，最後把牠的眼睛蒙上，一個人牽，一個人打，才算拉了過來。

等眾人忙完了，已耗了不少時光，滿地月光樹影，比來時更明亮了；東平抬頭看看，月亮已經爬得很高了。

眾人又歇了一歇，才繼續上路，走了不過三四十步，忽聽到遠遠的「嗚！嗚！」兩聲。車夫們互相看了一眼，低聲說：「虎叫！虎叫！」

幾個人一邊走著，一邊留神聽著，又走了百多步，車夫們招呼一聲，一齊把車子停下，各自找隱蔽的地方躲下；那家人跑到東平身邊，道：

「老爺！您別騎驢了，下來吧！聽那虎叫從西邊來，越叫越近了，恐怕是要從這條路來，我們避一避牠吧！再遲一點，就來不及了。」

東平初時聽見叫聲，不知道利害，也還泰然；見說是大虎，早已嚇昏了，身子一晃，就從驢背上摔下來了。家人扶住他，喚車夫來牽驢子；車夫道：

「咱們捨掉這頭驢子，好歹可以餵飽牠，眾人就沒事了。」

家人答應，車夫就把驢子拴在路旁的一棵小松樹上，幫著家人把東平扶到一處石壁縫裡藏著，由家人守護；其他車夫，兩個躲在大石腳下，用雪把身體蓋住；另外兩個，爬上一棵大樹，盤在枝幹上，都把眼睛朝西面看著。

說時遲，那時快！只見西邊山嶺上，黑影一動，已經多了一個東西；到了嶺上，又是「嗚！」的一聲，夾著些泥屑沙沙滑落，那虎已到了西澗邊了，又「嗚！嗚！」吼了兩聲。

樹上石下的人，又是冷、又是怕，全身不住地格格亂抖，起初還用眼睛看著那虎。等那虎下到西澗邊，底下兩個人就閉上眼不敢看了。

那虎朝空中嗅了嗅，立住了腳，不再走動；眼睛映著月色，灼灼發亮，並不朝驢子看，卻對著這幾個人藏身的地方轉過來。忽地仰頭一聲長吼，將腰脊一拱，高高地撲縱過來。山裡本來沒有風，這時候，只聽得樹梢上呼呼地響，樹上殘葉簌簌地落，人臉上冷氣颼颼地割；這幾個人，都已嚇得魂飛魄散。

等了許久，卻不見虎的動靜，還是那樹上的車夫膽大，跳下來巡視一遭，才喊出眾人道：

「出來吧！虎去遠了。」

車夫等人，次第出來，活動活動筋骨；大家才想起申東平主僕二人，還在石壁縫裡，忙去把他們拉出來，已經嚇得呆了。東平臉上頸上，還有雪片子，想是把臉埋進雪裡去了。

過了半天，東平才能開口說話，問道：

「我們是死的，還是活的呢？」

年輕的車夫嘻嘻笑道：「都死了，現在我們一同做鬼哩！」說完，逕自看驢子去了。

年長的道：「老爺！虎過去了，您沒事吧！」

東平道：「虎，虎過去了？怎麼過去的？我們一個人都沒有受傷嗎？」又問到虎怎麼來的，眾人都說沒看清楚，只有那爬上大樹的車夫道：「真可怕！我看牠從澗西邊過來的時候，只是一跳，彷彿像鳥兒似的，已經到了這邊了。」

說著，用手指著道：「就在那裡！您看，牠落腳的地方，比這棵樹還高七八丈呢！只見牠又是縱身一跳，已經到了你們身邊，我心裡想：完了！完了！拚命念阿彌陀佛。」

眾車夫笑道：「別胡說！後來呢？」

那樹上的道：「後來我怕的要命，抱住樹幹，不敢睜眼看牠。後來又聽到嗚的一聲，好像離得遠些，才睜開眼睛，只看見東邊嶺上，有個黑影，映著月光，向東去了。」

中東平聽完，一顆心才完全放下來，說道：「我這兩隻腳，還是軟綿綿的，站不起來，如何是好？」

眾人奇道：「您老不是站在這裡嗎？」

東平低頭一看，才知道自己並不是坐著，也笑了。說道：「我這個身體，已經不聽我指揮了。」

於是，眾人攙著他，勉強移步，走了大約數十步，才漸漸可以使出力量，眾人便放下他，讓他自己活動活動。

忽聽那年輕的車夫喊道：「大家過來幫幫忙吧！」眾人走近一看，原來那頭驢子，正伏在地上大力大力地發抖，把一身黑亮的短毛，搖晃得如潮水一般，波動不已。那年輕車夫拉牠不動，口裡連聲咒罵。

如此又忙了半天，才把東平扶上驢子，餘人推起車子，慢慢前進；那驢子受過驚嚇，走起來竟有點不三不四，慢騰騰地。東平心裡想：

「命雖不送在虎口裡，這夜裡若再遇見剛才那樣的橋，我斷然是不能再走了。肚子又飢又餓，身上又溼又冷，活生生的凍也把我凍死了。」

三

不久，轉過一個山坳，忽見前面幾點燈光，還有許多房子，眾人都停下來，喊道：「好了！好了！前面到了集鎮了！」

那驢子也像聽懂人語，短嘶一聲，放開四蹄，輕輕奔去，不一會兒，已經到了燈光下。原來，這裡並不是集鎮，只有幾戶人家，住在山坡上面，因為是傍山而建，遠遠看去，就好像層樓疊榭一樣，其實是沒有的。

中東平微微感到失望，回頭與眾人商議行止，有的認為離集鎮已經不太遠了，不如趕快上路，到了地頭才休息；也有人認為斷不能再走，還是敲門求宿好了，沒有個結論。

東平默默轉身，一個人四處看看，只見一戶人家，外面是用虎皮石砌的牆，牆裡縱縱橫橫的有好十幾間房子；大半房間裡，都透著燈火；東平心想：「我在家中何等受用，如今卻要到這荒山，做鬼也不舒服，好個劉仁甫，卻累我至此！」忍不住長嘆了幾聲。

又想：「此去雖說有個市集，也不曉得什麼模樣，不如向這家人敲門求宿，想來我是個官宦子弟，人家也不會拒絕的。」

便上前在大門上重重地敲了幾下，裡面出來一個老者，鬚髮俱白，手中拿了一隻燭臺，點了一隻白蠟燭，口中問道：

「誰呀？」

中東平忙作了揖，和顏悅色，把來訪劉仁甫，山中行程耽擱等等原委，簡述一遍，並央求道：

「明知並非客店，無奈隨從的人都累了，萬請老翁行個方便，借宿一宵，明日一早出發，茶資酒錢，都少不了的。」

那老翁點點頭道：「你等一等，不要亂走動，我去問問我們姑娘。」

說著，門也不關，便進裡面去了。

東平看了這情景，心中十分詫異，想：難道這戶人家，竟沒有男主人嗎？為什麼要去問姑娘？難道是個女孩兒當家嗎？或者，是狐妖鬼仙之流，書上常常有的，也都是些女子；想到這裡，又有幾分害怕；繼之一想：不對！不對！想必這家是個老太太做主，這個老者還是她的姪兒，所以叫她姑娘；姑娘者，就是姑母之謂。一會兒又想：哪有老太太還稱姑娘的，該是鬼妖異物，青春永駐，所以年紀雖大，還「姑娘」、「姑娘」自稱，那老翁也就以「姑娘」相稱了。這樣說來，此地是不能住了。

卻說東平心中懷疑，正想回頭就走，那老者已經帶著一個中年漢子出來，兩人手中都拿了燭臺，中年人道：「請客人裡面坐。」

東平想要推辭，回頭卻瞥見自己的從人，都到了這家門口，膽氣一壯，就不畏懼了。眾人進了牆門，就是一棟相連的五間房子，門在中間，門前臺階約有十餘級。中年漢子手持燭臺，照著申東平上來，東平吩咐車夫，在院子裡略站一站，等我進去看看情形，再來招呼你們。

那老者道：「不必了。」一拍拍掌，從裡面又走出一個中年黑衣漢子，也是拿著一枝白蠟燭，向車夫們道：「那邊有個平坦的斜坡，車子可以走的，你們把車子推了，驢子牽了，由坦坡上來，到屋子裡休息。」

車夫們進屋裡來，自有黑衣大漢替他們安置妥當。

那老者引著申東平，逕自往裡面走去，中年漢子高舉蠟燭，緊緊跟著；過了穿堂，又上了兩層臺階，上面有塊平地，栽了各種花木，映著月色，異常幽雅。不時有陣陣幽香，沁人肺腑。

花圃那端，恰有三間朝南的精舍，舍旁俱是迴廊，欄杆都是用連皮杉木做的。

東平看那精舍，兩間敞開著，一間隔起來，大概是個房間的樣子；迎面門上懸掛了四盞紙燈，都是用斑竹做骨紮成的，手工甚為靈巧。外間的桌椅几案，無不布置得清雅有致。裡面掛了一幅褐布門簾，老者到房門口，喊了一聲道：「姑娘！外面的客人進來了。」

東平拉了拉衣服，準備和主人相見作揖；哪知門簾掀起，竟出來一個十八九歲的女子，穿著一身大布衣服，二藍褂子，青布裙兒。申東平一愣，連忙低下頭去，等了一會兒，卻不見有人再出來。

東平大奇，側頭低聲問那老者道：「你們姑奶奶怎麼還不出來，這小娘子是誰呢？」老者道：「這不就是姑娘嗎？哪裡還有什麼姑奶奶呢！」

東平大吃一驚，抬頭尚未說話，只見那小娘子正覷著他，只等他頭一抬起，便躬身福了一福，東平慌忙長揖答禮。女子說：「請坐。」轉身命老者退下，說趕緊去做飯，客人餓了。

老者去後，那女子道：「先生貴姓，來此何事？」

東平便把奉家兄之命，特地來訪劉仁甫的話，又說了一遍。

那女子道：「劉先生初就住在這個集子東邊，現在搬到柏樹峪去了。」

東平問道：「柏樹峪在什麼地方？」

女子道：「也不太遠，在集西三十多里的地方，不過，那邊的山路比這邊更偏僻，更加不好走。」

東平聽了，默默無語，那女子又道：

「申先生不用煩惱，劉先生已經聽說此事，說不定明天會到集子裡等你相見。家父前日退值回來，告訴我們說，明後天有一位遠客到來，路上受了點虛驚，吩咐我們遲點睡，預備些酒飯，以便款待，並說簡慢了尊客，千萬不要見怪。」

東平連忙說：「不敢，不敢。」心上卻想道：「這荒山裡面又沒有衙門官署，有什麼值日、退值呢？我今天在山澗裡，受了一點驚嚇，也沒對他人說，何以他父親在三天前就知道？」

心裡疑惑著，偷偷看那女子一眼，覺得她相貌端莊淑靜，明媚嫻雅，舉止又十分大方，不像是輕薄人家的子女，也不像是野人村婦。若要問個清楚，又想自己是客，人家主人尚未盤問自己的底細，自己反倒要追問人家，想來世上也沒有這樣的道理。

正凝思間，外邊簾掀動，中年漢子已經端進一盤飯來，那女子道：「就擱在西屋的炕桌上吧！」

中年漢子進屋擺放飯菜，那女子便領東平進去；這屋子又與外面不同，朝南的窗下有個磚砌的暖炕，緊貼著窗戶，擺了一條長的炕几，另外兩頭，各有一個短炕几，炕中間有個活動的炕桌，桌子三面都可以坐人。西邊牆上鑿了一個大圓的月洞窗子，糊上宣紙，窗子正中鑲了一塊玻璃，可以照進光線。窗前設了書桌。這間屋子和大廳雖然沒有隔斷，卻用一塊頂大頂厚的布罩圍了起來。

不久，飯菜已經擺好，就只是一盤饅頭、一壺酒、一罐小米稀飯，另外有四碟小菜，無非是山蔬野菜之類，並無葷腥。女子拿起酒壺，替他斟滿一杯，自己也斟了一點，陪他喝過，便告辭道：「先生請用飯，我稍停再來。」說罷，逕自進房去了。

四

申東平餓了多時，反而不甚餓了，上炕先把一壺酒喝完，又吃了兩個饅頭，便覺得飽了，小米稀飯只喝幾口；倒是四碟菜蔬，吃得乾乾淨淨。

中年漢子又舀了一盆熱水來，東平洗過手臉，便在這所房內徘徊蹓躂，舒展肢體。忽見牆上掛著一幅詩屏，草書的字寫得龍飛鳳舞，氣韻不凡。

上款題的是「四峰柱史正非」，下款寫著：「黃龍子呈稿」。那草字雖不能全識得，還可猜中十之八九，大約是這樣的：

曾拜瑤池九品蓮，希夷授我《指玄篇》。
光陰荏苒真容易，回首滄桑五百年。

詩中的意思，非仙非佛，倒也有些意味，那月洞窗下書案上，有現成的紙筆，東平便把原詩抄下來，好回去向衙門裡的朋友誇炫。

詩已抄完，抬頭看見那月洞窗子外，月色有清有白，映著層層疊疊的山峰，一步一步的高上去，真如仙境一般；山中沒有塵囂的氣氛，此時更覺得一點倦意也沒有了，東平心想：「如此良夜，在山間林下散步一回，豈不太妙。」

方動念間，又想道：「這山不就是我們剛才來時的那山嗎？這月不就是剛才踏過的那月嗎？為何來的時候，便那樣陰森慘淡，令人驚心動魄？此刻山月依舊，何以就令人心曠神怡呢？」

正在嘆息不已，忽聽身後嬌滴滴的聲音說道：「飯用過了吧？怠慢得很。」東平慌忙轉頭，見那女子又換了一件淡綠帶花的棉襖，配上青布寬腳袴子，站在門邊，後面一個從人也沒有。

申東平仔細看她，愈覺得眉似春山、眼如秋水，兩腮豐滿，如同綿布裹了丹砂，從白裡隱隱透出一點紅暈來。不像流行的打扮，把那胭脂塗得像猴子屁股那樣腥紅。脣頰之間，似笑不笑的；眉眼之際，又頗有矜持的樣子。令人又是愛、又是敬，不禁看得呆了。

那女子也不介意，嫣然一笑道：「貴客請炕上坐，暖和些。」

東平茫茫然在炕沿上坐下，喉頭哽著，說不出話來；不久，那蒼頭又進來問姑娘道：「中老爺的行李放什麼地方呢？」

女子道：「老太爺前日離開時吩咐過，請客人在他的榻上睡，行李就不用解了。跟隨的人都吃過飯了嗎？你叫他們早點歇息，還有——驢子餵了沒有？」

蒼頭一一答應，最後說：「都安排好了。」

女子又道：「你去吩咐廚房煮茶來吧！」

申東平見她吩咐得中規中矩，暗暗佩服，便站起來推辭道：「過路賤客，萬萬不敢在老太爺榻上冒瀆了；剛才進來時，看見前面有個大炕，就同他們一道睡吧！」

女子道：「先生不必推辭，這是家父吩咐的；不然，我這個山村女子，也不敢擅自招待客人。」

東平道：「尊大人是在哪裡做官嗎？為什麼要值日呢？叨擾半日，還沒有請教貴姓呢。」

女子道：「敝姓涂氏，家父在碧霞宮當值，五天輪一班，前天剛去宮裡，還要兩天才回來，他並不是當衙門裡的差。」

東平笑道：「尊大人預知我們要來，又算出我們會遇上一場虛驚，真是神奇之人。」又問道：「這屏上的詩，是何人作的，看來也是個神仙吧？」

女子道：「是家父的朋友，常來這裡聊天，這詩是去年在那張桌子上寫的；你看這詩好不好呢？」

東平道：「仙家的詩，當然是好的。」

女子道：「這話倒也未必，他這首詩，又像道家的口氣，又有佛教典故，未免駁雜不化。」

東平道：「正要請教，這人究竟是僧？是道？為什麼詩上這樣寫。」

女子道：「既不是道士，也不肯做和尚，還是和我們一樣俗裝。他常說：『儒釋道三教，譬如三個店面，掛了三個招牌，其實都是雜貨店，柴米油鹽都供應；只不過，儒家的店面比較大，佛、道的比較小一點，內容都是一樣的。』又說：

『凡宇宙間的道，總可分為兩層：一層叫做「道面子」，一層叫做「道裡子」；所有三教的道裡子都是相同的，只有道面子互相不同。如和尚剃了頭，道士挽了髻，遠遠一看，就分得清清楚楚，哪個是和尚，哪個是道士。假如有一天，和尚都留起長髮，也挽了一個髻子，披件鶴氅；那些道士卻剃了頭髮，穿著袈裟，一起走到街上，人人要顛倒過來稱呼，叫那個和尚做道士，叫道士做和尚。』又說：『所以，這道面子雖有分別，那道裡子都是一樣的。』他老先生口裡這麼說，作詩也就不拘三教，隨便吟詠，被客人笑話了。」

東平道：「高論高論，佩服之至。只是，我還有些不懂，既然三教的道裡子都是一樣，倒要請教這同處在哪裡？異處在哪裡？若說儒教店面最大，又是從哪一點來證明呢？姑娘也聽他說過嗎？」

女子道：「這道理我也聽他說過；大概三教相同處，都是要勸人為善，引人到大公無私這一點上。因為人人急公忘私，天下就會太平；人人營私忘公，天下就會大亂，所以『公』這個字是最重要的。儒家店面最大，就是因為孔子公到極處；你看孔子一生遇到多少反對的人，像長沮、桀溺、荷蕢丈人等，都不十分佩服孔子，孔子反而讚揚他們不已。如果是佛道兩教，就有了偏心，惟恐後世人不崇奉他的教，就編造出許多天堂地獄的話來嚇嚇人。不過，這還是為了勸人行善起見，不失為公。近來有一派新教，竟然說崇奉他的教義，就可以消滅身上的一切罪孽；不崇奉他的教，就是魔鬼信徒，死了必被打下地獄，這就是『私』了。至於外國許多宗教戰爭，為了爭教會生存，不惜興兵交戰，殺人如麻；試問與他的行善本心合不合呢？所以就愈小了。

只可惜儒教失傳已久，漢儒拘守章句訓詁，把微言大義都抹滅不談了。到了唐朝，沒有人提及；韓昌黎是個不通文墨的角色，胡亂說說還可以，偏偏他還作篇文章，叫做〈原道〉，真正原到道的反面去了。你看他說：『君不出令，則失其為君；民不出粟米絲麻以奉其上，則誅。』照他的說法，那桀紂很會出令，又很會誅民，那麼桀紂就一點錯也沒有，反是他們的老百姓活該被殺死了，這豈不是是非顛倒嗎？他自己不懂得『道』，弄不清孔孟的旨意，卻又要急急去闢佛老；佛老沒闢成，反而又與和尚做朋友。後世的人，都學他的樣子，覺得孔孟道理太費事，不如弄兩句闢佛老的口頭禪，就算是聖人之徒，圖個省事，弄得朱夫子也出不了這個範圍，把孔孟的儒教，弄得小而又小，以至於絕了。」

東平聽了這段話，真是聞所未聞，心想：這是人間的議論嗎？為什麼和過去所見所聽的都不相同呢？口裡卻不服氣，道：

「韓文公認識的道理不明，這也罷了；宋儒錯會聖人意旨的地方，也不能說沒有；但是，宋儒闡明正教的功德，難道可以一筆抹煞嗎？比如『理』、『欲』二字，『主敬』、『存誠』等字，雖然都是古代聖賢相傳的老話，一經宋儒提出，後世的人，才能更深刻的體會，這點成績就不小了。就算說是『人心由此而正，風俗由此而淳』，也不為過。」

那女子嫣然一笑，秋波生媚，向東平深深望了一眼；東平見她翠眉微動，彷彿要拋出什麼東西來；那口脣半開半閉，卻不說話；只覺得幽香滿鼻，不禁神魂飄蕩。

那女子又微微一笑，這才伸出一隻白如玉，軟如綿的手來，隔著炕桌上，握著東平的手。

握住之後，說道：「請問先生，這個時候，比你小時候在書房裡，老師握住你的手，要打手心時的感覺，哪一樣好呢？」

東平這時候被她把手一握，如同雄鷄翅膀被人用繩子縛緊一圈，面紅耳赤，再也吐不出一個半個字來。

女子又道：「憑良心說，你現在心裡愛我的成分，比當年愛你的老師，哪一樣多呢？聖人說得好：『所謂誠其意者，毋自欺也。』這好色乃是人的本性，宋儒偏偏要說好德不好色，不是自欺是什麼？自欺欺人，最不誠實，他偏偏又要說保持誠心，這就更不對了。聖人說情說禮，只是講：『發乎情，止乎禮義。』並不叫人不要好色，違背自己的本性。比如今晚，先生到來，我不能不高興，這就是發乎情；先生來的時候，疲倦得不得了，現在又談了這麼多話，應該更累了，反而精神飽滿，可見心裡也很高興，這也就是發之於情的緣故。現在我們孤男寡女，深夜在一間房中，並沒有談到不可告人的事，不就是『止乎禮義』了嗎？這就是聖人的本意；像宋儒編造種種騙人的話，來束縛人的本性，聖人之意，都給他說偏了。但是，宋儒固然很多不對，也還有幾分對的；若像現在那些學宋儒的人，簡直就是鄉愿而已。」

話猶未了，蒼頭送上茶來；東平連忙抽回手來，正襟坐好。蒼頭把茶盅放在他面前，又把另一隻放在女子那邊桌上，反身出去，就像什麼也沒有看見一樣；東平稍低著頭，卻瞇著眼看蒼頭的表情，發覺毫無異樣，才放下心來。

那女子接過茶來，並不喝下，先漱了一回口，又漱一回，都吐到炕池裡去，笑道：「今天好好的卻談到道學先生上去；恐怕那臭腐的氣味，弄髒了舌頭。從現在起，只許談風月了。」

東平要應：「諾！」卻梗在喉頭，發不出聲來。看那桌上，是個舊的磁茶盅，襯出淡綠的茶色；端起來呷了一口，已是清爽異常，嚥下喉去，覺得一直清到胃腸裡去。那舌根兩旁，津液汩汩地湧出來，喉頭的苦澀，都被沖開了。連喝兩口，似乎那香氣又從口中反竄到鼻子上去，說不出的好受，便問道：

「這是什麼茶葉？這麼好吃！」

女子道：「茶葉沒有什麼出奇，只不過是本山上自生的野茶，味道比較厚些；倒是這水，是從東山頂上汲來的泉水，泉水的味道，愈高的地方愈好，所以這水就很珍貴了。又是用松枝做柴，沙瓶煮水，兩者都是特別配合的，所以好吃了。你們外面人吃的，都是人工培養的種茶，味道就已經薄了；再加上水火都不得法，味道自然差得遠。」

五

說到這裡，只聽窗外有人喊道：

「嶼姑，今天有貴客，怎麼不招呼我一聲呢？」

女子聽到叫聲，站下炕來，掀簾問道：

「龍叔，這樣晚了還過來呀？」

說著，那人已到了門口，只見他身上穿著一件深藍色大棉襖，藍顏色已洗滌多次，有些發白。胸肩和左襟，都有補釘的痕跡。頭髮直直披在兩邊肩上，看來好久沒梳過；也不穿馬褂。年紀像五十多歲的人，臉色紅潤，鬚髮俱黑，見了東平，拱拱手，說：「申先生來了多久啦？」

東平道：「也有兩三個鐘頭了。請問先生貴姓？」

那人道：「隱姓埋名，早就不用了；現在以黃龍子為號。」

東平道：「幸會！幸會！剛才已經拜讀大作了。」

女子道：「一起上炕來坐。」

三人重新上炕坐定，黃龍子先上，在炕桌裡面坐下，東平和女子，仍然左右對面坐著。

黃龍子道：「嶼姑，妳說請我吃筍，筍在哪裡？拿來現在吃。」

嶼姑道：「前些時候要去挖，偶然忘記，被漆六公都挖走了；龍叔要吃，自己去找漆六公商量吧！」

黃龍子仰天哈哈大笑。

東平見他當著外客的面，毫不拘束地開玩笑，心裡已有幾分喜歡；便把剛才那份羞赧的心情收起，覺得自己也自然得多了。

黃龍子又道：「嶼姑，看來他還不知道妳的名字，不妨跟他說吧！」

嶼姑道：「好呀！龍叔愛做人情，為什麼自己不說。」

黃龍子道：「她叫仲嶼，有個姊姊叫伯璠；我們長輩都叫她嶼姑嶼姑慣了，申先生初來，也叫她嶼姑吧！」

東平道：「不敢冒犯。」

黃龍子又向東平道：「申先生累不累？如果還不想睡，今晚正好暢談一夜，不必早睡，明天遲遲起來，也沒關係。柏樹峪那地方，路很危險，非常不好走；又有這場大雪，山路看不清楚，一不小心跌下去就會送命。好在我們已經通知劉仁甫，他今天晚上收拾行李，大約明天中午可以趕到集上的關帝廟，你明天吃過早飯，到那裡等他就好了。」

東平聽說已有安排，又是詫異，又是驚喜，比那女子握住他手，還要歡喜三分；便開口道：

「今日得遇諸仙，三生有幸，一點都不累了。」

又說：

「請教上仙誕降之辰，是在唐朝，還是在宋代？」

黃龍子又大笑道：「怎麼說呢？」

東平也笑道：「剛才拜讀尊作，明明上面說『回首滄桑五百年』，可見年紀不只五百歲了。不是唐宋時候誕生嗎？」

黃龍子道：「『盡信書，不如無書』，這是我遊戲人間之作，你拿它當一篇〈桃花源記〉讀好了。」

說罷，就舉杯品起茶來。

嶼姑見東平杯中的茶已經喝完，就拿起小茶壺替他斟滿，東平連忙伸手攔住，道：

「不敢當！不敢當！」便要接過來自己斟。

此時，忽聽窗外悶雷般的「唔」了一聲，東平吃這一驚，兩手一撒，連壺帶人都摔倒在炕上。只聽那「唔」聲，又連了兩聲，紙窗都顫動起來，颯颯作響；屋梁上飛塵也簌簌地落下。想起路上的光景，不覺汗如雨下，渾身亂抖。一壺茶倒在炕上，倒全被他用衣服擦乾了。

嶼姑別過頭，又不好發笑；把脣用力咬了兩下才忍住。黃龍子過去將他扶正坐好，才說：

「這是虎嘯，不要緊的，山上的人家看這種東西，就像你們城裡人看驢騾一樣，並不怕牠。平常人固然要躲避老虎，虎也要躲避人，所以，老虎傷害人也不是常有的事，不必怕牠。」

邊說著話，嶼姑已把茶壺拿出去，東平喘過氣來，方問黃龍子道：「聽這聲音，離此尚遠，為什麼窗紙都會震動，屋塵也會震落呢？」

黃龍子道：「先生也知道虎還離得很遠嗎？」

東平滿臉通紅，低頭「嗯」一聲應了。

黃龍子又道：「這就叫做虎威，因為四面都是山，一聲虎嘯，四面響應，所以聲音就大了。這一陣子，起碼在一二十里以外，如果到了平原，就沒有這個威勢了。好像做官的人，無論為了什麼事，受氣為難，只是回家對著老婆孩子發發威，在外邊絕不敢講半句硬話，也是不敢離開那個官；和那虎不敢離山的道理一樣。」

東平連連點頭說：「不錯！不錯！」便不敢再多說了。

六

黃龍子回頭不見嶼姑，便對窗外喊道：

「嶼姑！嶼姑！」

那嶼姑卻從前面進來，手裡舉著兩個一般模樣的小茶壺，臉上仍是笑吟吟的。東平伸出手去，看了她臉上的笑，又訕訕的不敢去接。嶼姑把兩壺都放在炕桌上，才上炕坐下。三人又談了半天，把茶飲完。

黃龍子道：「嶼姑，我出門多日沒聽妳彈琴了，今天難得有貴賓在，何不取出來彈他一曲，連我也沾光聽一回。」

嶼姑道：「龍叔，你這是何苦呢？我那琴彈得怎樣？別惹人家笑話了。申公在省城裡，琴彈得好的多著呢！何必聽我們鄉下人荒腔走板的胡鬧。倒是我去取瑟來，龍叔鼓一調瑟吧！這還稀罕點兒。」

黃龍子道：「也好，就這樣子：我鼓瑟，妳彈琴吧！搬來搬去，也很費事，不如一起到妳的洞房裡去吧。好在鄉下女孩子不比衙門裡的小姐，閨房不准人到。」

說完，便走下炕來，穿了鞋子，拿了蠟燭，對東平揮手說：「請裡面去坐。」又對嶼姑說：「嶼姑引路。」

東平不敢先走，回頭看嶼姑的神情，似乎並不介意，才向黃龍子點點頭，逕自低頭穿鞋子。

嶼姑下了炕，接過蠟燭先走，東平第二，黃龍子第三。走過中堂，掀開了門簾，進到裡間，有上下兩個榻，上榻擺了衾、被、枕頭之類；下榻堆著許多書畫；朝東的一個窗戶，窗下擺了一張方桌；緊緊靠著下榻。上榻旁邊，有個小門，嶼姑對東平道：「這就是家父的臥室。」

進了榻旁小門，便是一條迴廊，一邊卻有窗戶，地下騰空鋪著木板。向北一轉，有個玻璃窗子，向東再一轉，也有個玻璃窗子，朝下看，卻看不到底。

正在行進間，頭頂上只聽呼硼霍落，幾個大聲，又聽到丁丁東東，打在屋瓦上的聲音；腳下陣陣搖動，東平嚇得魂不附體，怕是山倒下來，黃龍子在身後說道：「不要怕，這是山上的凍雪被泉水沖化了，滾下一大塊來，連雪帶水，所以有這麼大的聲音。」

說著，又朝北一個大轉，便是一個洞門，腳下已經踩到泥土地了。

進了洞門，才知道這個洞房，比外面還大；四面牆壁，有三面都是石壁；只有向外的一側，用石塊堆起，上面按著窗戶，可以看見星月。

洞內陳設很簡單，有幾張樹根做的坐椅，大大小小，都不相同，已經坐得磨得精光。桌几是古籐天生的，既非方，也非圓，算一算，竟有十幾個稜角。

東壁橫放著一張單人床榻，是枯槎結成的，上面鋪著繡花枕頭和被褥。榻旁放了兩三個黃竹箱子，想必是盛衣服書畫的；榻北豎著一個曲尺形書架，放了許多書，都是自己隨手穿釘，還沒有把書頭裁過。洞內並沒有燈燭，北邊牆上嵌著兩個渾圓夜明珠，有手掌那麼大，但是光色微微發紅，並不十分明亮。地下鋪著地毯，還算軟厚，走起來沒有太大的聲響，那雙夜明珠中間，掛了幾件樂器，有兩張瑟、兩張琴，其他有認得的，也有些是不認得的。

中東平把洞內瞧了清楚，暗暗記下，想回去時，好對人說。那嶼姑知道他的心意，用燭臺四處照過，才吹熄了，放在窗戶臺上。只聽外面「唔」、「唔」又叫了七八聲，接連又是許多聲，窗紙卻不震動。

東平道：「這山裡的老虎真多。」

嶼姑笑道：「鄉下人進城，樣樣不曉得，恐怕人家也會笑你吧！」

東平也笑道：「哦！外面唔唔地叫的，不是虎嗎？」

嶼姑道：「這是狼嗥，虎哪有那麼多呢？虎的聲音長，狼的聲音短，很好分別。」

兩人談話之間，黃龍子已經移了兩張小長几，取下一張琴、一張瑟來。嶼姑又去搬了三張凳子，讓東平坐一張，自己和黃龍子各坐一張凳子便嘈嘈切切地調起弦來，調好了弦又商量了幾句，才開始彈。

起初不過是輕挑慢剔，已覺得悠長柔細，各有妙處。一段以後，琴音瑟音互相一應一和，還只覺得清脆動聽而已。兩段以後，琴瑟的聲音漸漸揉合在一起；瑟的聲音高些，琴的聲音就低些；瑟的聲音長又慢，琴的聲音，就又快又短，彼此相應。粗聽好像彈琴和鼓瑟的人，各有各的曲調；細細的聽，又好像一對黃鸝，此唱彼和，問答相間。

漸漸的，琴音快時，瑟音就有快有慢，不一定都是慢了；彷彿琴音中間，夾了幾聲瑟音；又好像瑟音中間，帶了幾聲琴音。四段五段以後，輕快交纏的音節，逐漸減少；都是用重指法來批拂，一聲一聲相催迫，磊磊落落，蒼蒼涼涼，令人說不出的感慨。六七八段，又不用重指法，下指的速度也慢了下來，一聲聲聽得十分清楚，如同平江遠水，逸興千里。

東平本會彈琴，所以聽得明白；因為瑟是從前沒聽過的，格外留神去聽。才知道瑟的妙處，也是在左手；看他右手發聲之後，左手在弦上前後撥動按壓，那餘音也就隨著手指搖搖顫顫地變化起來，真是聞所未聞。初聽時，還在計算他的指法、節拍；既而，耳中只聽到樂音，眼中已經看不見指法了；再聽下去，連聲音、指法都沒有了。只覺得自己的身體，飄飄蕩蕩的，如同駕著雲霧在風裡流轉。直到在恍惚杳冥之中，聽見錚鏦幾響，零亂萬分，接著琴瑟俱息，這才驚覺。站起來道：

「妙曲，妙到極處。小弟也曾學過兩年，見過許多高手，看來畢竟沒有一個是真正的琴師。請教這叫什麼曲名，有譜沒有？」

嶼姑道：「這曲子名叫〈海水天風之曲〉，是從來沒有譜的。不但這曲子在塵世沒有，就是這種兩人合彈的法子，也是山中古調，外人所不知道的。你們所彈的，都是獨奏的曲子；如果兩個人同彈一曲，彼此的宮商都是相同；這個人彈宮聲，那個人也彈宮聲，那個人用商聲，這個人也必定用商聲，不敢變化為徵或羽；即使三四個人一塊兒演奏，也是這樣。其實是同奏，並非合奏。我們所彈的曲子，一人彈，與兩人彈，迥然不同。一人彈的叫自成之曲，兩人彈的叫合成之曲，所以此宮彼商，彼角此羽，互相協應，而不求相同，所以好聽了。」

東平聽了，彷彿有些不明白，卻也沒有話說。

嶼姑道了聲「失陪」，立起身來，走到西壁的一個小門前，開了小門，對外面大聲喊了幾句，不知道什麼話，聽不清楚。

黃龍子也站起來，把琴瑟一一掛在壁上，東平於是也起來走到壁前，仔細看那夜明珠，到底是什麼做成的。

誰知走到明珠下面，臉上便感到一團熱氣，再伸手一摸，那夜明珠竟是熱的，會燙人手。心裡懷疑道：「這是什麼道理呢？」看黃龍子琴瑟已經掛好，便問道：

「先生，這是什麼珠呢？」

黃龍子笑著答道：「古書上說的驪龍之珠，你不認得嗎？」

東平又問：「驪珠怎麼會熱呢？」

黃龍子道：「這是火龍所吐的珠，自然熱的。」

東平說：「就算是火龍珠，哪裡能夠找到這樣大的一對呢？再說，雖然它是火龍吐的，難道永遠這樣熱嗎？」

黃龍子道：「那麼，我說的話，你是不相信了，既不信，我就把這熱的道理解釋給你聽。」

說著，便把那明珠旁邊的一個小銅塞子一轉，那珠殼便像兩扇門似的左右張開來了。原來珠殼裡面是個很深的油池，當中用梅花線捲成燈心，外面用千層紙做個圓桶形，上面還開著小煙囪，從壁間通氣出去，同洋燈的道理一樣，但是不及洋燈精緻，所以不免有些黑煙沾著。東平看過，也就笑了。再看那珠殼，原是用特大的蚌殼磨出來的，所以也不及洋燈用玻璃來得透明。

東平道：「與其如此，何不買個洋燈來點，省事多了。」

黃龍子道：「荒山僻野，哪有洋貨鋪子呢？這油就是前山出的，和你們點的洋油是一樣東西，只是我們不會製造，所以油質比較差，油色太濁，光也不足。還要把它嵌在牆壁裡點才行。」說過，便把珠殼關好，仍舊是兩個夜明珠。

東平又問：「這地毯是什麼做的呢？」

黃龍子道：「是簑草和麻做的。這是嶼姑的手工，山地潮溼，所以先用石塊鋪了，再鋪上一層簑毯，人才不會生病。」

七

東平看見壁上掛著一樣東西，像是彈棉花的弓，卻接了許多細弦，不知道是什麼樂器；就問：

「這個叫什麼名字？」

黃龍子道：「這是箜篌。」

東平用手撥弄撥弄，並不十分響亮，便向黃龍子道：「我從小讀詩，就聽說過箜篌，卻不知道是這個樣子，請先生彈兩曲，讓我見識見識可好。」

黃龍子道：「一個人彈沒有什麼趣味，我看看時候早不早，如果能再請個客人來，就熱鬧多了。」

走到窗前，朝外望了一望，自言自語道：「還早還早，恐怕桑家姊妹還沒有睡呢？去請一請看。」便向嶼姑道：「申公要聽箜篌，不知道桑家阿扈能來不能？」

嶼姑道：「稍等一下，蒼頭送茶來，我叫他去問問看。」於是三人各自坐下。

稍停，蒼頭捧了一個小紅泥爐子進來放好，又出去拿了一個水瓶子，一個茶壺，幾個小茶杯，統統放在矮桌几上。嶼姑說：「你到桑家，問扈姑勝姑睡了沒有？能不能來？」蒼頭答應去了。

此時三人在靠窗的梅花几旁坐著吃茶；東平背靠著窗臺，有些倦意襲上來，輕輕闔上雙眼養神；又過了幾分鐘，遠遠的聽見有笑語聲；然後迴廊上格登格登，有許多腳步聲，才一眨眼，已經到了門口。蒼頭先進來說：「桑家姑娘來了。」黃龍子和嶼姑忙迎接上去；東平也站起來，卻不便走上前去，獨自站在後面微微笑著。

仔細看去，兩個女孩的容貌，不甚分別；前面一個約有二十歲上下，身上穿的是紫花短襖，紫色的底，黃色的花；下面穿了一條燕尾青的裙子，頭上反梳著一個髻，斜斜地偏在腦後。後面的一個，只有十三四歲的模樣，穿的是翠藍色的襖子，淺紅白花的袴子，頭上正中挽了一個髻子，插了枝翠玉花簪，像片慈菇葉子，吹落頭上，走一步、顫一步，彷彿要掉下來一樣。

嶼姑拉著兩女的手進來，說：「這位是城武縣申老父臺的令弟，今夜趕不上集店，在這裡借宿；恰好龍叔也來，彼此談得高興，中公要聽箜篌，所以有勞兩位芳駕……」

兩人向東平望了一眼，都說：「豈敢，豈敢，嶼姑吩咐的話，誰敢不聽！」三人笑鬧過了，才坐下；黃龍子和東平也坐下。

嶼姑又指著穿紫衣的，對東平說：「這位是扈姑姊姊。」指年幼穿翠衣的道：「這位是勝姑妹子。都住在我們隔壁，平常最投緣的。」

東平順著嶼姑的手勢，看那扈姑，玉頰豐稱，細眉勻長，眼睛好像銀杏，口邊又有兩個深渦；脣是紅的，齒是白的，無一樣不是貼襯得恰到好處。那勝姑清清瘦瘦，娉娉婷婷，在清麗中不脫頑皮的氣質。竟是各有各的好處。

蒼頭上前搖了搖水瓶，先把茶壺注滿，放在火爐上，才退了出去。

嶼姑取了兩個杯子，替各人敬過茶。黃龍子道：「天已不早了，請開始吧！」

嶼姑到壁上取下箜篌，遞給扈姑，扈姑不肯接，說道：「我彈箜篌不及嶼妹，還是嶼妹自己彈吧！」

勝姑也說：「嶼姑彈箜篌，我搖鈴，扈姊吹角，妳看我們的鈴和角都帶來了。」

黃龍子大笑道：「甚好！甚好！就這麼辦。」

勝姑被他一笑，噘著嘴道：「龍叔只管欺負我們孩子家不懂事；還笑呢！我們姊妹都分派工作了，龍叔要做什麼呢？早早告訴我們吧！」

黃龍子道：「不做，不做，我管聽。」

勝姑道：「不害臊，誰稀罕你聽？」

扈姑道：「龍吟虎嘯，你就吟吧。」

黃龍子道：「水龍才會吟呢，我是田裡的土龍，不會吟。」

嶼姑說：「有法子了。」

東平聽他們談得十分熱鬧，自己一句話也插不上，不禁有幾分自慚，又見那黃龍子耍賴，不知道三姊妹要如何對付他，這時聽嶼姑說有法子了，便睜大眼睛等著。

只見嶼姑把箜篌放下，跑到洞門外，登登登地遠去，一會兒，又登登登地回來，手上拿了一堆長長短短的石片，在黃龍子面前豎起來，說：「你一面擊磬，一面作嘯，幫襯幫襯點聲音吧！」

分派已定，扈姑從腰邊帶子上取下一枝角來，光彩奪目，像五色玉一樣，先緩緩地吹起來。

這角的形狀，和巡街兵吹的海螺，雖很相似，卻有五音變化，不像那巡街兵，只會嗚嗚地響。再看她手指或起或伏、或掀或按，凝神細看，才知道這角上面有個吹孔，旁邊有六七個小孔，和笛簫的道理一樣。聽那角聲吹得嗚咽頓挫，悲壯不已，又比笛音稍勝幾分。

這時嶼姑早已將箜篌取下，靠在膝上，側著頭在聽那角聲的節奏。勝姑將小鈴取出，原來她的鈴用了一個小小的布囊裝著，所以走路時沒有聲音，這時取出來，左手撳了四個，右手撳了三個，也凝神看著扈姑。

待扈姑角聲一闋將了，勝姑就將兩手舉起，七個鈴兒同時響起；鈴音當中，又有一種聲音，蒼蒼涼涼的，說不出的奇怪。東平轉頭看時，那嶼姑將箜篌舉起，偏側著頭，貼近箜篌，用心地彈起來，把許多頭髮覆在膝上。

漸漸的，鈴聲越來越小，角聲反而由低轉高；箜篌起初還叮咚可辨，漸漸愈走愈快，和角聲相和，如狂風乍起，亙日不息，屋瓦彷彿都要震裂了。那七個鈴在緊要的時候，也滴滴溜溜地亂響，非常好聽。

這時黃龍子左手猛按桌几，右手捏了劍訣，斜斜上指，口裡發出渾長的嘯聲；瞬息之後，嘯聲與角聲、弦聲、鈴聲相互應和，彼此都分辨不出來了；耳中只聽到風聲蕭颯，夾雜著兵馬行進聲、大旗豁豁聲，干戈敲擊聲、鼓角悲鳴聲。過了半小時，黃龍子舉起磬擊子來，在磬上鏗鏗鏘鏘地亂打了一陣，卻又像合律中節似的，都打在節拍裡頭；然後箜篌聲漸漸不像初時那樣快了；角聲也漸漸低下來了，只剩下清脆的磬聲，琤琤不已。又過了片刻，勝姑站起來，兩手筆直地伸高，用力搖了一陣鈴，這時，各種樂聲才倏然而止。

東平拱手道：「有勞諸位，感謝之至。」

眾人都道：「見笑了。」只有勝姑不言不語，獨自拿了鈴子，胡亂搖著。

東平道：「請教這曲子叫什麼名字？為什麼有軍隊殺伐之聲？」

黃龍子道：「這曲叫〈枯桑引〉，又叫〈胡馬嘶風曲〉，本來是軍樂，所以有殺伐之聲。凡是箜篌奏的曲子，沒有和平柔媚的調子，多半是淒涼悲壯，讓人熱血沸騰，或者哀傷欲泣的。」

談話之間，各人已把樂器收拾好，嶼姑的箜篌彈得入神，頭髮和衣服都有一點零亂了，便和扈姑、勝姑攜手到別的房間去梳理；不久，三人回來，又說了一些話，兩位姑娘都要告辭。東平對黃龍子說：「我們也到前面坐吧，此刻已過了午夜，嶼姑娘大約也要睡了。」

說著，五人同到前面來，仍從迴廊上走。這時窗上並沒有月光，窗外的峭壁，上半截雪光燦亮，下半截已經烏黑；十三夜的月亮落得較早，已經斜斜地沉到西山了。走到嶼姑父親的房間，嶼姑道：「二位就在這裡坐吧！我送扈姊姊、勝妹妹出去。」

過了一會兒，嶼姑回來，黃龍子說：「妳也回去吧，我還要再坐一會兒。」

嶼姑向東平吩咐道：「申先生就在榻上睡，不要客氣。」才告辭進去。

八

黃龍子目送著嶼姑走進甬道，回頭深深嘆了一口氣，說道：「劉仁甫是個好人，可惜他的性情太真率，在城市裡恐怕住不久長。大概他和你們有一年的緣分，一年以後就難說了——其實，一年以後，局面也會有變動。」

東平半信半疑道：「一年中會有什麼變動呢？」

黃龍子道：「小有變動而已。五年以後，各種風潮漸起，十年以後，局面就大大不同了。」

東平道：「是好是壞呢？」

黃龍子道：「自然是壞——但是，壞即是好，好即是壞，非壞不好，非好不壞。」

東平道：「這話我就不懂了，好就是好，壞就是壞，被先生這樣一說，簡直把我送到醬糊缸裡去了。」

黃龍子道：「要說得明白也不難。那『三元甲子』之學，想必你也曉得。最近這個甲子，與以前三個甲子不同，叫做『轉關甲子』，你聽過沒有？」

東平道：「聽說過，還不甚明白。」

黃龍子道：「先生不是不明白，是沒有多想一想。這『轉關甲子』六十年中，要把以前的舊秩序完全改變。你想想：那同治十三年甲戌，是第一變；光緒十年甲申，是第二變，甲子是第三變；甲辰四變，甲寅五變，五變以後，諸事才安定下來。若是咸豐甲寅生的人，活到八十歲，這六甲之變，都能親身經歷，倒也是個極有趣味的事。」

東平點點頭道：「前三甲的變動，我大概也都見過了。甲戌穆宗毅皇帝升天，朝政為之一變；甲申那年法蘭西軍艦攻打福建，安南自主，大局又為之一變；甲午年我國陸海軍敗給日本，俄德兩國出面調停，大收漁翁之利而去，局面又變化一次。這些都是已經發生的事，請問後三甲的變動如何？」

黃龍子道：「再往後就是北拳南革之亂了。這個北拳之亂，從戊子年興起，甲子年漸盛，到庚子年發展至極點，一爆而發。前後不過二十年。它的信徒，上自宮廷，下到將相都有；至於愚夫細民就不用說了。他的主義是『壓漢人，驅洋人』，一爆發就被消滅。

那南革之亂，從戊戌年始，到甲辰年漸盛，到庚戌年大大地爆發，聲勢很大，但最後也會漸漸被消滅的。它的信徒，下自士大夫，上至將相都有，主義是『逐滿人，興漢人』

南、北兩大亂事，都是千年難得一見的大劫數，但也都是開啟新文明的金鑰。你看，北拳之亂以後，漸漸就影響了甲辰的變法；南革之亂，也釀成甲寅的變法；甲寅以後，文明大著，中國和西洋各國之間的猜疑，滿人和漢人之間的仇恨，完全都會消失。譬如竹筍解籜，你滿眼看過去都是籜葉子，一片零亂，但是真苞已經隱藏在裡面了。從甲辰起，十年之間，籜甲漸解，到甲寅全部脫落，就進入文明華敷之世。不過，這時候雖說文明燦爛，還不能夠與他國齊驅並駕。是要再等十年，到了文明結實之世，才可以自立。從此以後世界文化的重心，便由歐洲新文明，移轉到我們三皇五帝的舊文明，全人類便會進入大同世界。但是這樣的境界，還離我們很遠，不是三五十年內可以看到的。」

東平聽了，歡欣鼓舞，道：「照先生這麼說，中國的前途是很好了。但是我實在不明白，上天既然這樣安排，為什麼又要生出北拳南革這些惡人，做什麼呢？豈不是瞎搗亂嗎？」

黃龍子搖頭長嘆，一言不語，稍停才緩緩道：「你以為南革北拳這些人都是突然產生的嗎？錯了！錯了！我打個比方給你聽：上天有好生之德，由冬而春，由夏而秋，都是萬物生長的季節，到了秋天，林木川原，百草百蟲都繁茂得不得了。如果祂老人家再使個性子，硬充好人，不出幾年，地球上便裝不下這些了，又到哪裡去找塊空地，來容納他們呢？所以就讓那風霜雨雪出世，拚命地一殺，殺得乾乾淨淨的，再讓上天來好生——這北拳南革，就是風霜雨雪之類。」

東平大為同意，忽聽背後有人喊道：「龍叔今天為什麼發出這樣精闢的議論，不但申先生沒有聽說，連我也沒有聽過。」

二人回頭，看見嶼姑掀簾進來；把剛才的裝束，換成一件花布小襖，窄管袴子，還穿了一雙靈芝頭的拖鞋，俏盈盈地站在門口。

黃龍子道：「嶼姑怎麼還不睡呢？」

嶼姑拿了小几，在東平身旁坐下，道：「本來要睡了，遠遠聽見龍叔談得高興，所以趕來看看。」又向申東平道：「申先生累了吧？」

東平一回頭，正好接著她那雙眼珠兒，黑白分明，像剛從水裡撈起似的，不禁看得傻了。再看她盈盈款款地笑著，一身靈魂兒也跟著她笑，楞了片刻，才突然驚覺，低下頭來，小聲地說：「不累。」

嶼姑嫣然一笑，催促黃龍子道：「龍叔，你再講下去吧！」

黃龍子笑道：「被妳一打斷，連接不上了。」

嶼姑道：「那請你再說一遍北拳南革的因緣吧！我正不明白呢。」

黃龍子道：「也好！『拳』，譬如人的拳頭，一拳打下去，痛苦也就算了，沒什麼要緊。當然，一拳打得不湊巧也會害人送命的。但是只要能躲得過去，也就沒事。將來北拳的那一拳，也幾乎送了國家的性命，非常危險；但他畢竟只是一拳，容易躲過。

若說那『革』呢，就不太簡單了。革字上應卦象，《易經》說：『澤火革，二女同居，其志不相得。』——妳想，家裡倘有一妻一妾，兩人互相嫉妒，這個人家還會興旺嗎？起初，兩人都想獨占一個丈夫，不免要爭奪一番；等到曉得不可能了，就開始破壞，心想：我沒有的，妳也不能有；這一來，做丈夫的就萬分痛苦。開始因為愛丈夫而爭，爭了以後，即使損傷丈夫也顧不及了；再爭下去，或許斷送了自己的生命也不顧了。這就叫做妒婦的本質；聖人只用『二女同居，其志不相得』九個字，就把這南革諸公的肖像鉤畫出來，比那照像的還要清楚。

那些南革的領袖，本來都是官商人家的子弟，並且很多是聰明出眾的人才，只因為所稟的是婦女的陰嫉之性，對國家便有無限的禍害。況且，由嫉妒而生破壞，並不是一個人做得來的；少不得同類相呼，漸漸的越聚越多，拜盟結黨。再加上有些人家的不肖子弟，參雜在內，更鬧得如火如荼。

這裡面有的是已經中過進士，點過翰林，在京裡做官，就談朝廷革命；有的讀書不成，做官無望的子弟，就學兩句『愛皮西提衣』（A、B、C、D、E）或『阿衣烏愛窩』（あいうえお），信口高談家庭革命。一談了革命，就可以不受天理國法人情的拘束，豈不是十分痛快的事嗎？他哪知道：太痛快了，不是好事。吃得痛快，傷胃，喝得痛快，損肝。像現在那班人不管天理，不怕國法，不近人情，種種放肆，眼前雖然痛快，將來必有人災鬼禍，絕不能長久。」

中東平道：「南革既是破敗天理國法人情的亂黨，為什麼還有人相信他呢？」

黃龍子道：「你想這天理國法人情，是到南革的時代才破敗的嗎？錯了！久已亡失了。《西遊記》是傳道的書，滿紙荒唐，都是寓言。他說那烏鷄國真正的國王，在八角琉璃井裡受苦，坐在金鑾殿上的是個假王。現在的天理國法人情，都是烏鷄國的假王，所以要借著南革的力量，把假王打死，然後慢慢的從八角琉璃井內把真王請出來。等到真天理國法人情出來，天下就太平了。

索性我再把這個分判真偽的祕訣，盡數奉告，請牢牢記住，將來就不會落入北拳南革的大劫數了。《西遊記》上說，要分辨真王假王，叫太子問母后便知道了。母后說道：『三年之前溫又暖，三年之後冷如冰。』這冷暖二字，便是分別真假的憑據。因為講公利的人，全是一片愛人的心，所以發出來的口口都是暖氣；那講私利的人，全是一片恨人的心，所以發出來的是口冷氣。這公利和私利，便是最大的分別。

北拳和南革，都是講私利的，不過，還有分別。『北拳』是借著鬼神之名來奪私利的；南革主張無鬼神，也是出於私利之心。說有鬼神，就可以裝妖作怪，蠱惑鄉愿，倒還為禍不大；若說無鬼神，就可以不敬祖宗，不怕陰譴，一切違背天理的事都可以去做，這影響就大了。『南革』的人，必須住在租界或外國，才能逞出他反背國法的本事，又必須痛罵有鬼神，才能表現他們反背天理的勇氣，必須說忠臣良吏是奴性，叛臣賊子是豪傑，才能快意地使出他們反背人情的手段。他們都很有辯才，你聽他們講到精采的地方，也會覺得心動。哪知道世道人心都被他們攪壞了。

總之，這種亂黨，在上海和日本出沒的，還容易辨認；有的藏在北京或其他大都市裡的，就很難認出；不過，你們只要牢牢記住，凡是事事託於鬼神的，就是北拳一黨的人；極力主張無鬼神的，就是南革黨人；倘若遇上這兩種人，趕快敬而遠之，以免惹來殺身之禍。」

東平和嶼姑靜靜地聽黃龍子高聲議論，真是佩服得五體投地。等黃龍子一番話說完，窗外晨雞，已經喔喔啼了。嶼姑道：「天已不早，應該睡了。」

九

東平一覺睡醒，只覺得紅光滿室，沒來沒由地潑了一身，慌忙爬下床來；看見太陽已爬得老高，睡在對面榻上的黃龍子不知道什麼時候醒來走了。房間外的老蒼頭聽到響聲，便盛了一盆熱水進來，漱洗完畢，又端來幾盤山蔬清粥做早飯。東平道：「不用費心了。煩你替我向姑娘道謝，我現在就要趕路呢！」

說著，嶼姑已經走進來，笑道：「申先生吃過飯再去吧！昨天龍叔說過，劉仁甫要在午牌時候才到關帝廟，先生早去也沒有用。」

東平依言用了飯，又坐了片刻，才帶了從人，逕向關帝廟趕去。不久，便到一個山集，集上店面不多，兩邊擺地攤賣些農家器具，及鄉下日用物件的，倒有人煙稠密之感。東平問明關帝廟所在，走到廟口，那劉仁甫已在廟前等候。兩人略做寒暄，東平便將老殘的介紹信取出，遞給仁甫。

劉仁甫也不推辭，便同申東平到城武縣；申知縣對他十分禮遇。數月之後，果然平靜無事。

凍河夜話，問愁娥，堤決生靈

五、凍河夜話，問愁娥，堤決生靈

一

卻說老殘和中家兄弟分手以後，申東平到了桃花山；老殘也到東昌府住了幾天，路上沒什麼好玩的。想起和文章伯他們約好除夕夜在省城見面，便收拾行李，動身回省城。

這時已經快進入臘月，遠近樹上的老葉子都落了，卻不時可以看到新生的嫩芽，疏疏稀稀的，想是要到春雪溶化時，才完全長出新芽來。儘管這樣，已經覺得有些生趣了。不想越往北走，天氣越壞；最後幾天，索性颳起北風。

老殘頂著北風，一日，到了齊河縣城南門外，眼看天色已暗，不能再走，思量著找一家客店過夜。走了大半條街，只見家家都有許多人出入，老殘到一家店門口張望了許久，那店夥也不過來招呼，又走了幾家，都是如此。

老殘心想：「這是什麼意思？」繼之又想：「這一趟回來，經過許多地方，大多十分荒寒，從來沒有像這樣熱鬧的，難道這裡發生了什麼事嗎？」

當下也不忙著住店，便走到一家飯廳，要了幾碟小菜，一壺酒，自斟自飲起來。不久，聽到背後有人大聲喊道：

「好了，好了，快打通了。大概明天一早，我們就可以過去了。」

另一人慢吞吞道：「這就好了。」說話裡仍掩不住興奮。

老殘回頭看了一眼，都不認得；那大聲叫嚷的是個二十歲上下的年輕人，另一位大約五十多歲，都是平常人家的打扮。老殘也不怎麼留意。

只聽那人又說道：「這次幸虧是東昌府李大人，急著要見撫臺回話，不能過去，特地派了幾名河夫打凍，否則誰也別想過去。」

另一人也說：「今天打了一天，大概可以過去了，只是夜裡不能歇手，一歇手，還是凍上。」

兩人談了幾句，那人似乎是剛從外面進來，一邊喊冷，一邊討酒喝。

老殘聽了幾句，才知道原來是黃河結冰了。付過帳，信步走到黃河邊上，看見河邊還有幾艘渡船，被河冰凍得死死的，哪還能動呢？

再往下游走了幾步，天便黑了。只見遠遠的河上，有許多燈籠；仔細一看，原來不單是燈籠，而是兩條船。船上各有十來個人，都站在船沿上；有時跑到船頭，有時跑到船尾，不知道在做什麼？老殘看了一會兒，方才醒悟，原來這兩船人正在打冰，隔了太遠，看不清他們用什麼去打。

老殘看天色已黑，仍舊回到大街，逛到一家店門口，問道：「有空房間沒有？」

店家說：「都住滿了，請到別家吧！」

老殘說：「我已經走了幾家，都沒有房間；你幫個忙吧，隨便一間就好。」

店家道：「真的沒房間了。」正在爭執間，由裡面走出來一個人，道：

「這位先生，這個店裡實在已經住滿了；您老到東邊那家店去問問，他今天下午走了一幫客人，您老趕緊去，或者還沒有住滿呢！」

老殘聞聲看去，原來是剛才在店裡看過的。老殘向他打了一個千兒，道：

「謝謝指點，請問尊姓？」

那人道：「我姓黃，就住在東家那個店裡，碰巧來這裡訪個朋友，所以知道那邊店裡還有房間。」

老殘又重重道謝了，才和他一起過去。

那姓黃的邊走邊說：「這幾天，颳了好一陣子的大北風，從大前天起，河裡就淌凌，凌塊子有間把屋子大，擺渡船不敢走，恐怕碰上凌，把船弄壞。到現在已經過了三四天，等著過河的人越來越多，各家各店裡都客滿了。」

老殘道：「原來如此。」

不一會兒，進了東邊那家店裡，那姓黃的向夥計道：「這是我的朋友，請你設法設法吧！」

店小二道：「呀！您老真是好造化，我們店裡今天早晨還是滿滿的，因為有一幫客，內中有一個年老的，在河沿上看了半天，回來說：『這河短時內是打不開了，不必在這裡死等，我們趕到雒口看看有法子沒有？到那裡再打主意吧！』是下午一點左右開車去的，所以還有一個空房。」

那人見店小二應承過了，自己也就辭別進去。老殘道了聲再會，便跟在店小二後面，進了房間，洗完了臉，把行李鋪好，和衣躺下。

躺了片刻，心裡記掛著河上結冰的情形，便把房門鎖上，步行到河堤上看。

只見那黃河從西南方面流過來，到這裡正好轉了一個彎，再過去便向正東的方向去了。

河面並不十分寬，兩岸相距不到二里，真正有水的地方，只不過百多丈寬的樣子，倒是水面上的冰，堆得重重疊疊的，高出水面有七八寸厚。

再往上游走了一二百步，只見那上游的冰，正一塊一塊的慢慢移過來，到了這裡，被前頭的攔住，走不動，就停住了。

不久，後來的冰，又趕上先來的，只擠得嗤嗤地響。

哪知後面的冰，又被更後面的狠狠一擠，就竄到前冰上頭去；前冰被壓著，就漸漸低下去了。

河水本身，不過百十丈寬，當中一道大溜，約莫不過二三十丈，其餘的都是平水。這平水之上，結著一層冰，冰面本是平的，被吹來的塵土蓋住，反而像沙灘一樣。

中間那道大溜，仍然奔騰澎湃，有聲有勢，把那走不過去的冰，擠得直向兩邊亂竄。那兩邊平水上的冰，被當中亂冰擠破了，又往岸上跑，最遠的能擠到岸上五六尺遠——多半還在岸邊，層層疊疊地堆起來，像個小插屏似的；彷彿沿河築了一條長長的玻璃堤子。

看了一個多鐘頭的工夫，這一截的冰，又擠死不動了。再往上游看，中流仍是一股巨溜，大概不久也會凍結。

老殘心裡惦記著打冰的人，抬頭望去，那兩條打冰船還在下游——比剛剛站的地方還遠。老殘慢慢走回去，只見那堤上的柳樹，一棵一棵的影子，都已經照在地下，原來月光已經放出光亮來了。

這時北風完全停了，倒是冷氣逼人，比起有風的時候，還厲害些。遠處那兩艘船還在打，每艘船上點了一個小燈籠，遠遠看去，彷彿一面是「正堂」二字，一面是什麼，就看不見了。

再看那南面的山，一片雪白，映著月光，分外好看。那一層一層的山嶺，本來就不大分辨得出，又有幾片白雲，夾在裡面，所以看不出是雲是山。及至定神看去，方才看出哪個是雲，哪個是山來。雖然雲也是白的，山也是白的，雲也有亮光，山也有亮光，只因為月在雲上，雲在月下，所以雲的亮光，是從背面透過來的。那山卻不然，山上的亮光，是由月光照到山上，被那山上雪反射過來，所以光是兩樣子的。但是，也只有稍近的地方可以分辨得出來。山脈一直綿延到東邊，越望越遠，漸漸的天也是白的，山也是白的，雲也是白的，就分辨不出什麼來了。

這晚，已經到了十二三，月光照得滿地灼亮，煞是好看；而天上的星星，卻一個也看不到了，只有北邊北斗七星，還留著幾個淡白的點子，還看得清楚。這時正是臘月天，北斗星斜倚在紫微垣的西邊，長的是杓，在上面；方的是魁，在下面。老殘心想：

「歲月如流，眼見斗杓又快要指向東方了，人又要添增一歲了。一年一年這樣瞎混下去，將來怎麼了局呢？」

又想到現在正逢國家多事之秋，那班王公大臣，只是害怕受處分，抱著多一事不如少一事的心理，弄得百事俱廢，將來又是個怎麼樣的結局呢？國家的境遇如此，大丈夫應該奮起做一番事業了。想到這裡，不覺滴下幾行淚來。也就無心觀玩景致，慢慢走回店去。

一面走著，覺得臉上有樣東西附著著，用手一摸，原來兩邊各掛了一條滴滑的冰柱。起初不懂什麼緣故，既而想起，自己也就笑了。原來就是方才流的淚，天寒，立刻就凍住了。地下必定還有許多冰珠子呢！

老殘悶悶地回到店裡，也就睡了。

二

次日早起，再到堤上看看，是那兩條打冰船，不在河邊上，已經被冰凍住了。問了堤旁的人，知道昨晚打了半夜，都沒有效果，往前打去，後面凍上，往後打去，前面凍上，所以後半夜就歇手不打了。老殘想：「等冰結得牢了，再從冰上過去吧！」

閒著無事，便折回城裡散步一會兒，大街上只有幾家鋪面，鋪面的後頭，連瓦屋都不太多，顯出一片荒涼寥落的景象。因為北方的城市大都是如此，看了也不覺得十分詫異。逛了一會兒，沒有什麼趣味，便走回客店。

回到房中，打開書篋，隨手取了一本書來看，正好拿到一本《八代詩選》；這是在省城裡，替一個湖南人治好了病，那人當謝儀送的。省城裡忙，未曾細看，隨手就放在書箱子裡了，趁今天無事，何妨仔細看它一遍。看了半天，想：「這部書頗負盛名，看來選的還是不愜人意。」便把書放下，走到店門口。

在店門口站了一會兒，正要回房，見一個戴紅纓帽子的家人，走近面前，打了一個千兒，說：「鐵老爺幾時到齊河縣來了？」

老殘道：「我昨日到的！」嘴裡說著，心裡只想不起這是誰家的家人，在哪裡見過。那家人見老殘愣著，知道是認不得了，便笑說道：「小人叫黃升，敝上是黃應圖黃老爺。」

老殘道：「哦！是了，是了。我的記性真壞，我常到你們公館裡，怎麼就想不起你了呢！」

黃升道：「您老貴人多忘事罷了。」

老殘笑道：「人雖然不是貴人，忘事倒實在多。你們黃老爺來多久了？住在什麼地方呢？我也正悶得慌，想找他談天去！」

黃升道：「敝上是河工總辦張大人委派的，在這齊河縣裡，買八百萬應用的材料，現在東西也買全了，驗收委員也驗收過了，正打算回省銷差，不巧這河又結上冰，還得等幾天才能走呢！您老也住在這店裡嗎？在哪間屋裡？」

老殘用手向西指道：「就在那邊的西屋裡。」

黃升道：「敝上就住在朝南的上房裡；前兒晚上才到。前些時都在工地上，等驗收委員驗過了，才搬進這兒的。剛剛他在縣裡吃午飯，吃過了，王大人留著說話，不放他走，晚飯還不一定回不回來吃呢！」

老殘打聽一下，原來這齊河縣知縣姓王，號子謹，也是江南人，與老殘同鄉，雖是個進士出身，倒不糊塗。老殘也沒有別的事可問，便點點頭，等黃升走了，才回到房中。且說這黃應圖是什麼人呢？字人瑞，只有三十多歲年紀，江西樂清縣人。他的哥哥點過翰林，現在做了御史的官，與軍機大臣達拉密是至交好友。這黃人瑞在去年捐了個同知，今年來山東河工衙門投效；因為有軍機大臣的八行信，撫臺格外照顧，所以備受優遇。眼看大案保舉出奏，就是個知府大人了。論人品呢，倒也不十分俗氣，在省城時，老殘與他頗有往來，所以互相認得。

到傍晚，老殘又看了半本詩，天色已經暗得看不見了，老殘起身，正想去向店夥討根蠟燭，只聽房門口有人進來，嘴裡喊道：「殘哥！殘哥！久違了！久違了。」老殘慌忙答應，原來是黃人瑞自外進來，彼此作過了揖。

人瑞道：

「殘哥還沒有用過晚飯吧？我那裡雖然有人送了個一品鍋，幾個小菜，恐怕不中吃；倒是早上我叫廚子用口蘑燉了一隻肥鷄，大約還可以下飯，一起到我屋子裡去吃飯吧！古人說：『最難風雨故人來。』這凍河的無聊，比風雨更難受；好友相逢，這就不寂寞了。」

老殘道：「甚好！甚好！既有佳餚，你不請我，我也要過去吃的。」

人瑞看桌上放著一本書，順手拿起來一看，說：「這麼暗，怎麼看得見呢？」走到房門口，映著天光看了，知道是一本詩集，就說：「殘哥還讀詩嗎？我幾個月不看了。」隨便看了幾首，丟下來說道：「我們到那邊屋裡坐吧。」

於是兩個人走出來——老殘還先把書整理一下，再拿把鎖將房門鎖上，才隨人瑞到上房裡來。

上房有三間屋子，一個裡間，兩個明間，裡間的門上掛了一個大呢絨夾板門簾，中間安放一張八仙桌子，桌子上鋪了一張漆布。

人瑞問：「飯好了沒有？」

家人說：「還要再等一刻鐘，燉的鷄還不十分爛。」

人瑞道：「先拿小菜來吃酒吧。」

家人應聲出去，一霎時轉來，將桌子架開，擺了四雙筷子，四隻酒杯。老殘問：「還有哪位？」人瑞道：「等一會兒，你就知道了。」杯筷安置妥當，家人又出去找椅子，原來房裡只有兩張椅子。人瑞道：「讓他們去忙，我們到炕上坐坐吧！」

明間西頭本來有一個土炕，炕上鋪著蘆蓆；黃人瑞又命家人，在炕中間鋪了一張大老虎絨毯，毯子上放了一個煙盤子。

煙盤兩旁，兩條大狼皮褥子，當中擺著兩盞太谷燈。那煙盤裡擺了幾個景泰藍的盒子，兩枝廣竹做的煙槍，兩邊各有一個枕頭。

人瑞讓老殘在上席坐了，自己在一旁躺下，叫黃升過來把太谷燈點亮。

老殘看他點燈，嘆道：「你看這個燈，樣式又好，火力又足，光頭又大，五大洲數它第一。可惜出在中國，若是出在歐美各國，這第一個造燈的人，各大報紙一定要替他宣揚，國家就要給他專利的證明了。無奈中國沒有這個條例，使這些聰明的人，聲名埋沒，實在可惜。」

人瑞道：「正是！正是！」說著，就拿起煙籤子，挑煙來燒，說：「殘哥，你還是不吸嗎？其實這個東西，假如說吸得曠時廢業的，當然是不好；若是不上癮，隨便消遣消遣，倒也是個妙品。你何必拒絕得這麼厲害呢？」

老殘道：「我吸煙的朋友很多，想要上癮的，一個也沒有，都是說消遣消遣，就消遣進去了。等到上癮以後，不但消遣的樂趣沒有了，還有無窮的禍害。我看你老哥也還是早早戒了，不消遣為上策。」

人瑞道：「我自有分寸，不會上癮的。」

說著，只見門簾一響，進來兩個妓女：前頭一個大約十七八歲，鴨蛋臉兒，後頭一個才十五六歲，瓜子臉兒。進門以後，雙雙朝炕上請了兩個安。

人瑞也不起身，含著笑說：「妳們來了。」朝裡指道：「這位鐵老爺，是我省裡的朋友。翠環！你就伺候鐵老爺，坐在那裡吧！」

那個較年長的早就挨著人瑞，在炕沿上坐下了。那十五六歲的，卻呆站著，不好意思坐。老殘就脫了鞋子，挪到炕裡邊去，盤膝坐了，讓她有位子好坐；她才側著身，羞答答地坐下。

老殘對人瑞道：「我聽說此地很久就沒有這個，怎麼現在也有了。」人瑞哈哈大笑，摟著翠花道：「不錯，此地原來沒有這個；她們姊兒兩個，本來是平原鎮二十里鋪做生意的，她養母是這裡人，最近回到本鄉，才帶回來的。在此地本不做生意，是我悶得無聊，叫店裡找來的。這個叫翠花，你那個叫翠環，都是雪白皮膚，很可愛的；你瞧她的手，包管你滿意。」

翠花纏著人瑞，努嘴不讓他說下去，又側過臉對翠環說：「妳燒口煙給鐵老爺吸！」人瑞道：「鐵老爺不吸煙，妳叫她燒給我吸吧！」就把煙籤子遞給翠環。翠環鞠躬著腰，燒了一口，上在斗裡遞過去，人瑞「呼呼」價響吸完。

翠環接著煙斗，要再燒時，家人已把一品鍋，連同幾樣小菜擺好，說：「請老爺們用酒吧！」

人瑞直起身來，說：「來！來！喝一杯吧！今天天氣很冷。」一方讓老殘上坐，一方自己在對面坐下，才命翠花坐在上橫頭，翠環坐在下橫頭。

翠花拿著酒壺，把各人的酒加一加，放下酒壺，舉起筷子來。老殘看了，慌忙也去拿筷子，只慢了一下，翠花已經挾了一筷子的菜，放在他碗裡。老殘忙說：「請歇手吧！我們不是新娘子，自己會吃的。」翠環聽了，看他一眼，也不說話。那翠花已是笑嘻嘻地轉向人瑞布菜了。

當翠花為人瑞挾菜時，老殘也給翠環挾菜，翠環急得站起身來，說：「您老歇手，這實在不敢當的。」人瑞替翠花挾了一筷子，翠花說：「我自己來吃吧！」就用勺子接了過來，放在碗裡，並不動口；老殘、人瑞再三勸二人吃菜，二人只是答應，卻不動手。

人瑞忽然想起一件事，把雙掌一拍，說：「來人！」只見門簾外走進一個家人來，離席六七尺立住腳，人瑞招招手，叫他走近步，在他耳邊低低說了兩句話，那家人連聲應道：「是！是！」回頭直直走出去。過了一刻，門外進來一個穿藍布棉襖的男人，手裡拿著兩個三弦，一個遞給翠花，一個遞給翠環，嘴裡向翠環說道：「老爺叫妳吃菜呢！好好的伺候老爺們。」翠環彷彿沒有聽清楚，朝那男子看了一眼，那人道：「叫妳吃菜，妳還不明白嗎？」翠環點頭道：「知道了。」就拿起筷子來，挾了一塊火腿給黃人瑞，又挾了一塊給老殘，老殘說：「謝謝，」翠環微微一笑，低下頭去。

翠花道：「老爺們喝酒，我們姐兒唱兩曲，給老爺們下酒。」說著，兩人把三弦子理好，一遞一段的唱了幾支曲子。

三

人瑞用筷子在一品鍋裡撈了半天，看沒有一樣好吃的，便笑著向老殘道：「這個一品鍋裡的東西，都有外號，你知道不知道？」

老殘說：「不知道。」

他便用筷子一一指著說：「這叫『怒髮衝冠』的魚翅；這叫『百折不回』的海參；這叫『年高有德』的鷄；這叫『酒色過度』的鴨子；這叫『恃強拒捕』的肘子；這叫『臣心

如水』的湯。」說著，彼此大笑了一會兒。

翠花、翠環兩人又唱了兩三支曲子；家人才捧上自家所燉的鷄來，人瑞道：「酒喝夠了，就盛熱飯來吃吧！」一家人當即盛進四碗飯來，翠環立起，接過飯碗，送到各人面前，泡了鷄湯，各自吃了。

飯後，擦過臉，人瑞說：「我們還是炕上坐吧！」家人撤去殘餚，四人都上炕去坐。老殘側臥在上首；人瑞在下首；翠花倒在人瑞懷裡，替他燒煙；翠環坐在炕沿上，無事可做，拿著弦子，「崩兒！」、「崩兒！」地撥弄著玩。

人瑞道：「殘哥，我好久沒看到你作詩，今天總算『他鄉遇故知』，你也該作首詩，我們拜讀拜讀。」

老殘道：「這兩天來，我看見凍河，很想作詩，正在那裡打主意，被你這一陣胡攪，把我的詩也攪到那『酒色過度』的鴨子裡去了。」

人瑞道：「你快別『恃強拒捕』，我就要『怒髮衝冠』了。」說著，彼此呵呵大笑。

老殘又道：「詩是有的，不過要等明天改好才給你看。」

人瑞道：「那不行，你瞧這邊有斗大一塊新刷過的粉牆，就是為你題詩預備的。」

老殘搖頭道：「留給你題吧！」

人瑞把煙槍往盤子裡一放，說：「我聽人說，詩興稍緩即逝，這回不能聽你的。」就立起身來，跑到裡間去，拿了一枝筆，一塊硯臺，一錠墨出來，放在桌上，說：「翠環！妳來磨墨！」翠環當真倒了點冷茶，磨起墨來。

沒多久，翠環道：「墨磨好了，您寫吧！」

人瑞又取了個布撣子，說道：「翠花掌燈，翠環捧硯，我來撣灰。」把枝筆遞到老殘手裡。

翠花舉起蠟燭臺，人瑞先跳上炕，站到新粉的一塊牆底下，把灰撣了，翠花、翠環也都站上炕去了。人瑞招手道：「來！來！來！」

老殘笑說道：「你真會鬧，罷了！罷了！」也站上炕去，把毛筆在硯臺上蘸好了墨，呵了一呵，就在牆上七歪八扭地寫起來了，翠環恐怕硯上的墨凍住，不住地呵氣，那筆上還是裹了細冰，筆頭越寫越肥。

頃刻寫完，人瑞大聲念出來：

地裂北風號，長冰蔽河下。後冰逐前冰，相陵復相亞。
河曲易為塞，嵯峨銀橋架。歸人長咨嗟，旅客空嘆咤。
盈盈一水間，軒車不能駕。錦筵招妓樂，亂此淒其夜。

念完，說道：「好詩，好詩。為什麼不落款呢？」

老殘道：「怎麼落款呢？是了，這上房本來是你住的，就題個『江右黃人瑞』吧。」人瑞道：「那可要不得，冒了個會詩的美名，擔了個召妓飲酒革職的處分，有點不合算。」說著，跳下炕來。

老殘便題了「補殘」二字，也跳下炕去。

翠環姐妹放下硯臺燭臺，都到火盆邊上去烘手，看看炭已經快燒完，又取了些生炭添上。

老殘立在炕邊，向黃人瑞拱拱手道：「打擾太久，我要回屋子睡覺去了。」人瑞一把拉住他，搶道：「不忙，不忙！天色還早著呢！你等我吸兩口煙，長點精神再談談。」

老殘看看走不了，只得再行坐下，翠環此刻也相熟了些，就倚在老殘腿上，問道：「鐵老爺，您這詩上說的是什麼話？」老殘一一解釋給她聽，如何寫景，如何抒情，如何感嘆，都說了一遍。

翠環低頭想了一想，道：「您說的真是不錯，但是詩上也可以說這些話嗎？」

老殘道：「詩上不可以說這些話，那麼詩上該說什麼話呢？」

翠環道：「我在二十里鋪的時候，過往客人，見得很多，也常有題詩在牆上的，我最喜歡請他們講給我聽，聽來聽去，大約不過兩個意思：一些大爺們，總無非說自己才氣怎麼大，天下人都不及他，都不認識他；還有一種人呢？就無非說哪個姐兒長得好，和他怎麼樣的恩愛。那些老爺的才氣大不大呢？我們是不會知道的，只是過來過去的人，怎麼都是些大才，想找一個沒有才的來看看，都看不著，這可怪了。我說一句傻話，既是沒有才的這麼少，俗語說：『物以稀為貴』，豈不是沒才的倒成了寶貝嗎？這且不去管它。

那些說姐兒們長得好的，其實無非就是我們眼前的幾個人，有的連鼻子眼睛都長不正呢！他們的詩句，不是拿來比做西施，就是比做王嬙；不是說她『沉魚落雁』，就是說妳『閉月羞花』，王嬙我不知道她是誰，有人說就是昭君娘娘，我想，昭君娘娘和那西施娘娘，難道都是這種平庸的樣子嗎？一定靠不住了。

至於說姐兒怎樣跟他好，恩情怎樣重，我有一回偷偷去問了那個姐兒，那個姐兒說：他住了一夜，就麻煩了一整夜。天高時向他討點銀子做賞錢，他就抹下臉來，直著脖子大聲亂嚷說：『我正帳昨天晚上就給過了，還要什麼賞錢不賞錢！』那姐兒就再三央告著說：『正帳的錢呢，店裡夥計扣一分，掌櫃的又扣一分，剩下的全是領家的媽拿去，一個錢兒也落不到我手上，我們的胭脂花粉，跟身上穿的衣裳，都是自己錢買，光聽聽曲子的老爺們，不能向他要，只有這留住的老爺們，可以開口討兩個伺候的辛苦錢。』再三央告著，他給了兩百錢一個小串子，往地下一摔，還要嘸著嘴說：『你們這些強盜婊子，真不是東西，混賬王八蛋！』你想有恩情沒有？因此，我想作詩這件事，是很沒有意思的，不過造些謠言罷了。您老的詩，怎麼不是這個樣子呢？」

老殘笑說道：「各師父、各傳授，各把戲、各變法。我們師父傳授給我的時候，不是這個傳法，所以和他們不同。」黃人瑞剛把一筒煙吸完，放下煙槍，說道：「真是人不可貌相，海水不可斗量，『作詩不過是造些謠言』，這句話真被這孩子說著了呢！幸好我不會作詩，不然造些謠言，還要被她們笑話。」

翠環道：「誰敢笑話您老呢？俺們鄉下沒有見過世面的孩子，胡言亂語，得罪了您老，您老大人大量的，可別怪我，給您老磕個頭吧。」就側著身子朝黃人瑞把頭點了幾點。

黃人瑞道：「誰會怪妳呢！實在說得不錯，像這樣的話，過去還沒有人說過，可見當局者迷，旁觀者清。」

四

老殘道：「煙也抽過了，不知道你還有什麼話說，不然我可要回去睡了。」

人瑞道：「不用忙，且等我先講個道理給你聽。我問你，明天你有事嗎？」

老殘道：「有事怎樣？沒事又怎樣？」

人瑞道：「好，我再問你：河裡的冰，明天能開不能開？」

老殘道：「不能開。」

黃人瑞道：「冰不能開，冰上你敢走嗎？明日能動身嗎？」

老殘說：「不能動身。」

黃人瑞道：「既然不能動身，明天早起有什麼要緊的事沒有？」

老殘道：「沒有！」

人瑞道：「既然如此，你忙著回屋子去幹什麼？我對你說：在省城裡，你忙我也忙，總想暢談，總沒有空兒，今日難得相逢，我又素來佩服你的，我想你應該憐惜我，同我談談，你偏偏急著要走，怎叫人不難受呢？」

老殘道：「好，好，好，我就陪你談談。我對你說吧！我回屋子裡也是坐著，何必矯情要走呢？是因為你已經叫了兩個姑娘，正好同她們說說知心話，或者說兩句笑，玩鬧玩鬧，怕我在這裡不方便。其實我也不是道學先生，想進孔廟吃冷豬肉的人，作什麼偽呢？」

人瑞道：「說正經的，我也正為她們的事情，要向你商量呢！」

說著，站起來把翠環的袖子抹上去，露出上臂來，指給老殘看，說：「你瞧這些傷痕，教人可憐不可憐呢？」

老殘看時，有一條一條青的，有一點一點紫的。人瑞又道：「這是膀子上如此，我想身上更慘了！翠環，妳就把身上解開來看看。」

翠環這時兩眼已注滿了汪汪的淚，只是忍住不叫它落下來，被人瑞這麼一說，卻滴滴的連掉了許多淚，口裡含糊的，只說：「看什麼呢！」人瑞向老殘道：「你瞧這孩子傻不傻，看看怕什麼呢？」還要取笑她兩句，卻被翠花一扯，才住了口。老殘也說：「算了，你別叫她脫了。」翠花又回頭朝窗外看看，然後低聲在人瑞耳邊，不知說了兩句什麼話，人瑞點點頭，就不作聲了。

老殘看翠環那樣，心想：「這都是人家的好兒好女，父母養他的時候，那種疼愛憐惜，自不消說。誰知撫養成人，或因年荒飢饉，或因父親好吸鴉片煙，或好賭錢，或被官司拖累，逼到萬不得已的時候，就糊里糊塗，將女兒賣到這門戶人家，被鴇母虐待，受諸般苦楚。」因此，又是憤怒，又是傷心，不覺眼角裡也潮溼起來了。

此時大家默無一言，靜悄悄的；只見黃人瑞家人帶著一個人從外邊進來，朝炕上行了禮，便把一捲行李，送到裡間房裡去了。不久，那家人出來，向黃人瑞道：「請老爺向鐵老爺借過房門鑰匙來，好送翠環行李進去。」

老殘忙道：「不用了，一起掮到你們老爺屋裡去。」

人瑞道：「我早吩咐過了，錢也已經都給了，你這是何苦呢？把鑰匙給我吧！」

老殘道：「不行！我從來不幹這個的。錢給了不要緊，該多少我明天還你就是了。既已付過錢，她老鴇子也沒有什麼可說的，不會難為她了，怕什麼呢？」

翠花道：「才不呢，您老當真的叫她回去，跑不了一頓飽打，說她得罪了客人。」老殘仍不答應。翠花便向翠環道：「妳自己央告鐵爺，可憐可憐妳吧！」

老殘道：「我也不為別的，錢還是照數給，只不過讓她回去，她也安靜，我也安靜。」

人瑞知道老殘的硬脾氣，口裡也不答話，只拿一雙眼睛看著翠環，那翠環歪過半邊身子，把臉兒向著老殘，道：

「鐵爺！我看妳老的樣子怪慈悲的，怎麼就不肯可憐可憐我們孩子呢？您老屋裡的炕，大小有一丈三尺多長，您老鋪蓋再大，不過占三尺來寬，還多著九尺地呢！就捨不得賞給我們孩子避難一宿嗎？倘若您嫌我不好，只求包涵一點，賞個炕角蹲上一夜，這恩惠就很大了。」

老殘無奈，只得伸手在衣袋裡將鑰匙取出，遞給翠花，說：「聽你們怎麼胡攪去吧！只是我的行李，千萬不要亂動。」翠花站起來，遞給那家人，又向那家人吩咐了一遍，那人才辭出。

四人又重新坐好，老殘用手撫摩著翠環的臉說道：「妳是哪裡人？鴇母姓什麼呢？幾歲賣給她的？」

翠環道：「俺這媽姓張，……」說了一句，就不說了，從袖子裡取出一塊手巾來擦眼淚，擦了又擦，只是不作聲。老殘道：「妳別哭啊！我問妳幾句，也是替妳解悶兒的，妳不願意說，就是不說也行，何必這樣呢？」

翠環抬起頭來，說道：「我自小沒有家。」

翠花道：「您老別生氣！翠環就是這脾氣不好，所以常挨打，其實也怪不得她難過，二年前，她家還是個大財主呢！去年才賣到俺媽這裡來，她因為從小沒吃過這種苦，所以處處不討好，其實俺媽在這附近，算是頂和善的呢，她到了明年，恐怕要過今年這個日子也沒有了。」

說到這裡，翠環竟掩面嗚咽起來。翠花急道：「嘿！翠環，妳可是不想活了！妳瞧老爺們叫妳來，是為了開心的，妳這一哭不是得罪人嗎？快別哭，快別哭！」

老殘道：「不必！不必！讓她哭哭也好，妳想她憋了一肚子的悶氣，到哪裡去哭？難得我和黃老爺……」

黃人瑞在旁大聲嚷道——也不管打斷老殘的話：「小翠環！好孩子！妳儘管哭吧！勞妳駕把妳黃老爺肚裡憋的一肚子悶氣，也替我哭出來吧！」大家聽了這話，都不禁笑了起來，連翠環遮著臉也噗嗤地笑了一聲。

五

原來翠環本來知道，在客人面前，萬不能哭的，無奈她個性剛強，越不能哭，她越要哭。又被翠花說出她二年前還是個大財主，觸起她的傷心，眼淚就不由得直迸出來，要強忍也忍不住；等到聽老殘說：「她受了一肚子悶氣，到哪裡去哭？」便打定主意哭個痛快；心裡又想：「自從落難以來，就沒有人這樣體貼過，哪裡想到有今天呢？可是世界上的男人，並不是個個都拿女兒家當糞土一般作踐的，只是不曉得，這樣的人世上多不多？我今生還能遇見幾個？想來既能遇見一個，恐怕一定還會有的。」一剎那之間，有萬億個念頭流轉盤算著，早把剛才的傷心忘記了，反而側著耳朵，想聽他們在說什麼。忽然被黃人瑞喊著，要託她替哭，怎麼不好笑呢？所以含著兩泡眼淚，笑了出聲，順便偷偷地覷看了老殘一眼。

黃人瑞本想逗她，看了這個情形，摟著翠花，越發笑個不止。翠環此刻心裡一點主意也沒有，看見他們傻笑，也糊里糊塗地笑了一會兒。

老殘道：「哭也哭過了，笑也笑過了，我還是不明白，怎麼兩年前她還是個大財主？

翠花！妳說給我聽聽！」

翠花道：「她是俺那齊東縣的人，她家姓田，在齊東縣門外，有二頃多地，在城裡還有個雜貨鋪子，她爹媽先生了她，還有一個弟弟，今年才五六歲，此外，就是一個老奶奶。俺們這大溝河邊上的地，多半是棉花田，一畝地至少值一百多串錢，她有二頃多地，不就是兩萬多串錢嗎？連上鋪子的利錢，就有三萬多了。俗說萬貫家財，有一萬貫就算財主，她有三萬貫錢，不算大財主嗎？」

老殘道：「這樣說來，她家有三萬貫家財，日子是很好過的了，怎麼會一兩年間就窮到這個地步呢？」

翠花道：「說起來還不是一兩年的事，根本只有三天——前後三天，就家破人亡。」停了一停，又說：

「這是前年的事情，俺這黃河不是三年兩年的鬧水災嗎？莊撫臺為這件事，焦慮得不得了。聽說有個什麼大人，是南方有名的才子，他拿了一本什麼書給莊撫臺看，說：『這條河的毛病是河道太窄，非放寬不能治好；必須廢掉民埝，退守大堤。』這話一出來，衙門裡的人，個個說好。撫臺就說：『這些堤裡百姓，怎樣安排呢？要先給點錢把他們遷開才行。』誰知道那些總辦的王八蛋大人們說：『可不能叫百姓知道。你想這堤埝中間有五六里寬，六百里長，總有十幾萬家，一被他們知道了，這幾十萬人守住民埝，還廢得掉嗎？』莊撫臺沒辦法，點點頭，嘆了一口氣，聽說還掉了幾點眼淚。這年春天，就趕緊修了大堤，在濟陽縣南岸，又打一道隔堤。誰知道這兩樣東西，就是殺死幾十萬人的一把大刀。可憐俺們小百姓，哪裡知道呢？

轉眼就到六月初，只聽人說：『大水到啦！大水到啦！』那守堤的隊伍，不斷地兩頭跑，大家還不在意；河裡的水，一天漲一尺多，隔天又漲一尺多，不到十天工夫，大水就比埝頂低不太多了——比起那埝裡的平地，還高上一兩丈。到了十三四裡，只見那埝上的報馬，一會兒一匹，不斷地來來往往。到了第三天中午，報馬都不見了，各營盤裡號角吹得像天要崩了似的，所有的隊伍都開到大堤上去。那時，就有些人感到情況不妙，說：『不好！恐怕會出問題，趕緊回去預備搬家吧！』」

老殘道：「難道她家就沒有有見識的人，預先警覺到嗎？」

翠花道：「也許有吧，但是誰知道這一夜裡，三更半夜時，又下起大雨，只聽到唏哩嘩啦；那黃河水就像山一樣的倒下去了。那些村莊上的人，大半都還在屋裡睡覺，呼的一聲，水就進去，驚醒過來，連忙就跑，水已經過了屋簷；天又黑、風又大、雨又急、水又猛，您老想，這時候有什麼法子呢？

到四更多天，風也息了、雨也止了、雲也散了，透出一個月亮，澄明澄明的；那些村莊早已看不見了，只有靠民埝近的，還有的就是那些抱著門板或桌椅板凳的，飄到民埝前，爬上了民埝；還有那些原來住在埝上的人，拿了竹竿子搶著撈人，也撈起來不少。這些人得了性命，喘過一口氣來，一想到全家人都沖散了，就剩下自己，沒有一個不是號啕痛哭，喊天頓地。哭丈夫的、疼兒子的、喊爹叫媽的，一片哭聲，共有五百多里路長，您老看慘不慘呢？」

翠環接著道：「城外的家裡，我也不太清楚。那天我和母親在城裡睡，半夜裡聽見人嚷說：『水淹進來了！』店裡還有不少夥計，都連忙起來。這一天本來很熱，人多半是穿著薄衣服，在院子裡睡的，雨來的時候，才進屋子去，剛睡了一會兒，就聽外邊喊起來了，說：『城門開了，俺們到城外守小埝去！』店裡的人都去了；那時，雨剛停住，天還陰著，我和娘在房裡念佛；只聽得大街上人聲越來越多，我在門口一看，只見原來出城守埝的人又跑回來。又見縣官也不坐轎子，混在人群裡跑進城來，上了城牆；不久，又聽一片嚷聲說：『城外人家不許搬東西！叫人趕緊進城，就要關城門了，不能再等了。』娘和我也爬上城牆去看，城裡已經有許多人用蒲包裝泥土，準備堵城門。大老爺在城上喊：『人都進了城了！趕緊關城門！』城牆裡本有預備的土包，關上城門，就用土包從後頭堵上了。俺媽就問我，看到爹和齊二叔沒有？」

說到這裡，眼眶裡淚水便溢出來了，停了一會兒，才抽抽噎噎地說下去：

「過了些時，雲彩已經回了山，月亮很亮很亮，俺媽看見齊二叔，就問我爹，又問他：

『今年怎麼這麼厲害?』齊二叔說:『真奇怪,往年倒口子,水下來,初時不過尺把高;最多也不過二尺多高,沒有超過三尺的;再大的水,總不到半點鐘的工夫,水頭就過去,其餘的不過二尺多深。今年這水真霸道,一來一尺多,一霎眼就過了二尺,縣裡大老爺看勢頭不好,恐怕小埝守不住,叫人趕緊進城,那時已經將近有四尺的光景了。這是歷年來沒有的。』齊二叔避著不提我爹,我就知道不好了,果然後來再也找不到。」

老殘道:「後來呢?妳家的鋪子怎麼了?」

翠環用手背抹了眼淚,道:「俺媽問齊二叔我爹呢?齊二叔不說,俺媽就哭了,說:『我知道了!』那時只聽到城牆上一片人聲,喊著:『小埝漫啦!小埝漫啦!』一霎時,人們都呼呼地往下跑,俺媽哭著往地上一坐,說:『俺就死在這裡,不回去了。』俺沒法,只好陪在旁邊哭。

又聽人說:『城門縫裡漏水。』就有無數人到處亂跑,也不管是人家、是店、是鋪子。抓著被褥,就拿去塞門縫子,抓著衣服,也全拿去;一會兒,把咱街上估衣鋪的衣服,布店裡的布,都拿去塞了城門縫。漸漸聽說:『不漏水了。』又有人嚷道:『土包太少,恐怕擋不住大水。』立刻就有人到飯店和糧食店裡去搬糧食口袋,往城門後去堆,一會兒就搬空了;俺們店裡的棉花,隔壁紙店裡的紙,也被搬個乾淨。俺在牆頭上都看得清清楚楚的。

那時，天也明了，俺媽也哭昏了，俺也沒法，只好坐在地上守著。耳朵裡不斷地聽人說：『這水可真了不得！城外屋子已經過了屋簷，怕不有一丈多深嗎？從來沒聽說過有這麼大的水。』後來店裡有幾個夥計上來，把俺媽和俺扶了回去，回到店裡，情形更糟，聽見夥計說：『店裡整布袋的糧食，都拿去填了城門洞，倉庫裡的散糧，被趁機打劫的人，搶了一個精光，光剩些潑撒在地下的，掃了掃，只剩了兩三擔而已。』店裡原有兩個老媽子，她們家也在鄉下，聽說這麼大的水，想來老老小小也都沒有命了，都哭得想死不想活。

一直鬧到太陽快要落山，夥計們才把俺媽灌醒，大家吃了兩口小米稀飯；俺媽醒了，睜開眼看，說：『老奶奶呢？』他們說：『在屋裡睡覺，不敢驚動她。』俺媽說：『也得請她老人家來吃點呀！』待夥計去了又來，才曉得她老人家不是睡覺，是嚇死了。俺媽聽見，哇的一聲，剛吞下的兩口稀飯，跟著一口血塊子，一起嘔吐出來，又昏過去了。大家救了好半天才醒來，已經癡癡呆呆的，同瘋子一樣。」

說著，又掉下淚來。

老殘對人瑞說：「這件事，我也隱隱約約聽人說過，沒想到淒慘到這種程度。究竟是誰出了這主意？拿的是什麼書，你老哥知道嗎？」

人瑞道：「我是去年才來的，這是前年的事，我也只是聽人說起，不知道確實不確實。據說是史鈞甫史觀察提的議，拿的是賈讓的《治河策》，他說：『當年齊國與趙、魏，以河為界，趙、魏兩國靠山，地勢較高，齊國土地低下，齊人就在離河二十五里處做堤防，河水向東流到齊地，淹不過去，就回過頭來淹趙、魏；於是趙、魏兩國也作堤，也是離河二十五里。』那天，莊宮保問幕僚有何意見，他就把《治河策》的這幾句指給宮保看，說：『可見戰國時兩堤相距是五十里地，所以沒有河患。今日兩岸民埝之間，相距不過三四里，就算是大堤的距離，也是不足二十里，比起古人，還沒有它的一半。如果不廢民埝，河患斷無已時。』

宮保說：『這個道理，我也明白，只是這兩堤裡面，都是村莊，民埝一廢，豈不是要破壞幾萬家的生命財產嗎？』史觀察又指《治河策》給宮保看，說：『請看這一段話：反對的人必然持著這種理由說：如此做的話，將會毀壞城市、良田、民房、墳墓，數以萬計；使百姓怨恨政府。賈讓認為：從前大禹治水，高山擋住去路，就打通它；所以鑿龍門、開伊闕，毀折砥柱山、敲破積石山；連天地山川之靈，為了救人，都可以毀壞，何況這些城廓田廬，都是人工所為的，何足掛慮呢？再說，小不忍，則亂大謀，宮保以為夾堤裡的百姓，廬墓生產可惜，難道年年決口，就不會損傷人命嗎？這是一勞永逸的事。所以賈讓說：大漢朝四方控制萬里，難道還要和黃河爭這一點土地嗎？這次治好黃河，不再泛濫，使老百姓得到安定，千年之後，都不會再生水患，所以稱它為上策。我想，漢朝的疆域，不過號稱萬里，尚且不願與河爭地，我大清疆土方圓數萬里，如果反而與河水爭地，豈不是叫前賢笑我們後生嗎？』

又指著諸同事，批評道：『賈讓這治河三策，如同經典一般，可惜從漢朝以來治河的沒有一個是會讀書的人，都不懂得賈讓《治河策》的精義，所以黃河永遠治不好了。宮保若能行此上策，不只是賈讓在二千年後，得一知己，將來功垂竹帛，萬世不朽呢！』宮保皺著眉頭道：『不過，第一件要緊的是，怎樣安置這十幾萬家百姓的去路。』那人道：『為了治河，與其年年花費許多錢，不如另籌一筆款子，把百姓遷移出去，一勞永逸。』宮保說：『也只有這個辦法，比較妥當。』後來聽說籌了三十萬銀子，預備遷移居民，後來為什麼不遷，我卻不知道了。」

人瑞說完，便問翠花道：「妳又是怎麼聽說的呢？」

翠花道：「一部分是過往的客人喝酒時說出來的。一部分是我看到的，那年，我也在齊東縣，就住在民埝上俺三姨家；第二天一早，看見滿河都是死人，俺三姨也怕了，叫人去雇船想搬家，就是雇不出船來。」

老殘道：「船呢？上哪裡去了？」

翠花道：「都被官裡拿來分送饅頭去了。」

老殘道：「送饅頭給誰吃呢？」

翠花道：「這饅頭的功德可就大了，那莊子上的人，被水沖走的有一大半；還有一小半呢，都是一看見水來，就爬上屋頂的，所以每一個莊子的屋頂上，總有一百幾十個人，四面都是水，到哪裡去摸吃的呢？有餓得急了，被救起又跳進水裡自殺的，聽說也不少。虧得有撫臺派的委員，駕著船各處去送饅頭——大人三個，小孩兩個——第二天，又有委員駕著空船，把他們送到北岸，這不是正好嗎？我們一家就乘著船走了。誰知就有那些笨蛋，蹲在屋頂上不肯下船。問他為什麼？他說在河裡有撫臺給他送饅頭，到了北岸，就沒有人管他吃住，就會餓死了。其實撫臺送了幾天，也就不送了，他們還是餓死。你說這些人傻不傻呢？」

六

老殘向人瑞道：「這件事真正荒唐透頂！究竟是不是史觀察提的議，還不能確定，但是，創這個議的人，一開始倒沒有什麼壞心，也沒有絲毫為己害人的私見，只是因為光會讀書，不懂人情事故，所以一著手便錯了。孟子說：『完全相信書本上的知識，還不如完全沒有讀書。』就是這個道理。唉！不只是河工這樣，天下的事，壞在大奸臣手上的，頂多只有十之三四；壞在不通事故的君子手上的，倒有十分之六七呢。」

又問翠環道：「後來妳爹找到了沒有？還是就被水沖去，不回來了呢？」

翠環用手背擦著眼淚，道：「一定是被水沖走了，如果還活著，怎麼會不回家來看我們呢？」

老殘輕輕拍著她的背，又勸了許多話，這才漸漸收起眼淚，沒想到翠花一開口，她又哭了。翠花說：

「到了明年，她要再過今年這種日子，也沒有了。」

老殘忙問道：「哦？怎麼說呢？」

翠花嘆了一口氣，道：「俺這個爹，才死沒有多久，喪事花了一百幾十吊錢，是向蒯二禿子借的。前日俺媽媽賭錢賭輸，又借了二三百吊錢，總共欠了四百多吊，馬上就是臘尾了，這個年眼看著過不去了，所以前幾天蒯二禿子來討錢時，俺媽就說要把翠環賣給他。這蒯二禿子家，也是開妓院的，是出名的厲害的，一天沒有接客，就要拿火箝子烙人。」

老殘道：「有這樣的事？後來怎麼不賣了呢？」

翠花道：「怎麼不賣？價錢還沒有說妥而已。俺媽要他三百兩銀子，他只願意出六百吊錢，所以雙方談不攏。您老想，現在到新年，還剩有幾天呢？這日曆眼看著一頁頁的薄了，假使到了年底，俺媽還能不答應嗎？這一賣，翠環可就有她難受的了。」

說著，也滴下淚來。老殘看看翠花，又看看翠環，只覺得天地間傷心的事情，無過於此了。轉頭看黃人瑞，只見他笑盈盈的，並不難過，便道：

「人瑞兄，難道你有什麼妙計，可以救翠環嗎？」

黃人瑞道：「殘哥！我有什麼辦法妙計？這件事倒要你費費心呢！」

老殘想了一想，道：「說的是，眼看著一個老實的孩子，被送到鬼門關裡頭去，實在可憐。算起來不過三百銀子的事情，我在省城裡還有些銀子，我們湊個數目給她，倒也不難。」

黃人瑞道：「銀子的事，不用你操心，我早就準備好了。要同你商議的，不是這件事。」

老殘咦道：「有了銀子，還要什麼？」

人瑞一笑道：「銀子既有了，還要你老兄出個名字，買下她來。我們做官的，買妓為妾，是會被革職的。」

老殘連忙道：「不成！不成！我萬萬不能要她，你再想法子吧！」

翠環一邊哭，一邊聽，聽到這裡，慌忙跳下炕來，向黃、鐵二人磕了兩個頭，說道：「兩位老爺菩薩，救命恩人，捨得花銀子把我救出火坑，不管做什麼丫頭老媽子，我都情願。」說到這裡，便又號啕痛哭起來。

老殘道：「翠環！妳不要哭了，讓我好替妳打主意；妳把我們哭昏了，就拿不出好主意來了，快快別哭吧！」

翠環聽罷，趕緊忍住淚，咕咚！咕咚！向他們每個人磕了幾個響頭，老殘連忙將她攙起，誰知她磕頭時用力太猛，把額頭碰了一個大包，包又破了，流了許多血。

老殘扶她坐下，說：「這是何苦呢！」又替她把額頭的血，輕輕擦去，讓她在炕上躺下，自己仍舊和黃人瑞商量，兩人都不肯出名。

只聽翠花冷笑一聲，從旁插嘴道：「兩位老爺無意相救，就不必戲弄我們小孩子了，既然有心，又何必推三阻四的呢？黃老爺既然不能出名，鐵老爺也不肯出名，那麼只說是替個親戚辦這事，諒俺媽也不會懷疑，這不就好了嗎？」

老殘笑道：「很好，這個辦法，我們怎麼沒想到呢？」

人瑞也道：「就這麼辦！明天一早起來，就叫他們去喊她家的人，來談個價錢。」

翠花道：「明天一早您別去喊，明早我們姐妹一定得要回去的，您老這一喊，倘若被他們知道這個意思，一定把環妹妹藏到鄉下去，再來和您講價，不怕您不肯多出，那就吃虧了。況且他們抽鴉片煙的人，也起得不早，不如等明兒下午，您老先派人叫我們姐妹來，然後去叫俺媽，那就不怕她了。只是，這件事千萬別說是我說的，環妹妹是超生了的人，不怕她，俺還得在火坑裡過活兩年呢！」

人瑞道：「那自然！還要妳說嗎？明天我先到縣衙門裡，順便帶個差人來，倘若妳媽作怪，就先把翠環交給差人看管，那就有辦法制服她了。」

翠花看看黃、鐵兩人，眼裡有幾分不信，也不便明說，只含糊的應了聲：「好！」

四人又談了些話，分別就寢。才睡下不久，只聽到外面人聲沸騰，大叫：「失火了！失火了！」老殘找到黃人瑞，一同到門口看了，原來火還在兩條街外，店家說沒關係，兩人看了一會兒，又回去睡。

次日下午，派人去接二翠，那人回道：「昨夜遭火，今天還在整理中，人手不足，無法送來。」黃、鐵二人相覷無話，只好再等幾天。

第三天再去問，也是一樣的話。老殘想到鄰近鄉鎮玩玩，便約好見面的日期，拿著串鈴，一路而去。

又大案聯翩，奇冤似海，誰救嚴刑

六、又大案聯翩，奇冤似海，誰救嚴刑

一

老殘在旅店裡住了三日，這天一早又到河堤上閒步，看見河上已經有許多人來往。那兩艘打冰船，被凍在河裡，並沒有人在上面。老殘想辭別黃人瑞，自己單身過河，又想到翠環的事，還待解決，一時放心不下。

回到店裡，人瑞還沒起床，老殘便留了字條，自行出門去了。走到街上，心想：「渡河是不必了，暫且只在這齊河縣附近走走吧！」當下問了幾個大集鎮的名稱和遠近路程，便動身去了。

也不知道走了多遠，只見一路上都是皚皚白雪，一戶人家也沒有，到後來天色漸漸昏暗，不由得暗自著急。再走了頓飯工夫，忽見遠遠的樹林後面，有一點燈光，走近了才知道是個集鎮。老殘肚裡又餓，身上又寒，當下大喜，急急趕上前去。忽聽見前面路上有人大聲談話，仔細一看，原來是老少兩人。

那老人聲音中掩不住心頭的喜悅，一邊說話，還不時的夾著哈哈笑聲，道：「胡舉人真是好人，這回可全仗他了。」那小的道：「魏老爹！半天路走下來，只聽你說這句話，究竟是怎樣情形，怎不告訴我一下。」

街頭雪光如畫，老殘看他們的服色，像是人家的長工僕役；那年長的約有六十多歲，年少的只有二十多歲。只聽老人說：

「你大半年都在外面，家裡的事當然不知道了。那天，賈家的人來找我們老爺去，說是全家大小死了一十三口，老爺子匆匆趕到賈家，當時，人已經都扶到床上去了，桌上還留著一些吃剩的半個月餅。」

老殘聽說是命案，分外留意，那老人又說：

「賈探春那隻騷狐狸，就和賈老爺過繼來的那個兒子，兩個人扯住老爺子，說是我們魏家用毒藥謀害他家；後來縣裡的老爺來了，就叫仵作驗屍，都說不像中毒死的，倒是那些吃剩的半個月餅裡，還有些砒霜。所以事情就變得不明不白了。」

那小的道：「月餅是大街上四美齋做的，有毒沒毒，可以叫他們作證呀。」

老的道：「月餅是四美齋做的，餡子可是我們家送去的，所以縣裡也懷疑我們。」

小的道：「這可冤枉我們了，老爺子每年做了月餅，送給他家，都沒有事，怎麼今年，我們小姐的姑爺剛死，小姐回娘家住幾天，就發生月餅吃死人的事呢？」

老人嘆口氣，道：「我才說呢！有這麼巧的事？小姐才回來，那邊就死了人？那賈探春又潑辣又凶，連哭帶鬧的，一口咬定是小姐和人……唉！唉！才害死公婆。縣裡一時也問不清楚，就把老爺和小姐一起收押入獄。」

老殘心裡已經明白了七分，只不知道這件案子怎麼了結；聽說這齊河縣的太尊，姓王名子謹，為人最是正派，破過不少疑案，在省城裡聽過他的官聲很好。老殘心裡一陣盤算，那兩人早已去遠。老殘跟上幾步，那老人又說：

「本來，縣裡對賈探春的控詞，還不十分相信，留在監裡十多天，不肯審決；那賈探春天天到衙門前哭鬧，一定要報仇。縣裡的王太尊自己不敢決定，便把詳情報到上司，請上面派人會審。隔了幾天，派來一位剛大人。這位剛大人一到，轎子才進衙門，就下令升堂，才升堂，一句話也不肯問，先把老爺上了一夾棍，又把小姐上了一拶（ㄗㄢˇ zǎn）子，兩個人都暈死過去，可憐他們兩人，吃了這樣的苦刑，還是沒有口供。剛大人大怒，把他們又分別收監。」

那小的說：「今天在城裡，你到胡舉人那裡去，我就到東門的酒樓裡坐著等你，聽人家說，剛大人清廉得很，怎麼這樣糊塗呢？你去託胡舉人的事，究竟怎樣呢？」

那老人拍了另個人的肩膀，大聲說：「當然成！當然成！你走了後，我進去對胡舉人說，如何如何冤枉，請他幫忙！我還說：『胡老爺！只要官司能結束，就算再花多少錢，我家也能照付。』胡舉人說：『好！』便留我吃午飯，等他消息，自己穿戴衣冠，進衙門去拜會剛大人。

不一會兒，胡舉人笑嘻嘻回來，說：『剛大人已經允了。』我說：『菩薩保佑！這剛大人怎麼允的？』那胡舉人狠狠白我一眼，說：『我和剛大人的交情，素來是好的，我一開口，他還有不答應的嗎？』我碰個軟釘子，也沒敢再問，便告辭出來。趕明兒一早，送六千五百兩銀票過去，託胡舉人轉送剛大人，老爺和小姐就沒事了。」

那小的道：「哎唷！要這麼多銀子呀！」

老者「哼」了一聲，道：「這還是少的咧！聽胡舉人說，剛大人原來要的還不只此數，他說：『十三條人命，一千銀子算一條好了，明日你備齊一萬三千兩來，就可以了結無事。』也虧胡舉人面子足，再三講情，才讓到六千五百兩，這已經是天大的人情了。小老弟，休要嫌多，明天胡舉人那裡還要另外送一份重禮酬謝人家呢！」

說著，就轉入一條橫街進去，老殘遠遠站住，心想這剛大人清廉固然第一，殘酷也是出名的，怎麼會收受賄賂，著實奇怪！

二

過了一日，縣城都沒有什麼動靜。

第二日，老殘走在大街上，把一副串鈴搖得震天價響，就有兩名管家模樣的過來，問道：「先生會治天花嗎？」老殘說：「會！」管家領老殘從小門進去，到了裡面，原來病人是六七歲的小少爺，老殘診過脈象，又開了兩帖藥，命人去買來煎了服下，這才起身，準備告辭。

走到門口，聽門子說老爺回來，便在門裡立著，見過面，略略寒暄兩句，才知道這宅子的主人就是王子謹知縣，王知縣曉得是位大夫，便說：「先生如不忙著走，煩你為我診一診，如何？」說著，便邀老殘一起到書房坐下。伸出手來，讓老殘把脈。

老殘診了許久，道：「只是太過勞累，氣血虧虛，不礙事的。老父臺精勤愛民，所以如此，佩服之至。」

子謹聽他這樣說，嘆了一口氣，道：「先生料的不錯，正是為了齊東村那件案子，幾日來寢食不寧。」

老殘道：「前幾日我曾聽人說起一件疑案，想必就是了。不過，聽說剛大人收了人家的錢，想來這案子已經了結，還有什麼煩惱呢？」

子謹道：「這個你卻不知！那家人確實曾託胡舉人送錢給剛大人；剛大人也收了。我想，這老頭兒和他的小姐的案子，多半是冤枉的；眼前看到能夠了結，也是十分高興。今天上午，剛大人要升堂，我初以為他要當堂釋放他們，哪知道結果卻不是這樣。「當衙役把他們父女帶到，兩人都已經奄奄一息，好不容易才跪穩。剛大人先把六千五百兩銀票筆據，和胡舉人的片子，先遞過來給我看，我一看，便覺得不妙。

果然，剛大人等我看過，便笑嘻嘻地問那老兒說：『你認得字嗎？』那老兒供稱，本是讀書人，認得字。又問那女的認得字嗎？也說認得。剛大人便走下來，把銀票筆據拿給他們看。父女倆摸不著頭腦，都說：『不懂，是什麼緣故？』剛大人道：『別的不懂，也都罷了，這個憑據上寫的名號，難道你們也不認得嗎？』叫差人：『你再給那老頭兒看過！』兩人又道：『這憑據是小人家裡管事寫的，但不知他為什麼事寫的。』

剛大人哈哈大笑，說：『你不知道嗎？等我來告訴你，你就知道了。前天有個胡舉人來見我，說你們這一案，如何如何冤枉，叫我設法開脫，又說，如果開脫得成，銀子花再多些也肯。我想你們兩個窮凶惡極的人，用刑也是不怕的，不如趁勢探探他的口氣。我就說，胡舉人，他家害了十三條人命，就是一條命用一千兩銀子來買吧，也要用一萬三千兩；就算一千兩太多，對折起來，總數也要六千五百兩，不能再少。胡舉人連連答應，我還怕他聽不清楚，再三叮囑他，叫他把買人命的道理告訴你們管事的，如果心甘情願，叫他寫個憑據，連銀子送來。第二天，他果然寫了這個憑據來。』

我在旁邊聽了，才恍然大悟，原來剛大人收人賄款，也是一件陰謀。只聽他又說：『我告訴你，我與你們無冤無仇，為什麼要陷害你們呢？你們要摸著良心想一想，我是朝廷的官，又是撫臺特別派我來幫著王大老爺審理這案子，我如果拿了你們的銀子，開脫了你們，不但辜負撫臺的委任，那十三條冤魂，肯依我嗎？我再詳細告訴你們，倘若人命不是你謀害的，你們家為什麼肯拿幾千兩銀子出來賄賂我呢？這是第一條證據。倘若人不是你們害的，我告訴他照五百兩一條命計算，也應該六千五百兩，這時候，你那管事的就應該說：「人命實在不是我家害的，如蒙委員代為昭雪，七千八千俱可，六千五百兩的數目，卻不敢答應。」為什麼他毫不考慮，就照五百兩一條命計算呢？這是第二條證據。我勸你們，早晚總得招認，不如從速招來，免得白白受些刑罰的苦楚！』」

說到這裡，只見簾子一掀，來了一個人，口裡道：「子翁和誰說話呢？別提這事，真氣煞人了！」

三

王子謹一聽這聲音，便笑著站起來相迎，道：「人瑞兄，快請進來坐吧！」原來這人就是黃人瑞，老殘回到客店裡尋到他。此時，他穿著一件直綴的狐皮大褂，雙手還籠在袖子裡，縮著頭，直呼「好冷！」、「好冷！」一逕走到火爐子邊，才坐了下來。王、鐵二人看他的樣子，都哈哈大笑，人瑞道：「休笑！休笑！」子謹看他兩人似乎早已相識，正不知道怎麼回事，連忙請問，人瑞道：

「子翁！這位就是我常向你提起的鐵補殘先生，你和他說了一會兒的話，怎麼連人家的姓名都不知道呢？」

子謹聽說，慌忙起立作揖道：「哎呀！我只當先生是尋常大夫，沒想到就是鐵先生，失罪！失罪！兄弟不久前晉省，撫臺大人還特別誇你一場，命我們遇見先生時，代他致意。」老殘忙說：「不敢當！不敢當。」便轉向人瑞道：「剛才你說：『氣煞人了！』是什麼意思呢？」

只見子謹在一旁，也憤然作色，人瑞就說：「還是這老剛不好，他設計陷人也就罷了，偏偏又說：『你們在我這裡花的是六千五百兩，在別處花的，還不知道有多少，這點我就不便深究了。』殘哥，你想，這不是擺明了說子謹兄收人賄賂嗎？」

老殘點點頭，說：「正是！」

子謹說：「那時人瑞兄恰好來看我，就在屏風後面坐等，恰好聽見他說這句話。唉！如果單單是汙辱我也還罷了，還有更甚的呢！」停了一口氣又說：「那個瘟剛連珠炮似的罵了半天，下面一點聲音也沒有，原來兩人都嚇得昏死過去了，等到救醒過來，父女兩個，連連爬在地上叩頭說：『青天大老爺，實在是冤枉呀！』剛大人把桌子一拍，大怒說：『我這樣開導你們，還是不招。左右！再替我夾起來！』底下差役炸雷似的答應了一聲『嘎！』，夾棍拶子朝堂上大摔，驚魂動魄價響。

正要動刑，剛大人又道：『慢著！行刑的差役上來，我對你們講。』幾個差役走上幾步，跪一條腿，喊道：『請大老爺指示。』一邊眼睛還斜望著我，我向他們搖頭，不做聲，那剛大人瞪我一眼，好像在說：『你們都勾結好了嗎？』我也不理他；只聽他厲聲說：『你們的伎倆，我全知道。你們看那案子是不要緊的，你們得了錢，用刑就輕些，讓犯人不太吃苦；你們看那案情重大，是翻不過來的了，你們得了錢，就猛力一緊，把那犯人當堂治死，成全他個屍骨完整。本官又落了一個嚴刑斃命的處分，我是全曉得的。今天替我先拶賈魏氏，不許拶得她發昏，看看神色不好，就鬆刑，等她回過氣來再拶。拶上她十天工夫，無論妳什麼英雄好漢，也不怕不招。』」

黃人瑞在一旁扮個鬼臉，道：「好厲害，我在後面聽了，也嚇得什麼……滾什麼……滾。」老殘笑道：「不要打岔！後來又怎麼了？」

子謹道：「可憐一個賈魏氏，不到幾個時辰，就熬不過了，哭得一絲半氣的，又忍不得老父受刑，就說道：『不必用刑，我招就是了。人都是我謀害的，父親完全不知情。』剛大人大喜，不覺就站起來了，說：『妳為什麼害她全家？』說話的時候還全身發抖。賈魏氏道：『因為妯娌不和，所以存心謀害。』剛大人道：『妯娌不和，妳害她一個人就很夠了，為什麼毒她全家呢？』賈魏氏道：『我本想害她一人，因為沒有機會下手，只好把毒藥放在月餅餡子裡；因為她最愛吃大月餅，讓她先毒死，旁人就不會再受害了。』

剛大人點點頭，坐下，又問道：『月餅餡子裡，妳放的什麼毒藥呢？』賈魏氏供是砒霜。剛大人問：『哪裡來的砒霜呢？』賈魏氏供：『叫人到藥店裡買的。』剛大人又問：『哪家藥店買的呢？』賈魏氏供：『並不是我自己上街去買，是叫人買的，所以不曉得哪家藥店。』剛大人又問：『叫誰買的呢？』賈魏氏供：『就是婆家被毒死的十三人中的一個，長工王二買的。』剛大人皺了幾下眉頭，道：『既然是王二替妳買的，何以他又肯吃這月餅被毒死呢？』賈魏氏供：『我叫他買砒霜的時候，只說是要毒老鼠，所以他不知道。』剛大人又問：『妳說妳父親不知情，但那月餅分明是妳家送去的，妳豈有不同父親商量的呢？』賈魏氏供：『這砒霜是在婆家買的，買了好多天了，正想趁個機會放在小嬸吃食的碗裡，一連幾天都無機可乘。恰好那日回娘家，看他們做月餅餡子，問他們何用，他們說送我婆家節禮，所以就趁人不注意的時候，把砒霜攪在餡子裡了。』」

子謹說到這裡，整個人的臉色白慘慘的，十分可怕，老殘知道他的身子虛弱，又經過這幾日會審受了不少氣，今天又說了許多話，恐怕已經支持不下，便想起身告辭。

王子謹一見他站起，忙道：「不急！不急！還沒說完呢！」

老殘道：「是！」

子謹歇了一口氣，又說：「剛大人聽完供詞，心裡那份高興，就不用說了，兩眼笑瞇成了一條縫，說：『我看妳人很直爽，所招的一絲不錯。只是我聽人說，妳公公平常待妳極為刻薄，有這回事嗎？』賈魏氏道：『公公待我如親身女兒一般恩愛，再好也沒有了。』剛大人仍舊笑著：『妳公公橫豎已經死了，妳何必替他維護呢？』賈魏氏聽了，抬起頭來，柳眉倒豎，杏眼圓睜，大聲叫道：『剛大老爺！你不過是要陷我一個凌遲的罪名，現在我已經如你的願供了，你何必多說什麼！我既然殺了公公，總是個凌遲處死，你何必要我再汙衊公公的名聲？你家也有兒女呀！我勸你退後兩步想想吧！』」

老殘聽了，點點頭道：「罵得好！不知那剛大人怎樣下臺的？」人瑞道：「子翁還學得不像呢！」

子謹笑笑，又道：「剛大人當時也不惱怒，嘴角一撇，笑著說：『論做官的道理呢，原該追究個水盡山窮。但是既然妳不肯說，也就算了，先把這個供畫了押再說。』便下令還押。要等五天後再審。」

說完，老殘和黃人瑞告辭而出。

四

老殘回到旅店，忽想起串鈴還在王子謹的公館裡，也不急著去拿，便和衣在炕上睡去。半夜醒來，覺得有些寒意，倚在枕上，回想今天王子謹的話，愈想愈有氣。

因想：「這剛弼的清廉是有名的了，沒想到卻是這樣糊塗。自古以來，都說贓官可恨，其實所謂的清官，為害比贓官還勝幾分；贓官可恨，人人都知道；清官可怕，卻很少人知道。那贓官自知立身不正，還不敢公然為非；清官自以為不要錢，天底下什麼事不可做？處處剛愎自用，小則殺人，大則誤國，天下事都敗壞在這些人手裡了。」

又想：「像王子謹這樣的好官，剛弼都懷疑他受了別人的銀子，可見那些以清官自命的人，眼中看得別人都是濁的，他才神氣起來，以為什麼事都可以任性由己，妄為一場了。」

又想了一些其他的事，才迷迷糊糊地躺下來睡著了。

次日一早，黃人瑞就推門進來，大呼道：

「殘哥！有事找你呢！」

老殘道：「什麼事呢？」

「齊東村那個案子，有法子沒有？」

老殘道：「有什麼法子可想，昨晚我算計了一夜，看來這冤獄是無法平反的。」

人瑞道：「錯了！錯了！昨晚我也睡不著，卻想起一個人來，你想是誰？就是白太尊白子壽，此人的人品學問，最為人推服，這瘟剛他是清廉自命的，白太尊的清廉，恐怕比他還靠得住。眼前宮保又信任他，如果能說動宮保，派他來主審，就好辦了。只不過……」

老殘道：「只不過什麼？」

人瑞道：「只不過這件事情，我們幾個當差吃糧的都要避點嫌疑，總不成做官的人，反而和老百姓聯合起來對付同僚。」

老殘看他一個樂天的人，做出這副愁眉苦臉的樣子，也覺得好笑，便道：「眼前事情到了這地步，恐怕也只有請白太尊一行了。你們不能出面，就由我出面也罷，等會兒我詳細寫封信稟明宮保，請宮保派白太尊來覆審。不過，假使宮保不信我的話，那就沒有辦法了。天下冤枉的事兒多著呢，只是碰在我輩眼中，不能不管，就盡心盡力替他做一下也就是了。」

人瑞道：「事不宜遲，筆墨紙張都預備好了，請你老人家就此動筆吧。」

老殘漱洗一番，凝一凝神，就在桌前坐下。揭開墨盒，拔出筆來，鋪好了紙，拈筆便要寫下；哪知墨盒子已凍得像塊石頭，筆也凍得像棗子，一畫都寫不下去。

人瑞把墨盒子捧到火盆上烘，老殘將筆拿在手裡，向著火盆一邊烘，一邊構思；霎時工夫，墨盒裡冒白氣，下半邊已經溶了。老殘蘸墨就寫，寫兩行，烘一下。寫了一點鐘光景，才把信寫好，加了個封套，打算請人瑞派人送去，哪知人瑞早已走得不知去向。老殘知道他一向不早起，這次清晨而來，一定是徹夜沒睡，這時回去睡回籠覺的。想想，心下也著實受他感動。

又想：「人瑞的手下，都起身得遲，不如同店家商談，雇個人去。只是這黃河結了冰，恐怕難以過去。」便喚店夥進來，把雇人的意思說了。店夥說沒問題，便出去找人。

不久，那店夥同了一個人來說：「這是我兄弟，大老爺要送信，他可以去。他送過幾回信，很在行，到衙門裡也敢進去，請大老爺放心。」

老殘問那人何時可以送到，那人說，從齊河縣到省城，不過四五十里路，晌午以前可以送到。老殘便要他下午取得收條回來，講明雇銀是十兩。那人十分不情願，說是：「平時的話，十兩也夠了；現在黃河冰凍，船隻不通，跑凌過去，十分危險的。」老殘不得已，再添了五兩，才打發去。

五

那人去後，老殘拿出一本詩選，隨手翻著讀了幾首，再也讀不下去；便向店家交代說，一有回信，馬上到衙門口喊我一聲，便轉身出去。

到了衙門口，看見出出進進的人很多，知道又有堂事，不知道今天要審的是什麼案子。進了儀門，有人認得他是知縣大人的朋友，也不攔他；老殘見大堂上陰氣森森，許多差役兩旁排列著，不由自主地打了一個寒噤。因為站在差役後面，前面發生的事情看不見。只聽堂上一人喊道：

「賈魏氏！妳要明白，妳自己的死罪已定，已是無可挽回。妳卻竭力開脫妳那父親，說他並不知情，這是妳的一片孝心，本官也沒有不成全妳的。但是妳不招出妳的姦夫，妳父親的命就保不住了，妳想，妳那姦夫出個主意，把妳害得這樣苦法，他倒躲得遠遠的，連飯都不替妳送一碗，像這等無情無義的人，妳還抵死不肯招出來，反而讓生身老父替他擔著死罪。聖人說：『天下的人都可以做丈夫，父親卻只有一個而已。』原配丈夫，為了父親，尚且顧不得他，何況只是一個相好的男人呢？我勸妳招了的好。」

只聽底下有人嚶嚶啜泣，堂上又說了什麼也聽不清楚；忽然耳邊有人叫聲：「鐵老爺！」老殘回頭一看，卻是黃升，黃人瑞老爺的家人。原來黃人瑞常到衙門來，家人也是可以隨便進出的。

這天晌午，黃升在衙門口閒坐，看見老殘店裡來了個人，縮頭縮腦地往裡面探望，就有當差的上前究問，那人口裡只說：「找鐵老爺。」卻說不出哪位鐵老爺？正在糾纏不清，黃升聽見，也走過來問：「什麼事找鐵老爺？」那人認得黃升，就把老殘交代的話說了，黃升接過書信，曉得事情重大，便到衙門裡尋老殘，果然見著老殘。

老殘一看，是個馬封，上面蓋著紫花大印，心中已暗暗喜歡，見裡面有兩封回信：一封是莊宮保親筆，字比核桃還大；一封是文案先生袁希明的信，說白太尊現署安泰，即派人代理，大約六七日可到。並說宮保深盼閣下，稍候幾日，等白太尊到，商酌一切云云。

老殘收信看信，就沒仔細去聽堂上的動靜，這時看完了抬起頭來，忽聽堂上喝道：

「妳還不招嗎？不招，我又要動刑了。」

底下那人一絲半氣的說了幾句，聽不出什麼話來。堂上又喝道：

「願意招供了嗎？正該如此。左右，叫她畫供上來。」

又聽一個書吏上去回道：

「賈魏氏說：『是她自己做下來的事，大老爺怎樣吩咐，她怎樣招，若叫她捏造一個姦夫出來，實在無從捏造。』」

堂上把驚堂木一拍，罵道：「這個淫婦，真正刁狡，拶來！」

堂下無數的人大叫了一聲「嗄！」

只聽跑上去幾個人，把拶子往地下一摔，霍綽一聲，驚心動魄。

老殘聽到這裡，怒氣上衝，也不管公堂重地，把站堂的差人，雙手用力分開，大叫一聲：「站開來讓我過去！」

差人一閃，老殘走到中間，只見一人手提賈魏氏頭髮，將頭提起，另外兩個差人正抓著她的手，在上拶子。老殘走上前，將差人一扯，說道：「住手！」便大搖大擺走上暖閣。兩個差人看這光景，不知如何是好，果然住手退開。老殘見公堂上坐著兩個人，下首是王子謹，心知上首那人就是剛弼了，便先向剛弼打了一躬。

子謹遙遙看見老殘排開差人，心裡一急，慌忙站起。

剛弼本不認得老殘，並不起身，也不還禮，大聲喝道：「你是何人？敢來攪亂公堂，拉他下去。」

眾差役看老殘青衣小帽，八分像個鄉下佬兒，原有幾分輕視，不待剛弼下令，就有幾個人要上來拉他，哪知才只上前兩步，就看見本縣大老爺豁地站起，公差們是吃什麼飯的？早知道這人必定大有來歷，就沒有一個人敢走上來。

老殘見剛弼滿面怒容，連聲么喝，倒有意要嘔他玩笑，便輕輕說道：「你先別問我是什麼人，且讓我說兩句話，如果說得不對，堂下有的是刑具，你就打我幾板子，夾我一兩夾棍，也不要緊。我且問你，一個垂死的老翁，一個深閨的女子，案情暫且不管，你上他們這些手銬腳鐐，是什麼意思？難道怕他們逃了嗎？這是制強盜的刑具，你就隨便施於良民，天理何存？良心何在？」

王子謹看到老殘在公堂裡出現，已經十分納悶，此時又聽他在那裡瘋言瘋語，想道：「糟了！這人和我不過一面之情，卻仗著我的情面到這裡胡鬧，當堂和老剛較量起來，一會兒老剛發作起來，我卻是要幫他呢？還是不幫呢？」便喊道：「補翁先生，請廳房裡去坐，此地是公堂，不便說話。」

剛弼氣得目瞪口呆，又見子謹稱他補翁先生，恐怕有點來歷，也不敢過於搶白。老殘知道子謹為難，便走過西邊來，對子謹也打了一躬。子謹連忙還禮，口裡直說後面廳房坐吧。

老殘笑道：「不忙。」卻從袖中取出莊宮保的那個覆信來，雙手遞給子謹。子謹見有紫花大印，方始恍然大悟，雙手接過，拆開一看，便高聲讀道：

「示悉：白守待扎到便來，請即傳諭剛、王二令，不得濫刑。魏謙父女取保回家，候白令覆訊。弟曜頓首。」

一面遞給剛弼去看，一面大聲喊道：「奉撫臺傳諭。叫把魏謙父女刑具全行鬆放，取保回家，候白大人來再審。」王知縣幾日來鬱悶之情，大喊之下，一掃而空。

底下人聽了本縣老爺的話，一齊答應了一聲「嗄！」又大喊：「當堂鬆刑囉，當堂鬆刑囉。」許多人七手八腳把他父女手銬腳鐐，項上的鐵鍊子，一下子鬆個乾淨。教他上來叩頭，替他喊道：「謝撫臺大人恩典！謝剛大老爺！王大老爺恩典！」

那剛弼看信之後，正在敢怒而不敢言，又聽到「謝剛大老爺，王大老爺恩典！」如同刀子戳心一般，早坐不住，退往後堂去了。

子謹向老殘拱手道：「請廳房裡去坐，兄弟略為交代此案，就來奉陪。」老殘道：「請先生忙吧，弟還有他事，先告退了。」遂走下堂來，仍舊大搖大擺地走出衙門去了。

一逕回到店裡，獨自坐著，心想：「前日聽到玉賢種種酷虐，無法可施，今日又親眼看見了一個酷吏，卻被一封書信，救活了兩條人命，比吃了人參果，還快活哩！」

過了兩個鐘頭，只見人瑞從外面進來，口裡說：「好！好！這樣天大的一場好戲，也不叫我瞧瞧。」便在老殘身邊的炕上坐下。

老殘笑道：「什麼好戲？我怎麼不知道。」

人瑞道：「還說呢！你才離開公堂，我便到了，看見王子謹王太尊在上面，忙著吩咐書吏給魏謙父女取保。等了一陣子，事情忙完，我兩人到裡廳去；只見那瘟剛已經叫家人檢點過行李，準備回省。一場好戲，都看不到了。」

老殘道：「不好！聽人說，宮保的耳朵最軟，恐怕他一回省，就要再出岔子。」

人瑞道：「子謹翁也想到這一層，所以極力留他，他堅持要去，子謹說：『宮保只有派白太尊覆審的話，並沒有叫閣下回省的示諭，這件案子還沒有了結，你這樣去回省銷差，豈不是同宮保嘔氣，恐怕不合你主敬存誠的道理。』你想，這瘟剛平生最愛講程朱之學，這下子被人家用話一套，果然不走了，實在好笑。」

六

第二天下午，白太尊就趕到齊河縣，王子謹已經帶人在黃河邊上等候迎接。不多時，只見白太尊飄飄然從冰上走過來，身旁只帶了兩個隨從，也不帶行李。

子謹迎著，請安完畢，才道：「大人辛苦了。」

白公回了一禮，說道：「子翁何必出來接呢！兄弟自然會到貴衙門去拜見的。」子謹連聲說「不敢」，白公看他說話的神情，分明是十分高興；但兩隻眼窩裡，都還留著黑圈，又顯得疲憊憔悴，心想：「不知道是怎樣的大案子，看來這王知縣已經盡心盡力了。」

這時河邊的茶棚早已掛上五彩條紬。王知縣與白公二人，便在茶棚小坐歇息。白公問道：「鐵君走了沒有？」子謹道：「還沒有走。宮保信上說等大人來到，一起商量的，所以還在。」

白公道：「這樣最好，不過，現在我還不方便去看他，恐怕剛君起了疑心。」

兩人吃了茶，早有縣裡的人準備好官轎車馬；白公便坐了轎子，從人都上了馬，直奔縣衙而來。少不得升旗、放炮、奏樂，開正門等一應禮節。進了衙門，就在西花廳暫住。剛弼在縣署裡，聽說白公到來，本想和王子謹一同去接；又想著，王子謹在這個案子裡，不知道得了多少好處，心裡討厭他的為人，便不願和他同行。等到白公安置妥當，才穿好衣帽，帶了手本去請見。

見面之後，兩人原是舊識，互相問過近況，便談起魏家的案子。白公先前在路上，曾經問過王子謹，子謹為了避免嫌疑，所說極有限；白公聽得一知半解，正摸不著頭腦。哪知剛弼卻以為王子謹必然把案情陳述過，不肯原原本本地說，只撿那些得意之處，大加渲染。最後說道：

「宮保不知道聽了誰的胡言亂語，竟然懷疑起我了。白大人，依卑職看來，這件案子已成鐵案，絕沒有疑問。」

白公道：「怎麼見得呢？」

剛弼道：「怎麼不見得呢？這魏老家裡有錢，送卑職一千兩銀子，卑職不肯收；他就說情願送六千五百兩，卑職仍不肯收，所以他就買通了人，到宮保處顛倒黑白，真是豈有此理！」

白公笑道：「剛兄的清廉，遠近馳名，可惜這裡的百姓，卻不知道；這錢——你當然是不要的，但怎麼知道有人被買通呢？」

剛弼憤憤地說：「這齊河縣的百姓，實在刁惡得很，聽說有個賣藥的郎中，拿了魏家許多銀子，到處興風作浪，寫信給宮保顛倒是非；還聽說，這個郎中拿了銀子，天天和妓女廝混；不只這樣，聽說這個案子如果當真翻過來，人家還要謝他幾千兩銀子，所以這郎中不肯走，專等拿這筆謝儀。白大人，我們做朝廷的官，斷斷不可中了這種人的奸計；不但不中他的計，也應該把他提了來訊問一堂，定他應得的罪狀才好。」

白公道：「老哥的高見，令人佩服；不過，兄弟今晚要把全案先看過一遍，明天把案內人證提來問過，再作道理。或者還是照老哥的意思去判也不一定，只是現在還不敢先有成見。」說著，呵呵一笑，又道：「像老哥既聰明，人又正直，凡事都先成竹在胸，自然無往不利。兄弟天資愚下，只好就事論事，細心推求，除此之外，就沒有別的法子了。」

剛弼聽白公的口氣，似乎譏諷的意思多些，但他平日頗為自負，這一點小小的不快，也沒放在心上，兩人又談了一些閒風景，才各自休息去了。

七

次日上午，差人來報，道：「一干人犯與人證提到。」並請示何時開堂。

白公與王、剛二人俱在花廳中談天，當即由白公傳令道：「人證已齊，堂上設三個坐位。」轉向二人道：「請二兄同往。」

剛、王二人連忙說：「請大人自便，卑職等不敢陪審，恐有不妥之處，理應迴避。」

白公道：「兩位不必過謙，兄弟愚魯，怕有照顧不到之處，正要借重二位兄長提挈一番。」

二人也不便再推辭，便換了朝服朝冠，一同到大堂坐下。

白公先前還笑語連連，進了大堂，便不再開口了。二人見他神色凜然，也都肅默不語。

第一位，硃筆點了原告賈幹。

「你叫賈幹？」白公問：

「是的。」底下答道。

「今年幾歲？」

「十七歲。」

「是死者賈志的親生子，還是過繼的？」

「是嫡親的姪兒，過繼給亡父的。」

「是幾時承繼的？」

「因亡父被害身死，次日入殮，無人料理，由族人公議入繼的。」

「入殮的時候，你在場不在場？」

「在場。」

「死人將要入殮的時候，臉上有沒有異樣？」

「沒有，白皙皙的，和平常看到的死人一樣。」

「有青紫斑沒有？」

「沒有看見。」

「骨節僵硬不僵硬？」

「並不僵硬。」

「既不僵硬，你摸過他的胸口沒有？有熱氣沒有？」

「有……是別人摸的，說沒有熱氣；我不敢摸。」

白公停了一下，繼續問道：「月餅裡有砒霜，是什麼時候發現的？」

「入殮第二天才知道的。」

「是誰看出來的？」

「是姊姊看出來的。」

「你姊姊怎麼知道月餅裡頭有砒霜？」

「本來也不知道有砒霜，只因為疑心月餅裡有毛病，打開來細看，就發現當中有粉紅色的斑點。有人說是砒霜，後來去找藥店的人來看，也說是砒霜。所以知道是中了砒霜的毒。」

白公命囑文案詳細記錄，有疑問的地方又補充了幾句，才說：「知道了，下去吧。」差人將他帶下，又傳四美齋掌櫃上來。

「你叫什麼？你是四美齋的什麼人？」白公問。

「小人叫王輔庭，在四美齋當掌櫃。」

「魏家訂做的月餅，有多少斤？」

「做了二十斤。」

「餡子是魏家送來的嗎?」

「是!」

「他訂做月餅,只用一種餡子,還是兩種?」

「一種。都是冰糖芝麻核桃仁的。」

「你們店裡賣的有幾種餡子?」

「五種。」

「有冰糖芝麻核桃仁的沒有?」

「也有。」

「你們店裡的餡子,比起他家送來的餡子哪個好呢?」

掌櫃的道:「是他家的好些。」

白公問:「怎麼知道他家的好呢?」

答:「小人也不知道,是做月餅的師傅嘗過以後說的。」

白公問:「哦,你店裡師傅先嘗過餡子,沒發現有毒嗎?」

「不知道。」

白公點點頭,說:「知道了,下去吧。」

剛弼聽到這裡，站起來朝白公一揖，喚道：「白大人！」白公頭也不回，又將硃筆一點，道：「帶魏謙。」

魏謙走上來，連連磕頭，嘴裡喊著：「大人哪！冤枉呀！」

白公說：「住口！我不問你冤枉不冤枉。你注意聽，我問你話你就答；我不問你的，不許開口。」

兩旁衙役見堂上口氣嚴峻，便大聲「嗄」一聲，喊個堂威。這時天色已到巳午之交，因為下雪的關係，沒有一絲陽光，新雪的白光，從壁間和堂口映射進來，使原本陰暗的公堂，平添了一股寒意。

魏謙背向堂口跪著，不住地顫抖著磕頭，口裡念念有詞，也不知在說什麼？子謹望著他的側影，呆呆地想。轉臉看白大人，只見他臉上半邊映著天光，半邊臉卻埋在沉沉的陰影裡，煞是威嚴。心裡暗道：「我平常坐堂的時候，也是這麼威嚴逼人嗎？怎麼自己一點都不覺得呢？」

只聽白公問魏謙道：「你訂做多少斤月餅？」

答道：「二十斤。」

「你送賈家多少斤？」

「八斤。」

「還送別人家沒有？」

「送了小兒子的丈人家四斤。」

「其餘的八斤呢？」

「分給自己家裡的人吃。」

白公「嗯」了一聲，微微一笑，已經想好主意了，當下又問道：「你今天是一個人來的嗎？」

「還有幾個家裡人隨同我來。」

「吃過月餅的人，有在這裡的沒有？」

「家裡人人都分到月餅，現在同來的人，沒有一個不是吃過月餅的。」

白公向差人說：「你去查一查，有幾個人跟魏謙來的，全部傳上堂來。」

差人跑下去傳喚，那邊魏謙同來的人，本有七八個，聽說堂上要傳問，早就有四五個溜得快的，躲進圍觀的人叢裡，不敢出來。只有一個上了年紀的走得慢些，旁邊兩個中年漢子，陪著他，也走不開；三人站在那裡，等著差人過來，不知是福是禍。

須臾傳到，差人回稟道：「這是魏家的一個管事，兩個長工。」

白公問道：「你們都吃了月餅嗎？」

三人同聲道：「都吃了。」

白公喝道：「胡說！月餅裡有砒霜，你們吃了月餅，怎麼沒事呢？」
那管事的答道：「真的吃了月餅，並沒有砒霜。」
白公道：「也好，我問你，你們每人吃了幾個？據實報來。」
管事的說：「我分了四個，吃了兩個，還剩兩個。」
兩長工說：「我們每人分了兩個，當天都吃完了。」
白公問管事的說：「還剩兩個怎麼不吃呢？」
答道：「還沒有吃，就出了賈家的案子，聽眾人說是月餅毒死的，所以就沒敢再吃，留著好作見證。」
白公道：「很好，月餅帶來了沒有？」
「帶來了，在客棧裡。」
白公說：「很好！」轉身向王縣令說：「煩勞你派個人同他去取來。」子謹答道：「是！」
差人去後，白公叫魏謙同長工下去一旁等候，又傳了四美齋的王輔庭掌櫃；調畫已定，才向剛弼道：
「聖慕兄有何高見？剛才不便請教，多有得罪。」
剛弼心想，人都被你放了，還說什麼請教？好在月餅呈來，立刻分曉，當下也不爭辯，只得淡淡地說：「不敢。」

不久，差人帶著管事的，連同兩個月餅，都呈上堂；王子謹也叫人把前些時候提繳的證物——有砒霜的半個月餅——去取出來。

白公將這兩種月餅，詳細比對過了；又送到剛、王二人面前，道：「這兩個月餅，從外面看來，確實是一樣的，二位意下如何？」二人看過，都說：「是。」

這時四美齋掌櫃已跪在堂下了，白公將兩種月餅交給他，叫他驗看，並問：「這兩個都是魏家向你訂做的，是不是？」王輔庭仔細看了看，說：

「一點不差，兩個都是在我家訂做的。」

白公笑了笑，叫他把月餅剝開，再詳驗一下，仍是同樣一句話。白公又道：「你肯具結作證嗎？」

王掌櫃道：「小人具結。」

白公在堂上將那半個新剝開的月餅，仔細看了，問剛弼道：「聖慕兄要看看嗎？」說著，遞了過去。

剛弼在堂上，聽了各人的供詞，心中已經大為著急，看到那些月餅，恨不得搶過來指出其中的砒霜，好讓白公和王子謹等人沒話說，哪裡曉得，各人看過，都說「無毒」；此時白公遞了過來，明明是不應該伸手去接的，他也管不得這麼多，立時接過來看，實在也看不出什麼砒霜。

白公又道：「聖慕兄，請仔細看看，這月餅餡子，是冰糖芝麻核桃仁做的，都是含油性很高的東西，如果砒霜是事先加的，一定會和餡子黏在一起，你看這一個——砒霜和別的東西絕不黏合，可見是後來才加入的。

何況四美齋供明只有一種餡子，現在把這有毒和無毒的月餅比較一下，除了加砒霜外，其他表皮和餡子都是一樣的，證明四美齋的話是正確的。既是一樣餡子，別人吃了不死，賈家吃了都死，可見這賈家的死，並不是因為吃下月餅中毒，兩位認為怎樣？」

白公又道：「如果是一般湯水之類，臨時把毒藥摻入，那也是有的；月餅這東西，斷斷沒有做好以後再加砒霜到餡子裡的可能。是不是呢？」王子謹用眼角睨了剛弼一眼，說：「是！」剛弼心中甚為難過，到了這個時候，又說不出反對的理由，只好也隨著答應了一聲「是！」

白公此時方傳一應原告被告上來，當面對魏謙說：「本府已經審明，月餅中並沒有毒藥，你們父女無罪，可以具結了案，回家去吧！」魏謙磕頭去了。

那賈幹本是個無用的人，不過是他姊姊支使他，硬要他出面而已。現在看魏家父女已經無罪釋放，心裡七上八下，恨不得沒有來走這一遭才好；聽到上頭白公喚他的名字，只嚇得魂不附體，趴在地下，不住地磕頭。

白公道：「賈幹，你既然過繼給你的亡父為子，就應該細心推究這十三個人怎樣死的，自己沒有法子，也該請教別人，為什麼把砒霜加進月餅裡去，故意陷害好人！定是壞人教唆你──從實招來，是誰叫你誣告的？你不知道律法上有誣告反坐這一條嗎？」

賈幹聽到「陷害」兩個字，就嚇得哭成一團，嗚嗚咽咽地說道：「我……什麼都不……知道，都是姊姊叫……我做的。」

白公道：「月餅裡有砒霜，也是你姊姊說的嗎？」

賈幹答：「是……的，我什……麼都不知道。」

白公道：「依你這麼說起來，非傳你姊姊到公堂，否則這砒霜案子是問不出來的了。」

賈幹這時也不哭了，伏在地上，肩頭格格亂抖。

白公大笑道：「你幸虧遇見了我，倘若是個『精明強幹』的委員，這宗月餅疑案才了，砒霜的案子又得鬧得天翻地覆了。我卻不喜歡輕易把人家的婦女提上公堂，拋頭露面。你回去告訴你姊姊，說是本府說的，這砒霜一定是事後加的，到底是誰加進去的，我暫時還不忙著追究。因為你家這十三條人命的死因，是個大大的疑案，必須先查個水落石出，所以加砒霜，只好慢慢再追究了，你記得牢嗎？一句一句要告訴你姊姊，知道嗎？」

賈幹連連磕頭，道：「大人明鑒！大人明鑒！」

白公當即叫他具結。臨下去時，又喝道：「你再胡鬧，我就要追究你們加砒霜誣告的罪名。」賈幹連說：「不敢了，不敢了！」便有兩個差人扶他下去。

這才擊鼓退堂。

八

白公和二人退下堂來。跨進花廳門檻，只聽當中停放的一架大自鳴鐘，正「噹！噹！」的敲了十二下，彷彿在迎接他們似的。

王子謹道：「請大人寬衣用飯吧！」

白公道：「不忙。」朝門外微微一笑。

子謹回頭看去，原來剛弼低垂著頭，慢騰騰，無精打采的，已經落後了好幾步，不覺好笑。

等剛弼進來，白公便道：「二位且請坐一坐，兄弟還有話說。」

二人坐下，白公向剛弼道：「這案兄弟斷得有道理，沒道理？」

剛弼道：「大人的明斷，自然是錯不了的；只是卑職有一點不明白，魏家既沒有殺人，為什麼肯花錢呢？卑職一生，就從來沒有送過別人一個錢。」

白公呵呵大笑，道：

「老哥沒有送過人錢，何以上司也會器重你？可見天下人不全是見錢眼開的喲。清廉的人，本來是最令人佩服的，只是有一個毛病，總覺得天下都是小人，只有他一個是君子，這個念頭最害事不過，老兄也犯了這個毛病，莫怪兄弟直言。至於你說魏家花錢，那是鄉下人沒見識，不足為怪。」

又向子謹道：「現在正事已了，可以派個人拿我們的片子，請鐵公來敘敘。」

子謹聽說，便起身到書房寫片子。白公笑向剛弼說：「聖慕兄，恐怕還不知道這個人吧？就是你剛才說的那個賣藥郎中，姓鐵名英，號補殘。是個有見識的人，學問十分淵博，性情十分平易，從不肯輕慢於人。老哥連他都當做小人，所以我才說你未免過分了。」

剛弼道：「莫非我們省裡傳說的老殘，就是他嗎？」

白公道：「正是！」

剛弼又道：「聽人家說，宮保要他搬進衙門去住，他不肯；要替他捐官、保舉，他都不要，半夜裡抛下行李逃走了，就是這個人嗎？」

白公道：「正是這人，閣下還要提他上堂來審問嗎？」

剛弼羞得滿面通紅，道：「那真是卑職的魯莽了。」

忽見門簾掀起，王子謹重又回來，向白公道：「大人請更衣吧！」白公道：「大家換好衣服，好開懷暢飲。」

王、剛二公各回本屋，換了衣服，仍到花廳，恰巧老殘也到，先向子謹作了一個揖，然後向白公、剛弼各人都作了揖，四人到炕上坐下。

老殘道：「剛才走來，一路上人人都說：『昨日白太尊到，今日提訊，已經很快了，那賈、魏兩家，都預備至少住十天半個月，哪知道未及一個時辰，已經結案，何其神速。』佩服！佩服！」

白公道：「豈敢，前半截容易的差使，我已經做好了，後半截的難題可要落在補翁身上了。」

老殘微笑著搖頭說：「這話從何說起，我一不是大人老爺，二不是小的衙役，關我什麼事呢？」

白公道：「不關你的事。子翁，給宮保的那封信，恐怕是別人寫的吧？」

子謹笑道：「這事補翁最清楚了，還是問他吧！」

老殘無奈，只得說：「是我寫的，難道應該見死不救嗎？」

白公道：「這不就是了，未死的應該救，已死的就不應該昭雪嗎？你想，這種奇案豈是尋常差人能辦的事？不得已，才請教你這個福爾摩斯。」

老殘道：「我沒有這麼大的能耐，你要叫我去也不難，請王大老爺先補了我的快班頭兒，再發一張牌票，我就去。」

說著，飯已擺好，王子謹道：「請用飯吧！」

白公道：「黃人瑞不是也在這裡嗎？為什麼不請他過來一道吃。」

子謹說：「已經派人去請，大約快到了。」話聲將落，人瑞已到門上，見白、剛二公在座，也就收起一副愛開玩笑的本色，正正經經地進來作揖。

這一頓飯，自然是老殘首座，白公二座，邊吃邊談，各人都極為酣暢，只有剛弼覺得面子上不好看，獨自吃了幾杯悶酒，就推說頭痛，告辭下去，眾人也不留他。

飯後，白公又把重託的話說了一次，請老殘務必把這十三條命案，是否服毒，還是別有因素，查訪明白，交代完畢，下午就過河回省銷差。

次日，剛弼、黃人瑞也回省城去了。

借箭更謀長策，沉冥事，探訪分明

七、借筋更謀長策，沉冥事，探訪分明

一

濟南，自古就是一個大都會，大清山東巡撫衙門，就設在這裡，極為繁華。

老殘看了那教堂一眼，放緩了腳步，走進東前道一家藥房，掌櫃的迎上來，尚未開口，只聽店裡一人歡聲叫道：

「殘哥！好久不見了，上個月聽說你來過省城，怎麼不來坐坐？這回遊歷了什麼地方？說一點來助長助長我們的見聞吧！」

原來，店裡那人才是真正的店主，姓王名超儒，本是個秀才，後來看到西藥的效用神速，恨中國沒有學習，就棄儒從醫，到過西洋學了幾年醫藥之學，和劉仁甫、文章伯、德慧生、老殘等人，都是舊識。王超儒在濟南開了這間「中西大藥房」，是濟南城內唯一販賣西洋藥品的。

這日，他正從裡屋出來，要拿一瓶藥品進去化驗，正巧遇見老殘進來，當即拉住他的手，往屋裡跑去，邊走，口裡邊嚷：「克神父！克神父！你看誰來了？」

老殘一聽，詫異道：「哪一位克神父呢？」

超儒道：「就是轉角那座教堂的神父，叫克扯數，英國人，既通西醫，又懂我們的詩詞，你見了一定喜歡。」

沒走幾步，已經到了一間房間，老殘回頭看看，看見東邊牆上掛著中式的周身經穴圖，西邊牆上，掛著兩張西洋的人體解剖圖，房子裡只有幾隻舊椅子，兩張大桌子。兩張桌上都排列著許多小玻璃管，有的空著，有的不知裝著什麼液體。靠牆的那張桌子，坐著一個金黃頭髮的中年外國人，正全神灌注地瞧著試管裡的變化。

超儒讓老殘在自己的桌邊坐下，聊了一些重逢的話題。不多時，克神父也走過來，抱歉道：「多謝怠慢！多謝怠慢。」超儒聽了這話，笑著向老殘道：「他的中國話還算好的呢！」老殘點點頭，說：「是呀！」

三人坐下，超儒又替他們介紹一番，老殘就把齊東村的案子，前前後後詳細說了一遍。超儒道：

「這就奇了，這十三個人同時死去，都沒有服毒的徵象，怎麼可能呢？」

老殘道：「正是這樣，所以要到貴店來，看看西洋有沒有這一類的毒藥。」

超儒搖搖頭，道：「有沒有我不知道，我這店裡只賣一些上海轉售進來的熟藥，陌生一點的藥，一瓶也沒有；不瞞你說，我們賣的藥，各種成色效能我是知道的，沒有你所說的那一種。」

再問克神父，也是搖頭說：「想不起。」

三人又討論了許多化學名詞，彼此想了半天，克神父又回到教堂裡查了許多書，還是沒有解決。老殘不得已，只好留下齊河縣的住址，請克神父一有消息，便遣人通告。

辭別超儒，看看天色漸晚，趕不回齊河縣，老殘心上有事，悶悶地走著，無意間走進一條窄巷裡來，抬頭一看原來是姚雲松家的後門。這姚公是當今莊宮保手下的紅人，掌管文案的，為人還算正直，老殘曾受他推薦過，這次悄悄回省，本想不打擾別人，既然走到這裡，也就想順道去看看。

轉到前面，就有人進去通報雲松，留著吃了晚飯，又說了一些話，才說到齊河縣的事，姚公說：

「昨晚白子壽回來，已經見過宮保，把那件事情原原本本說了，並說託你去暗訪那十三條人命的真相，宮保高興得不得了，沒想到你這麼快就進城了，明天你去不去見宮保呢？」

老殘心裡還在盤算著訪藥的事，沉吟著說：「我還不想去，改天吧。」一手玩著茶杯蓋子，發出叮錚的聲音。

姚公道：「也好，等你把案子訪明了再說。」

老殘又坐了一會兒，便要告辭，姚公道：「再坐坐吧！你知道那天宮保看了你曹州的信，怎麼說嗎？」

老殘道：「不知道，你說說看吧！」

姚公道：「那天我接到你的信，就把原信呈給宮保，宮保看了，難受了好幾天，天天都說：『這玉賢辜負我了！這玉賢辜負我了！』還說今後再也不明保他了。」

老殘道：「宮保既然知道玉賢不好，何不把他撤職，調回省來，還讓他繼續荼毒百姓，這就不對了。」

姚公笑道：「你究竟不是官場中人，不明白做官的心理；哪有幾天前才專摺明保，幾天後就撤職回省的道理呢？天下的督撫這麼多，你看哪一個不是護短的呢？我們這宮保已經是很難得的了。」

老殘點點頭，心想，官場的惡習，一日不除盡，吃虧的永遠是平民老百姓。一時心裡難過，也就不再說話了。

二

齊東村在華北大平原裡，雖算不上是出名的鄉鎮，居民還不少，再加上每個月的八號、十八號、二十八號三天，都有市集，附近幾十里以內，趕集去的，總也有千把人，這股熱鬧勁兒，就夠鄉下人誇的了。

所以，問起齊東村來，鄰近齊河縣的幾個縣分，無人不知，無人不曉。

但是，如果只是這樣，還不能吸引人，因為在整個華北，像這樣的村鎮，多得數不清，這齊東村有個著名的地方，就是周朝齊東野人的老家。讀書人讀過《莊子》，沒有不知道他的，鄉下人聽戲文，也都曉得的，所以一傳十、十傳百，名氣就很大了。

這天，太陽明晃晃地爬在半空中，照著村裡的一條大街，和十幾條小街，下了許多天的雪，今天是第一次放晴，每條街上都擠滿了人。

有坐在門口曬太陽的老人，也有趕著鴨鵝來賣的年輕農夫，和各色各樣的趕集者。熱鬧，人聲沸騰。

老殘搖著串鈴的手，也特別加了幾分氣力，總覺得聲音啞啞沉沉的，連自己聽來都覺得沒有精神。

從上午到現在，老殘在這大街小巷裡已經走了幾十回了，他是昨天雇車從省城裡，經過齊河縣城，才轉到這裡來的。當夜就住在大街上的三合興客店，今早才出來做生意，雖說是做生意，心裡也不敢放下那件事。

在大街上又走了一回，肚子有點餓了，便到一間飯店裡要了幾盤點心，一個人吃著；心裡想那魏家不知在哪個街上，要問店夥，又怕洩露了暗訪的行跡。

飯店雖然不大，倒也滿乾淨的，前前後後擺設了八九張桌子，都坐滿了人。老殘向身旁左右看看，不外是些趕集來的鄉下人，心下也不十分在意。忽聽後面有人說：

「小哥，你說魏家的父女都放出來了？」

「是啊！上次我們到這個集上來的時候，還關在大牢裡，沒想到這樣快就沒事了。」另一個說。

「聽說是撫臺親自下來私訪明白，才派一個叫做什麼大人的出來判他們無罪。」又一個說。

「不對！撫臺在省城裡好好的，怎麼會到我們這種小地方？怕是聽錯了吧？」

「絕對沒錯！是撫臺化裝成什麼？……對了！化裝成賣藥郎中出來查訪的。」原來的那一個辯道。

「撫臺大人親自……」

老殘還想仔細聽下去，哪知左邊一桌和右邊那桌，都來了新客人，鬧成一片，再也聽不清楚。老殘心想，他們道聽途說，所知也極有限，又把自己誤為宮保，恐怕其他各節，也是錯誤得極荒謬了，便沒有再聽的興致。

當下拿起串鈴，出了店門，沿著大街向北走去，看到一條小橫街上，有一座朱紅的大門，卻是剛才經過時沒有看到的。便站住了腳，把一個串鈴搖得驚天動地地響。

忽聽「呀！」的一聲，大門裡面出來了一個蓄著鬍子的老頭兒，問道：

「你這先生，會治傷科嗎？」

老殘說：「懂得一點。」

那老人道了聲：「請稍候。」便轉身進去，半開著門也不關，一會兒，又走出來，說：「請裡面坐。」

進了大門，繞過一面檜木屏風，就是二門，再進去才是大廳，老殘進了大廳便站住腳步；老人回頭不見老殘跟來，又道：「請到裡面坐。」一直到了耳房裡，才見到主人。原來不是別人，正是魏謙。

老殘抬頭一看，知道坐在炕沿上的老者就是魏謙，心裡暗叫「不好！」只怕被他認出；再看那引路的老人，彷彿就是到胡舉人家送銀子營救主人的管事先生，知道他並不認識自己。

其實，那日魏謙在公堂上，心膽俱裂，怎麼敢左右亂瞧？老殘大鬧公堂，他連眼角都不敢抬高一點，所以連老殘的背影都沒看過。老殘卻不知道還有這一層緣故，只怕被認出，只見那老者從炕上立起身子，口說：「先生請坐。」並沒有驚異的樣子。

老殘便問：「您老貴姓？」

魏謙道：「姓魏，先生你貴姓？」

老殘已知他不認識了，便假意說：「姓金。」

魏謙道：「我有個小女，四肢骨節疼痛，有什麼藥可以治得好呢？」

老殘道：「要先看症候，才能下藥。」

魏謙道：「好。」便叫人通知後面的女眷。停一會兒，裡面說：「請老爺進來。」魏謙就陪同老殘到內廳後面。

進了內廳，魏謙快步走到東廂房——廂房三間，二明一暗。他把裡間的簾子一掀，帶老殘進去。

只見一個三十多歲婦女，顏容憔悴，瘦骨可掬；右手邊放著一只木几子，看見客人進來，便扶著木几，想勉強坐起，又像力不能支。魏謙過去扶她起來，卻扶不住，老殘連聲喊道：「不要動，就躺在炕上把脈好了。」二人聽了，才不堅持。

等賈魏氏躺好，魏謙便請老殘坐在炕沿把脈，自己拿了一把凳子，坐在一旁陪著。老殘診過以後，說：「姑奶奶的病，是瘀血太厲害引起的，請把另一手伸出來讓我看看。」

魏氏將兩手伸在炕几上，老殘一看，節節青紫，直透到骨裡，心中暗暗嘆息；口裡卻說：「老先生，晚生有句不客氣的話，不知道該不該說？」

魏謙道：「儘管說，沒有關係。」

老殘道：「我看令嫒的病，像是受了官府的刑，如不趁早治療，是會變成殘廢的。」

魏謙嘆口氣，道：「可不是呢！請先生用心醫治，如果好了，我會重重地謝你。」

老殘開了一個藥方子，說：「用這個方子，大概十天內就可以見效了。我現在住在三合興店裡，萬一有事情，可以來叫我。」

說罷，辭別出來，從此每天來往，三四天後，就漸漸混熟了。

第四天，魏老留下老殘在後廳吃酒，老殘便問：「府上這種大戶人家，怎麼會受官刑呢？」

魏謙道：「金先生，你們外地人不知道，我這女兒嫁給賈家大兒子，誰知道沒有幾年，我這女婿就死了。他那個小姑子，村子裡都叫她賈探春，人極不老實，年紀輕輕，就和西村的吳二浪子眉來眼去，有了意思。後來我那親家也曉得了，這吳二浪子就託人來求親。賈家估量這門親事，還可以做得，原來也是打算答應的，後來被我的女兒說了幾句話，打破了。」

老殘道：「好好的一個大閨女怎麼會叫做『探春』呢？你女兒又說了些什麼呢？」

魏謙道：「說起『賈探春』三個字，也不知道是哪個缺德鬼先叫出來，不過，事情也不是毫無因由的。賈家這個女兒，今年十九歲，人長得如花似玉，手腳又俐落又能幹。家裡大小事情，都是她做主，兩個老的反而不能主張。她平日又愛風騷，沒有事就在門口站站，左右鄰居都曉得。日子久了，有些輕薄的少年，就把『賈探春』三字叫開了。

後來吳二浪子，聽到風聲，也跑過來瞧，兩人一拍即合。等雙方家裡人來談到婚嫁時，我女兒是個不知趣的笨人，在旁邊插嘴說：『這吳二浪子，眼下家業雖然富裕，恐怕終究會保不住的。』親家翁就罵她說：『媳婦家懂什麼？不要亂說。』我女兒剛死了丈夫，被公公大聲一罵，就哭了，說：『聽人家說，吳二浪子在鄉下已經姘上了好幾個女人，又愛賭博，時常跑到省城裡去大賭，動不動一兩個月不回來。人人都這樣說，又不是我自己說的。』親家翁就問：『哪些人這樣說的？』我女兒說是鄰居的婦人說的；正鬧得亂哄哄時，吳家的長輩覺得面子上不好看，憤憤作色地走了，兩家的婚事也就吹了。」

老殘道：「這樣說也是正氣的話，後來又怎麼了？」

「從此以後，賈大妮子就恨我女兒恨入骨髓；後來她居然和吳二浪子勾搭上了，連她父親也不知道。今年中秋節，她不曉得用什麼藥，把賈家全家毒死，卻反到縣裡告了我的女兒謀害全家。又遇見了千刀剮萬刀剁的瘟剛，一口咬定，就是我家送的月餅裡有砒霜。可憐我這女兒，不曉得死過幾回了。聽說凌遲的罪名已經定了。好在天老爺有眼，撫臺派了個親戚來私訪，就住在南關店裡，訪出我家冤枉，報了撫臺，撫臺立刻下公文，叫當堂鬆了我們父女的刑具，不到幾天，撫臺又派了個白大人來，真是青天大人，不到一個時辰，就把我家的冤枉全部洗刷淨了。聽說又派了什麼人來，在我們這裡密訪這案子呢。吳二浪子那個王八羔子，我們在牢裡的時候，他同賈大妮子，天天在一塊兒，聽說這案子翻了，他就逃走了。」

老殘聽他說到激動處，連連喘氣，心下不忍，忙勸道：「慢點說，緩口氣吧！」又聽他說到撫臺派親戚來私訪，心想：店裡人說是撫臺私訪，現在你說是撫臺親戚，看來人言傳說，大半是不可信的。隨之一想，自己的行徑也太神奇，難怪鄉下人謠言滿天，胡亂猜測了。及至聽到他說：「又派了個人來密訪這案子」，心裡暗暗一震，看他話鋒又轉到吳二浪子，並沒有認出自己來，才又放下一顆惴惴不安的心。

稍停，老殘又道：「你們受了這麼大的冤屈，為什麼不反告他誣陷呢？」

魏老兒搖頭道：「先生，你是方外人，不知道的。這官司是好打的嗎？我告了他，他反問我要證據，捉姦捉雙，捉不住一雙，他反過來咬我一口，誰受得了？老天爺有眼睛，總有一天會給他報應的。」

老人家的毛病，叨叨絮絮地又說了許多話，也不甚聽得清楚。老殘打斷他的話，再問道：

「究竟是什麼毒藥，這麼厲害？你們聽人說過沒有？」

魏老說：「沒有。」

老殘看看問不出什麼，又閒扯了一些別的話題，年老的人不中用，竟倚著炕几睡著了。老殘便出門去了，也不去喚醒他。

三

老殘辭出魏宅，月亮已高高地爬上樹梢了。

走上幾步，忽然道旁竄出一條花狗，老殘被牠一嚇，上身站不穩，便跌在雪地上。雪面上結了一層薄冰，一滑便站不起來了。

正掙扎間，背後忽然伸出一雙手來，在老殘的手臂上緊緊抓住，再一用力，就站起來了。老殘回頭道謝，卻是一個不相識的黑衣人，正拿著眼睛向老殘示意，叫他不要說話。

那人扶著老殘到了巷口，逕自去了。老殘回到客店，想了半天，不知道這個神祕的行人是誰，打開鋪蓋，躺在床上，卻還不想睡。

又過了一個鐘點，房門口忽然有些響動，又有幾聲敲門的聲音。老殘下炕開門，一看竟是街上遇見的黑衣人，大喜，便請他進來。那人回頭仔細關好門，又向窗外巡視了一會兒，才走到老殘面前，跪下行禮，道：

「小人是齊河縣差役許亮，叩見鐵老爺。聽老爺吩咐。」

老殘這才想起，王知縣曾說要派個幹練的差人，陪老殘辦事，一直都不曾見過，原來是他。當下上前扶住他，道：

「許兄不必客氣，我也不是什麼老爺，不用行禮。」

許亮道：「應該的。」堅持行了一禮，方起。

老殘看他的身材不十分高，略嫌瘦弱了點，倒不像公人的樣子，又瞧他走路的步伐，輕快無聲，加上剛才在巷子裡扶起自己的時候，力量確實驚人，知道他是練過功夫的，倒也不敢輕慢。

吩咐。」

許亮道：「鐵老爺幾時來的？許亮受王老爺指示，在這店住了三天，專等鐵老爺吩

老殘道：「哦！這麼說，你怎麼知道我到魏家呢？」

許亮道：「這也是湊巧，我剛到王二家，從那條路回來，看見一個人倒在雪地上，沒想到是鐵老爺，走近一看，才知道是您老。」

又道：「那吳二浪子在地方上的狐群狗黨還真不少，所以在大街上不敢相認。」

老殘道：「原來如此。」又道：「你剛才說到吳二浪子，難道你也知道這件案子和他有關嗎？還有那個王二是誰呢？」

許亮向前一步，道：「正是，小人聽說吳二浪子和賈家小妮子有些不乾不淨。心想這件案子搞不好就落在他的頭上破了，就天天潛往他家左右探聽。那吳二浪子從事發以後，逃到城裡去了，家中並沒有防備。但是昨天下午，我剛從吳家莊出來，卻聽到幾個形跡可疑的人，聚在莊子口說話，其中一人說：『二爺說，這事只有王二看到，必要時把他也做了。』另一人說：『王二那種角色，嚇唬、嚇唬也就夠了，諒他也不敢說出去。』我想靠近去聽，他們也很機伶，看見陌生人就不再說了，所以後來的話就聽不見了。

我心想王二是個挑擔賣水的小人，或許他一時撞見吳二浪子下毒也不一定，就趕到王二家裡，王二挑水出去，不在家，我就向他老婆說，有人要害他的丈夫，他老婆眼淚汪汪

地說，一定是吳二浪子那個喪心病狂，害了別人不夠，還要來害他們。不久，王二回來，我勸他出首作證，他不肯，一口咬定說不知道，我說：『你老婆都告訴我了。』他扭頭罵老婆說：『妳這老賤婢，說了什麼了？』他老婆不敢說，被他打了一頓，我就把在吳家莊聽到的話告訴他，他說：『不怕。』我只好出來。

今天我再到王二家，看見兩隻水桶子被劈得碎碎的，散在地上，他老婆在床頭哭，再仔細看，原來王二躺在床上，說是不知道被誰打的。我再勸他，再三地勸，他才答應作證，今晚就要去寫供據，安排他的安全住處，正好遇見您老；您在這裡等一下，我去辦完事再回來稟報。」

老殘靜靜聽完，不住地點頭，並說：「我們一起去吧！接了王二以後，我還要請你去做一件事。」想了一想，又問道：「你接了王二，有好地方藏他嗎？」

許亮道：「必須送回縣城裡。」

老殘道：「我帶他回縣城，你另外去一個地方。」

說著，許亮打開後窗，看看四處無人，便「豁」地跳了出去；又慢慢扶著老殘下來，避開了旁人，一逕趕到王二家去。

許亮把王二叫起，說道：「這位是鐵老爺。」王二連忙叩頭。

老殘問道：「吳二浪子下毒的時候，是你看見的？」

王二道：「是，那天小人正在賈家挑水，看見吳二浪子到他家裡去說閒話，他家正在煮麵，吳二浪子趁左右無人，打開一個小瓶，往麵鍋一倒，回頭就跑；小人心裡有些懷疑，後來挑完水，賈家的人請我吃麵，就不敢吃，不到兩個時辰，就聽到街坊上吵起來了，說姓賈的全家被毒死，這些都是實情。」

老殘道：「很好！」叫許亮拿出紙把上面的話都寫了，讓王二畫押。

王二道：「許老爺今天答應過，如果願意作證的話，給我一百兩銀子的賞金，算不算數呢？」

老殘和許亮交換了眼色，道：「當然算數。」

王二道：「空口說話，又沒有憑據，事後你不給我一百兩銀子，我敢去向你要嗎？」

老殘向許亮道：「你身上有沒有現成銀票，先給他吧。」

許亮取出銀票交給他，說：「我不怕你跑掉，先拿去吧！」

王二看著老婆收好銀票，才跟老殘他們出去；這時天仍未明，三人出了巷子，早有縣裡的差人化裝成車夫，等在那裡，連夜載他們趕回縣城去。

四

「再賭一次，一起算帳。」吳二浪子白著一張臉，低聲下氣地要求著。

「算個鳥帳！你眼前輸的還拿不出來，要是再輸了，你拿什麼賠？」

「我家裡有的是錢，從來沒賴過人的帳。輸了，好歹也要輸個整數，才好回去拿。」

「算了吧！吳二老爺，回去把你的那座金山銀山捧來，別在那裡說大話、喘大氣了。」

吳二浪子氣得臉色都白了，可也不敢大聲發作，眾人只是訕笑他，並不和他再賭。任他再三的要求，大家只是搖頭。

正在爭論間，那藍布簾子被人掀起一陣風來，眾人同時抬頭看，都叫道：「許大爺，早啊！」

來人道：「早是不早啦，不過今晚不走，要賭個通宵。」來人朝桌上一瞥，又道：「怎麼？今天吳二沒來呀？」

吳二浪子坐在牆角嗑瓜子，聽到有人叫他，抬起頭懶洋洋地說：「許大哥，我在這裡。」

那人道：「怎麼不下場呢？」

吳二浪子道：「都輸光了，許大哥，你下注，我替你分點紅。」

那人道：「吳二哥，你是有家有業的人，欠一點錢用，還愁借不到嗎？怎麼這樣沒志氣，就不賭了呢？」

吳二浪子道：「這……。」

那人道：「吳二哥，我手頭還有幾百兩，你要用，先借給你也可以，但是我這銀子，三日內有個要緊的用途，你可別誤了我的事。」

吳二浪子急著要賭，連忙說：「不會耽誤，不會耽誤，三天內就還給你。」

那人就點了五百兩銀票給他，由他去賭，自己在旁邊吃煙。

沒多久，吳二浪子又來告貸，說：「剛才的五百兩，還了四百兩的欠帳，只剩一百兩，下幾注就輸光了。」意思還要再借。

那人不肯；吳二道：「大哥，大哥，你再借我五百，我過去翻了本，立刻還你。」

那人道：「要是不能翻本呢？我這些錢是明天一早就要用的。」

吳二道：「明天就還你。」

那人道：「口說無憑，除非你寫張明天到期的期票。」

吳二道：「行！行！行！」當即找了筆，寫了筆據，交給那人，那人便又點了五百兩銀票，交給吳二浪子。

吳二拿了錢，又上去賭，哪知運氣實在不好，五百兩銀子，經不得一個鐘點，已經都飛到別人的檯面上去了。這時候又來了一個姓陶的，叫陶三胖子，聲音很大，就坐在吳二剛剛退下來的位置；陶三坐上去，第一次做莊，就拿了三點，賠了一個通莊；第二次做莊，拿了八點，還來不及高興，上下莊的人都拿了九點十點，又賠了一個通莊，看看比吳二的運氣還要倒楣幾分。

這時吳二已經沒有本錢，站在那裡看著別人賭；看那陶三輸得快，在一旁手癢不已。又去哀求那人說：「好哥哥，許大哥，你再借給我二百兩銀子吧。」

那人這回不再為難，又借給他二百兩銀子；吳二這回小心下注，居然給他贏了四五百兩，膽子大起來，再賭下去，沒想到幾個回合，又是輸得乾乾淨淨。

那人在吳二下注時，已走到他的背後，等吳二輸了最後一注，站起來時，便擠進來，把吳二的筆據拿來，往桌上一去，說：「押天門孤丁，你敢推嗎？」

陶三說：「笑話！誰不敢推？就是不要這種拿不到錢的廢紙。」

那人說：「難道吳二爺騙你，我許亮大爺也會騙你嗎？」說著，跳過桌子，便要動手。

眾人一齊勸解道：「陶三爺，你贏不少了，難道這點交情都不顧嗎？我們大家作保，如果你贏了去，他二位不還，我們眾人負責追討。」

陶三仍不肯答應，最後才說：「除非許亮簽名作保，可以考慮。」

許亮氣極了，拿筆就畫了一個大大的保，並註明確是正正經經的用途，不是賭帳。

陶三拿過去看明白，才肯推出一條來，說：「許亮，隨便你挑一張去，我都要贏你。」

許亮道：「你別吹了，你丟你的倒楣骰子吧！」

一丟，骰子上是七點，許亮翻開牌來一看，是個天門九點，把牌往桌上一放，道：「陶三小子，你看看你老子的牌。」

陶三看了看，也不出聲，拿兩張牌看了一張，另一張卻慢慢地抽，嘴裡喊道：「地！地！地！」碰的一拍，翻出來，往桌上一放，說：「許家的孫子，瞧瞧你爺爺的牌。」原來是副人地相宜的地和。

陶三一把將筆據抓過去，哼哼地笑了幾聲，還說道：「許亮，你沒有銀子，我們歷城縣的衙門裡見面。」

眾人經過這一場打岔，興頭都沒有了；許亮和吳二浪子更是垂頭喪氣，一夥人只好散了。

許亮、吳二兩人到了門口，許亮還憤恨不平，道：「陶三這小子，真是可惡。」說著，又埋怨吳二道：「吳二哥，叫你別到這種地方來，你不信，現在連你的借據都輸掉了，我明天一早有急用，向誰拿錢去？」

吳二憋了一口氣在心頭，忍不住也大罵道：「許亮，你也不拿鏡子照照，當初你吳二爺手氣好，贏了多少，你呢？也不想想，才十天半個月，你就富裕了？家財萬貫了？哪些不是我吳二老爺的家當一點一點輸過去的？借一點銀子，就什麼明天要用，後天要還，算什麼兄弟情分！」

許亮也破口大罵：「你這個瘟死外鄉的落魄鬼，你家裡有錢，是財主，為什麼不回去拿？要向我這個窮鬼借。我認識你多久，不過半個多月，你包下那個小金子，十天半月不給錢，要不是我替你養著，早就餓死了；你要是有錢，就應該回家去拿，不必躲在這裡裝闊發威。」

兩人一路罵，一路走，許亮沒有別的地方好去，吳二也沒有別的去處，便一起罵到小金子家去。

五

兩人走到門口，許亮不願和吳二浪子同行，便跑了幾步，把吳二拋到後面，自己先去敲門。

這家娼寮，在省城裡，不算十分出名的。鴇母姓張，養了兩個女兒，大的叫小金子，不過二十歲；小的叫小銀子，長得更加娉婷，只有十七歲不到。張媽手下，還有幾名妓女，都沒有這兩個女兒出色，越發專意地栽培她們。

那吳二浪子本是愛惹草拈花的水性漢子，大把大把的銀子，花在姑娘身上，並不吝惜。這小金子又加意纏住他，兩人也就如膠似漆，誓死誓生起來，和平常人的夫妻沒有兩樣，便連那個妹妹小銀子，也被他玩上手；三人你歡我愛，無限甜蜜。

雖說如此，那吳二浪子畢竟是有家業的人，一個半個月上一趟省城，還可以支應，小金子也習以為常。哪知從上月起，吳二就天天到她家來住宿，娼家的行徑，開頭幾天，沒有不歡迎的。過了十天以後，吳二的手頭就不像剛來那樣闊綽了，不免又減少了幾分熱忱。

再說，被吳二這一住下，小金子在省城的客人聽說了，都不肯再來，連帶著小銀子的生意也清淡了許多，家裡的人，就開始說長話短了。恰巧又來了個許亮，也指名要小金子，說是遠方的鹽商，慕名而來。

你想，那吳二浪子怎肯把懷抱裡的美人白白送給別人呢？不過看許亮財多衣鮮，自己又沒有什麼銀子，看的白眼多了，樂得有人來供養她，自己也可以抽空沾點腥羶來吃，仔細算計，竟好像沒有什麼損失。

那許亮看吳二常常在門裡走動，不但不討厭他，還處處和他招呼。有時，許亮和小金子對桌喝酒，也招吳二進來作陪；吳二幾時遇到過這樣的好人？哪裡不把他當做神明一樣敬奉呢？所以剛才那場架，吵得實在不明不白，許亮一生氣，不願和他同行，自己先敲門進去。

敲了許久，只有小銀子匆匆迎上來，帶他到自己房裡去坐；許亮道：「小金子呢？」

小銀子道：「姊姊有客，大概快走了。」

半晌，小金子進來，便捱著許亮的身上，撫摩他的臉，道：「小白臉，今天贏了多少錢？賞給我們幾兩花花吧？」

許亮沒好氣地說：「輸了一千多，哪還有錢？」

吳二隨後進房來，看到許亮在，反身要走。小銀子道：「二爺贏了沒有？」

吳二只得回頭，沒好氣地說：「不用提了。」

許亮道：「別問了，趕緊拿飯來吃，餓壞了。」又說：「吳二你也一道吃吧！」吳二應是。

不久，端上飯來，是一盌蒸魚、兩盌羊肉、兩盌素菜、兩壺酒；魚和肉都是吃剩的，酒也是冷的。許亮皺眉站起來，大聲說：「這些怎麼吃？」

小金子道：「天晚了，廚房都睡了，隨便吃吃吧。大爺有錢的話，還可以賞點銀子，叫廚房起來準備，今天且將就一點算了，也好省省錢呀！」

兩人氣不過，飯菜也不吃，悶酒一杯一杯地灌了許多，不知不覺，都有了幾分醉意。

過了一會兒，小金子已經出去，不見了；小銀子又坐了一會兒，也藉故出去。許亮坐著沒趣，朝房門喊了一聲：

「小金子！死到哪裡去了。」

只聽到隔壁房裡傳出悶雷一樣的吼聲，道：「哪個王八羔子在那裡放屁！有膽子的快來你陶三爺爺這裡磕頭，別躲在角落裡鬼叫。」

又聽那小金子嬌滴滴的聲音道：「三爺，您坐嘛！哪裡有人叫我呢？」

又聽到「啪」的一聲，夾著小金子的哭聲，那人道：「妳也不是好東西，背著妳三爺養漢子。」

那邊小銀子的聲音，又道：「三爺，真的沒有別人，不信你過去看。」

許亮在房裡一聽，是陶三的聲音，便怒不可遏，捲起袖子就要跳出去打架，被吳二拚命拉住，坐下來要罵，又被吳二攔住，道：

「許大哥，你不服氣，我是知道的；可是現在借據在他手上，還是不要弄翻了臉才好。」

許亮道：「俺老子可不怕他，他敢怎樣對俺？」

那張老媽也跑來勸解道：「你兩位忍口氣吧，這陶三爺是歷城縣的總捕頭，在本縣大人面前，紅得發紫，從來沒有人惹得起他；你二位別見怪，我們做生意的不敢惹他。」

許亮被眾人一攔、一勸，酒氣又湧上來，當下吐了一地，就無力再鬧了。

又聽那邊屋裡，陶三不住地哈哈大笑說：「小金子呀！爺爺賞妳二百銀子，小銀子呀，爺也賞妳一百銀子。」

小銀子道：「比大姊少，我不依。」說著，只聽到嗯嗯哼哼鬧了一陣，又嘻嘻哈哈地笑了一回，小銀子才說：「謝三爺的賞。」

又聽陶三說：「不用謝，這都是今天晚上，我幾個孝順的孫子孝敬我的，一共孝敬了三千兩銀子呢！我那吳二孫子，還有一張筆據在爺爺手裡，許大孫子做的保人，明天晚上還不還，看爺爺會不會要了他們的命。」

這邊許亮吐過一陣，酒意也退了，向吳二道：「幸虧剛才沒有去和他鬥，這個東西，實在可恨；聽說他武藝很高，手頭能對付五六十個人，憑我們是對付不了的。這口氣怎麼吞得下呢？」

吳二道：「氣還是小事，明天這一張銀子的筆據，怎麼辦呢？」

許亮說：「我家裡是有銀子，可是派個人回去拿，至少要四五天才能來回，遠水救不了近火。」

正商議間，又聽那小金子和小銀子都在說什麼「房裡還有客」，聲音太小，不太清楚。

側耳去聽，卻又是陶三重重地嚷道：「今兒妳們姊兒倆都伺候三爺，不許到別人屋裡去，動一動，叫妳白刀子進去，紅刀子出來。」

小金子道：「不瞞三爺說，我們倆今晚都有客，就是那個許大爺和吳二爺，他們先來好久了。」

只聽那邊翻桌子的聲音，杯盤破碎聲，狼藉不堪，又夾著陶三暴跳如雷的聲音，說：「放狗屁！三爺要的人，誰敢住，問他有幾個腦袋？敢在老虎頭上打蒼蠅？那許大孫子和吳二孫子在哪裡？妳去問問他，敢不敢過來？」

小金子連忙跑過來，把銀票拿給許亮看，——正是許亮輸的銀票。——聲音低低地說：「大爺，二爺，你倆多多委屈，讓我們姊兒倆賺這兩百銀子，我們長到這麼大，還沒有看過整百的銀子呢！你們二位都沒有銀子了，讓我們掙兩百銀子，明天買酒菜請你們二位。」

許亮氣極了，說：「滾妳的吧！」

小金子道：「大爺別氣，多委屈你了，你二位就在我炕上躺一晚，明天他走了，大爺到我房間裡來，再補你一次；妹妹也來陪二爺，好不好？」

許亮連連說：「滾吧！滾吧！」

小金子也不甘示弱，口裡罵著出去了：「沒用的東西，光桿著一身，也想充大爺呢！不要臉。」

許亮氣白了臉，呆呆地坐著，一句話都說不出。

七

許亮呆了半晌，忽而搖搖頭，忽而點點頭，最後，才重重地吐一口氣，道：「兄弟，我有一件事情，想和你商量。」

吳二浪子道：「什麼？」

許亮道：「二哥，我們都是齊河縣的人，跑到省城裡，卻受他們這種氣，你說值得嗎？我不想活了，橫豎明天一到，銀子還不出來，被他拉到衙門裡去，他又不讓你見到縣官，只用私刑把我們狠狠地一治，還有命在嗎？不如出去找把刀子回來，趁他睡著時，用力一刀，把他剁死；萬一將來被抓到，大不了抵命，總是死一次罷了。」

吳二浪子道：「恐怕不妥當，……」話猶未了，那邊陶三又說：「小金子，小銀子，從今晚起妳們兩個都陪我，不要再理那兩個孫子。吳二那孫子，是齊河縣裡犯了案子逃出來的逃犯，爺爺明天就把他解到齊河縣去，看他活得成、活不成？許亮那小子是個幫兇，誰不知道；兩個都是一路來的兇犯。」

小金子道：「三爺，您醉了吧！許大爺怎麼會是兇犯呢！」

那陶三又說：「笑話！我幾時醉了，那兩個孫子，省裡早就要抓了。來！來！小金子，別管他們，過來呀！」

許亮一聽，片刻也坐不住了，翻身便走，吳二浪子扯住他，道：「大哥，你打不過他的；真要殺他，我倒有個法子，只是你對天發個誓，我才能告訴你。」

許亮道：「你看你，多麼傻呀！如果你有法子，等我們弄死了他，堂上問起來，主意是我出的，人也是我殺的，我是個正兇，你只是個幫兇，難道我還會自己跟自己過不去，到處向人說嗎？」

吳二想了想，確實不錯，又想到明天這些銀子是一定拿不出來，除了這個辦法，再也沒有其他的路了，便說道：「大哥，我有一種藥水，給人吃了，臉上不發青紫，隨你是神仙，也驗不出毒來。」

許亮詫異著道：「我不信，真有這麼好的藥嗎？」

吳二道：「我怎麼會騙你呢？」

許亮道：「在哪裡買？我們現在就去買。」

吳二道：「沒有地方買，是我今年七月裡，在泰山一個山窪子裡打獵，從一個山裡人家手上要來的。我可以分你一點，不過，你可不要說是我給你的。」

許亮道：「當然。」隨即拿了張紙，寫道：「許亮與陶三嘔氣，故意要把陶三害死，知道吳二身上有上好藥水，給人吃了，立刻喪命。許亮再三央求吳二，分給一些；吳二不得已才答應，殺害陶三的事，完全與吳二沒有關係。」

寫完，交給吳二，說：「假使被人發現了，你有這個字據，就可以脫了干係。」吳二看了，也覺得妥當。

許亮道：「事不宜遲，你的藥水在哪裡？我和你去拿。」

吳二道：「就在我身上，方便得很。」伸手到衣服裡摸了一下，就拿出一個小小磁瓶子，開口的地方，還用蠟油融來封過了。

許亮笑道：「這麼小的一瓶，有什麼用呢？」

吳二說：「怎麼沒有用？你知道我怎麼得到這瓶藥嗎？七月底，我上泰山，從墊臺縣那條西路上山，回來時，從東路回來，走的都是小路。一天晚上，走岔了路，借住在一家小店裡，看見他炕上有個死人，用被窩蓋得密密的。我就問他們：『怎麼把死人放在炕上呢？』那老婆婆說：『不是死人，是我當家的。前幾天在山上看見一種草，香得可愛，他就採了一把回來泡水喝，誰知道一喝就像個死人，我們自然哭得不得了。天幸那天我們山裡的活神仙經過這裡，聽見哭聲，跑過來看了說，妳老頭什麼病死的？我就把草給他看，他拿去看了，笑了笑說：『這不是毒草，這叫千日醉，有救的。我去替妳找一點草藥來，你們看好身體，別讓他壞了，再過四十九天，我送藥來，一治就好。所以我們日夜小心看守，並不是死人。』我覺得有趣，就問她那草還有沒有？她就給了我一小把，我帶回來，熬成水，弄個瓶子裝起來，當做寶貝玩，沒想到今日正好用著了。」

許亮半信半疑道：「有這樣的事？萬一這藥水不靈，毒不倒他，我們就完了，你試驗過沒有？」

吳二急著辯道：「百試百靈的，我已經……。」

許亮道：「你已經怎麼樣？你已經試過了嗎？」

吳二道：「不是我試過，我已經看見那一家中毒以後的樣子，和死了一模一樣，如果沒有青龍子解救，早就埋掉了。」

二人正說得高興，忽覺得房門口有些寒氣吹進來，齊齊回頭一看，不是別人，正是陶三站在門口，房門不知道在什麼時候，已經洞開。

那許亮正要逃走，被陶三用右手在脖子後面一把抓住，另一手已經把吳二按在桌上；口裡大喝道：「好！好！你們還想謀財害命嗎？」

許亮一手握住藥水瓶子，一手空出來去推陶三，哪裡推得動他，正掙扎間，這家人已經把保正找來，眾人七手八腳地把許亮和吳二捆了，陶三又選了幾個壯丁把兩人押解到歷城縣衙門。

陶三進去，便不再出來；門上傳出話來，說，今日夜已深了，暫且押在飯廳裡，明日送監。幸虧許亮身邊還有幾兩銀子，拿出來活動活動，倒也沒有吃到什麼苦頭。

十五

次日一早，裡面派人出來，說到花廳問案。差人將三人帶上堂去，許亮、吳二兩人都帶了刑具，陶三穿著公服，威風凜凜的，不時還踢許亮一腳。走到花廳，分別跪下。主審的委員，先問原告，陶三供稱：「小人昨夜在土娼張家住宿，因為多帶了幾百銀子，被這許亮、吳二兩人看見，蓄意謀財，商量要害小人的性命；適逢小人在窗外小解，聽見奸謀，進去捉住，扭到堂下，求大老爺究辦。」

委員又問許亮，吳二，你們兩人為什麼要謀財害命？

許亮供道：「小的許亮，齊河縣人。陶三欺負我們兩人，我受氣不過，所以想害死他。吳二說他有好藥，百試百靈，他已經試過，非常靈驗，可以給我。兩人正在商量，就被陶三捉住了。」

吳二供道：「監生吳著千，齊河縣人。許亮被陶三欺負，與監生本來無干。許亮決意要殺陶三，監生恐怕鬧出事來，就騙他說有好藥，可以毒死陶三；其實，那只是緩兵之計，不可當真。」

委員問道：「你的藥呢？」

吳二道：「那是千日醉，容易醉倒人，並不會害人性命。況且起意殺人是許亮，有筆據在此，與小人無干。」

委員問：「許亮，昨晚你們商議時，怎樣說的，從實招來。」

許亮就把昨晚的話，一字不改地說了一遍，並且承認曾經寫過一張字據給吳二。

委員道：「如此說來，你們也不過是酒後亂性，說說氣話，那也不能就算謀殺呀！」

許亮磕頭說：「大老爺明鑑，大老爺開恩！實在是一時在氣頭上想差了。」

委員又問吳二，許亮所說的，是否確實？

吳二說：「一字也不錯。」

委員道：「這件事，你們都沒有什麼大錯。」吩咐書吏做了筆錄。

那陶三在旁邊磕頭道：「大老爺明鑑，他們兩人商議要用藥水下毒，怎麼會沒有呢？」

委員點點頭，問許亮道：「那瓶藥水在哪裡呢？」

許亮從衣服裡取出來，呈交上去。委員打開蠟封的蓋子，聞了聞，大笑道：「這種毒藥，誰都願意吃的。」

便把藥水給陶三，許亮和吳二各人看過，證實是這個藥水，沒錯。眾人聞了，都覺得香如蘭麝，微帶一點酒氣，非常好聞。

委員等眾人看過，交給書吏，說：「藥水沒收，這兩人移解回齊河縣，等候發落。」

當晚，許亮帶了那瓶藥水來見老殘，道：「小人聽老爺的計策，果然查出那吳二害人的藥水。」

說著，把藥水呈給老殘。老殘倒出來看看，顏色淡紅，如桃花初放那樣，香氣濃郁，又比桃花更勝幾分。用舌尖輕輕挑了一點，含在口裡，稍微有一點甜味，滿口清爽，嘆道：「這種藥水，怎麼會不教人久醉呢？」

看過，仍把藥水用玻璃漏斗灌回瓶內，交給許亮，道：「凶器、人證俱全，不怕他強賴了。明天你帶回去，請貴上仔細審定就是了。至於這十三個人，據吳二所說的情形看來，似乎還沒有死，仍有復活的希望；那青龍子和黃龍子有交情，我也見過幾面，只是行蹤無定，不易尋訪；我明天就上泰山去，說不定能找到他，一塊兒下來把十三個人救活，那就更好了。」

許亮答應而去。次日，老殘果然上泰山，費了許多時日，才找到青龍子，一起到齊東村去救人，一場天大的冤枉，從此煙消霧散。

宮保聽說老殘幫齊河縣解決了這個大案，特地請他到署裡相會，仔細詢問了一場，又要給老殘保舉，老殘堅持不肯，這才罷了。

趁新春花燭，匆匆雙燕南征

八、趁新春花燭，匆匆雙燕南征

一

老殘辭別宮保，走在大街上，只覺得青天白日，處處都是好的，連那皚皚的雪地，也不覺得有什麼冷了。心裡一高興，便把串鈴狠命地搖了幾百下；耳中忽聽道：

「先生，您治病麼？」

老殘回頭一看，是個五六歲的小孩，不禁哈哈大笑，道：「小孩子，你家什麼人病了呢？」

那孩子嘻嘻跑開，老殘抬頭看去，原來是黃人瑞，正坐在轎子裡，遠遠地朝老殘點頭。那孩子鑽進轎裡，坐在人瑞膝上。

老殘上前作揖，道：「尊眷幾時到濟南的？這孩子幾歲了，這麼大。」兩人談了幾句閒話，人瑞又道：「這是犬子，還有一個哥哥，都頑皮得很。」

老殘笑道：「宮保差我到齊河縣，還有一點公事要辦。你左右沒事，一道去吧。」

人瑞也笑道：「黃老爺有公事，我還是遠遠避開的好。」

老殘方才醒悟，道：「有這孩子在身邊，只好談談公事，撇下私事。要不然——呀，撇下公事，淨談私事，也是可以的。」

人瑞道：「原來如此。什麼時候去呢？」

老殘笑著兩手一伸，道：「明天才走，老哥也好準備準備。」

卻說那日翠花、翠環兩人，回到家中，大半房屋，已經燒成灰燼，家裡的人正在熱灰上撥著找尋值錢的東西，亂得一塌糊塗；那天下午的局，就去不成了。第二天，老殘他們又叫，家裡還是婉拒；翠環一想：「大概我是個倒楣的人，一輩子翻不了身的，才有鐵老爺要贖我，就遭到這樣的變故。」

過了三四天，不見黃、鐵二人派人來店裡喊她。一打聽，原來二人都離開客棧了，翠環便想：

「那天晚上他們所說的話，必定是哄我高興，當不得真的，要不然呢？為什麼不等我就走了。」

有時又想：「那黃老爺愛說笑話，可能沒有什麼誠意；但是那位鐵老爺心腸又好，又慈愛，一定是真心的。」

又想道：「這次的機會再錯過，便要被賣到蒯二禿子家，便是永無出頭的日子了。」東想西想，總是不妥，所以老殘去了幾天，她便哭了幾天，幸好這些日子，裡裡外外，大家都忙，她又是愛哭慣了，也沒有人理會她。年底她媽要把她賣到蒯二禿子家，也是因為天災，暫時把事情擱住了。

這天中午過後，有人來說：「南關的客人要找姑娘。」翠環正在房裡接客，心裡就七上八下，渾身不自在。等到那客人走了，翠花來喊她道：「南關客棧上來叫我們兩個，怕不是黃老爺他們又來了吧？」

二人來到客棧，進了上房，只見那炕上坐著一個人，笑咪咪的，不是黃人瑞是誰？翠環一見人瑞，眼淚就簌簌地落下，人瑞道：「別哭！別哭！近來好嗎？」

翠環道了一聲：「還好！」又嗚咽起來。

翠花也掉了幾滴眼淚，勉強笑道：「黃老爺來了，鐵老爺呢？也要來嗎？」

黃人瑞道：「鐵老爺的車慢些，要遲點才到。」說著，拿出錶來看看，說：「這時也該到了。」

翠環聽說老殘要來才完全放下心來。三人敘了近況，只聽門口有些腳步聲，老殘已經到了。

翠環看著老殘，只是傻傻地笑，一句話也說不出來，老殘問她：「近來好嗎？」她也沒有聽到。

翠花推推她道：「妳這妮子，老爺們今天來了，妳又發什麼昏？」翠環一驚，連忙站起來，不住地用手背去擦眼淚，其實淚水早就乾了，什麼也沒擦著。

人瑞和翠花都笑了。老殘道：「妳家裡收拾好了嗎？這次我們來，就是為了妳的事情。」

翠環低著頭說道：「好。」就不再說話。

翠花道：「前些時候，家裡鬧哄哄的，不能出來。後來聽說兩位老爺走了，便以為再也不能相見，沒想到會有今天。環妹為了這事，哭了好幾天。」老殘別過頭看翠環，只見她頭垂得低低的，兩條辮子滑落在胸口，露出白膩膩的一截後頸，說不出的好看。

人瑞道：「好！好！妳們都和鐵老爺商議吧！敘舊吧！有鐵老爺一手提拔妳，可就沒我的事了。」說著，便在炕上和衣躺下，一邊用煙筒子輕輕敲著粉壁。

翠環聽了這話，吃了一驚，猛抬頭看了人瑞一眼，又向翠花看了，卻不敢把臉對著老殘。翠花微笑著，向翠環笑笑，才靠過去倚在人瑞身上，問道：「黃老爺，您這話是開玩笑的？」

人瑞動也不動，冷冷的說：「誰開妳玩笑？」翠花還想再開口，忽見布簾一掀，黃升陪著一個人走進來，朝人瑞行了一禮，那人便拿出一個紅紙封套交給人瑞。

人瑞接過紙套，只打開了一條縫來，看了一眼，便藏到懷裡去，口中說道：「知道了！」揮手叫黃升下去。黃升去了片刻，又單獨進房來，說：「請老爺到外面說兩句話。」人瑞也不答話，板著一張臉隨黃升去了。

這裡翠花看著人瑞出去，也摸不透他為什麼突然生起氣來，又想到他對自己那樣冷淡的臉色，是從來也沒有的，不由得低聲抽噎起來。

那翠環早已沒了主意，只低著頭捏著袴角。老殘也不知道人瑞賣什麼藥，一時只好默默地守著兩個女孩子，坐在炕上發呆。

二

人瑞去了大約半個時辰，只見黃升帶著翠環家的夥計進來，要把翠環的鋪蓋搬走。

翠環大驚，問道：「怎麼回事？怎麼回事？為什麼不讓我留在這裡呢？」

黃升道：「我不知道。」指揮那夥計快搬。

老殘向那夥計說：「翠環今天不回去，你把她的鋪蓋留下吧，不用拿走了。」

那夥計一言不發地看著黃升。

黃升忙道：「鐵老爺，這是敝上要他來拿的。您別為難他吧。」

老殘走下炕來，說：「你們先別忙，我去問問黃老爺，究竟怎麼回事。」便要向外走去。

黃升連忙拉住他，道：「不用去，不用去。」

正在哄亂間，黃人瑞卻走進來，朝老殘一揖，道：「殘哥，今天我們本來很高興的，被翠環一個人弄得沉沉悶悶，還有什麼快活的呢？不如先讓她回去，再換個人來吧。」

老殘正要開口，人瑞又搖手阻止他，說：「這樣好了，也不叫她現在就走，不過，晚上是不能留她了。黃升，你先陪她把鋪蓋取回去吧！」兩人答應了，進房把鋪蓋取了去。

人瑞又向黃升道：「今天氣氛不對，這酒也不要吃了，連碟子一起都收拾下去吧！」

翠環此時，再也按捺不住，料到今天一定凶多吉少，不覺淚流滿面，跪到人瑞面前，說：「我不好，您是老爺，難道不能原諒一些嗎？您老趕我回去，我就不想再活下去了。」

人瑞道：「我原諒得很哪！怎麼不肯原諒。別和我說，這是妳的事，我管不著，妳自己去求鐵老爺留妳，我這裡是不會留妳的。」

翠環又跪到老殘面前，說：「鐵老爺救我。」

老殘連忙扶起她，道：「快起來，快起來。」一面卻向人瑞道：「人瑞兄，你就讓她留下好了，何必要這樣捉弄人家小女孩子呢？」

人瑞道：「殘哥，本來我們在省城裡講好的，要來這裡為翠環設法，對不對？」

老殘道：「是啊！為什麼你現在又要她回去呢？」

人瑞一笑，道：「我剛才徹底想過，憑我們兩個人，只有放手不管這一條路可走。你想：要拉一個妓女出火坑，總要有個人出來負責，你不願意出這個名，我也不願出這個名，大家都不承認，這話怎麼去跟她家談呢？這是第一層顧慮。

第二，假使把她弄出來，你也沒有地方安置她，我也沒有地方；假使讓她住在店裡，我們兩個人都不承認，外人一定說是我弄出來的，絕對沒問題。你再想，我剛剛才得到這個好一點的差使，妒忌的人很多，不要兩天，這話馬上傳到宮保耳朵裡，以後我就不用在山東混了，還想什麼保舉、升官呢！有這兩層顧慮，所以這事是萬萬不能做的。那天的話，也只好不作數了。」

老殘一想，黃人瑞這一席話也有道理，但是要說見死不救，實在也忍不下這條心，再看那二翠，翠環早已哭倒在炕上，翠花在她背心輕輕地拍著，臉上盡是輕鄙之色，還不時把目光投射過來。

老殘左右為難，只得向人瑞道：「人瑞兄，話雖然這樣說，你看看還有什麼兩全的辦法，總不能這時就罷手呀！」

人瑞道：「我本來是有個法子，你又做不到，所以只好作罷了。」

老殘急道：「什麼法子，你說出來，我們商量商量也好。」

人瑞道：「其實也不難，只要你承認了要娶她為妾，這就好措辭了。」

老殘呆了半晌，道：「我就承認了，也不要緊。」

人瑞道：「空口說白話，能作準嗎？這件事是我經手去辦的，我告訴別人，說你要的，誰相信呢？除非你親筆寫封信給我，那我就有法子說話了。」

老殘皺眉道：「寫封信？怎麼寫呢？」

人瑞「哼」了一聲，坐下道：「我說你做不到，是不是呢？」

翠花也過來拉著老殘的手，說：「這也不是什麼要緊的，您老就承擔一次，動手寫寫吧！」

老殘道：「好！好！寫！寫！」向人瑞道：「信怎麼寫？寫給誰呢？」

人瑞道：「這是齊河縣，當然寫給王子謹兄。你就說：『妓女某人，本是良家女子，身世可憫，弟擬將她拔出風塵，納為側室。請兄臺鼎力支持，身價若干，已如數付給……』我拿了這封信，就有辦法。將來任憑你送人也罷，自己留下也罷，都是你的事，我也不會被人閒話；不然，哪有辦法？」

兩人正說著，只見黃升進來，說：「翠環姑娘出來，妳家裡人請妳回去呢！」

翠環一聽，嚇得魂飛魄散，抬起頭來，朝老殘呆呆地看，彷彿有無限的傷心幽怨，已經說不出一句話了。翠花轉頭擦過眼淚，背著老殘，又嗚嗚地哭起來。

另一邊，人瑞早已取出紙筆墨硯，把筆塞到老殘手裡。老殘接過筆來，長嘆口氣，向翠環道：「冤枉不冤枉，為妳的事，要我親筆畫供呢！」

翠環聽了，忽然開口，道：「我給您老磕一千個頭，您老就為難一次，救人一命，勝造七級浮屠。」語音裡還帶一點哭過的鼻音，翠花本來轉身掉淚，聽了這話，詫異地看翠環一眼，想笑又沒有笑出來。

人瑞哈哈一笑，道：「好！好！妳們兩個也笑一笑，過來看鐵老爺寫的字，好看得很呢！」

老殘笑罵道：「胡鬧！胡鬧！」不一會兒，信已寫好，人瑞接過來，看了一遍，封好之後，命黃升等一會兒送到縣裡去。

三

黃升出去了一會兒，又轉進來，向翠環道：「妳家裡人在外面等妳，快去吧！那人口氣凶惡得很。」

翠環這時雖不再害怕，卻仍不敢出去。

人瑞道：「妳現在去不要緊了，什麼事有我在呢！」

翠花站起來，拉著翠環的手，說：「環妹！我陪妳去，妳放心吧！沒有事情的。」

翠環這才隨她出去。

這裡人瑞卻躺在煙炕上去燒煙，嘴裡有一搭沒一搭地同老殘閒扯，老殘怎麼聽得下半句？不住地催促黃人瑞出去探探翠環的消息；人瑞卻不理他。又過了一點鐘左右，人瑞煙也吸足了，朝外頭拍拍掌。

只見簾子掀起，黃升戴著全新的大帽子進來，說：「請老爺們到那邊去。」

人瑞說：「知道了。」便站起來，拉了老殘，說：「那邊坐吧。」

老殘詫異道：「那邊？什麼時候有個那邊出來？我怎麼不知道？」

人瑞哈哈大笑，道：「這個那邊，是今天變出來的。」

二人攜手出房，走到東邊的上房前，上了臺階，早有家人過來捲起暖簾，老殘一看，那正中方桌上，鋪掛了大紅的桌裙，桌上點了一對大紅蠟燭，地下鋪了一條紅氈；走進堂門，看見東邊一間，擺了一張方桌，朝南那面繫著桌裙，在上席的地方，平列兩張椅子，椅子上都鋪著絲絨的椅披，桌上擺了各色果碟，有不少是平時難得一見的，西邊是一間裡房，掛了一條紅色大呢的門簾。

老殘詫異道：「這是什麼緣故？」

人瑞對他笑笑，朝裡面高聲喊道：「攙新姨奶奶出來，參見他們老爺。」

只見門簾捲起，一個老媽子在左，翠花在右，攙著一個美人出來，滿頭戴的都是花，穿著一件紅底青絲的外褂，葵綠色的襖子，下面繫一條粉紅裙子，卻低著頭。三人走到紅氈子前，老殘仔細一看，原來就是翠環。

老殘叫道：「這怎麼可以！這怎麼可以！」

人瑞道：「你親筆字據都寫了，還狡辯什麼？」

忽聽身後一人道：「補翁！這回可由不得你了。」老殘回頭一看，原來王子謹接到消息也來了。

人瑞大喜，不由分說，硬拉老殘往椅子上坐。老殘被他拉得不過，微微一彎腰，這裡翠環早已磕下頭去了，老殘沒法，只好也回了半禮。

又見老媽子說：「黃大老爺請坐，謝大媒。」人瑞請王子謹坐了，算是大媒，自己也受了一禮，才讓老媽子扶新人回房內。

翠花隨即出來磕頭道喜，老媽子等人也道完了喜。人瑞才拉老殘到房裡去，因為有王子謹在，老殘也不好太過堅持，三人進房，原來房內新鋪蓋已陳設妥當，是紅色和綠色的湖縐被各一條，紅綠兩色的大呢褥子各一條，枕頭兩個，炕前掛了一個紅紫色的魯山紬做的幔子。桌上鋪了紅桌布，也點了一對紅蠟燭。桌旁又掛了一副大紅對聯，上面寫著：

願天下有情人，都成了眷屬。
是前生注定事，莫錯過姻緣。

子謹認得是黃人瑞的筆跡，笑著向二人說：「人瑞兄真會淘氣，這是西湖月老祠的對聯，什麼時候被你偷來了。」

黃人瑞道：「就在今天。」又向子謹道：「子謹兄，你說呢！」

王子謹笑著摸出一個紅紙套，遞給老殘，說：「這是貴如夫人原來的賣身契，還有新寫的身契，各是一張，總共奉上。」

人瑞笑道：「殘哥！你看我辦事仔細不仔細？」

老殘道：「仔細！仔細！只是你何苦設這個圈套，把我蒙在鼓裡。」

人瑞道：「我不是對你說了嗎？是前生注定事，莫錯過姻緣——我為翠環著想，救人要救得徹底，不這樣做，總是不十分妥當。替你算算，也不吃虧，天下事就該這麼做，才不會錯。」說過，哈哈大笑。

又說：「不用廢話，我們肚子都餓得不得了，要吃飯了。」

於是五個人坐下來，把這席酒暢暢快快地吃了。你道五人是誰？老殘和翠環，人瑞和翠花，另一個自然是王子謹了。眾人盡歡而散。

席間老殘又慫恿黃人瑞也收了翠花做側室，仍由王子謹作媒。

不久，老殘眼看時局將亂，山東的一場遊歷，也差不多了，便帶著翠環——已經改名環翠——回到江南老家，文章伯和德慧生在除夕夜等不到老殘，也自行回到江南。諸人在江南見面時，已經是新春時節了。

總結——關於《老殘遊記》

總結——關於《老殘遊記》

過去的幾個月裡，諸君或許正忙著自己的功課，或許正埋首貢獻你的心力給這個社會吧，我卻忙裡偷閒，只攜帶了簡單的行囊，就飄然遠赴老殘的舊遊殘夢裡去了。

沿著老殘哀愴零亂的足跡，到了東昌府和蓬萊閣，看見那滄海鯨翻之中，破敗無比的，象徵著清廷命運的帆船。掩不住傷心之餘，又到了濟南城，在大明湖摘過蓮蓬，在明湖居聽過白妞說書。到曹州憑弔了玉賢的站籠，便轉往桃花山中，聽申東平和嶼姑、黃龍子等人歡聚談論。

那夜北風號寒、黃河冰封、雪花飛舞的時候，在高陞店上房裡，在融融的紅泥火爐旁邊，聽翠環訴說她的哀史。古老而陰暗的齊河縣大堂上，看到了在剛弼威喝下伏地戰慄的弱女；又有那老家人的行賄救主，吳二的縱色好賭，官場上形色的嘴臉……倦遊歸來，不禁燃起了濃濃的惆悵。

劉鶚這部《老殘遊記》，只是一部單純的寫景記遊之作嗎？不是的。那麼，是一部公案性質的小說，揭發一些顯著的罪惡，來博取讀者的趣味嗎？也不是。劉氏運用了遊記的體裁，暴露當時統治階層中普遍的淪落，乃至於酷虐百姓的種種情狀。他本是有堅定主張的人，寫這部書，是他宣揚自己主張的一種作法。要了解這一點，就得從晚清小說的發展史跡談起：

晚清小說界與《老殘遊記》的文學地位

中國古典小說，萌芽於《山海經》和六朝志怪故事，到了唐傳奇才具有小說初型。南宋小說進入白話階段，當時有許多話本；明代小說十分發達，《三國志通俗演義》、《水滸傳》、《西遊記》、《金瓶梅》以及短篇小說《三言二拍》，都是傳誦名作；到了清代盛期，更出現了《儒林外史》和《紅樓夢》等經典之作；自此以後，小說的創作暫趨停滯，其間有《鏡花緣》和《兒女英雄傳》，重要性都比不上前者。

這種情形，到鴉片戰爭以後，漸漸有了變化。鴉片戰爭和太平天國之亂，是清廷由盛而衰的兩大關鍵，人民由承平世界而墮入戰亂的恐怖之中，心理上就轉向於逃避現實，麻醉自我。魯迅在《中國小說史略》中指責這個時代說：「細民闇昧，惟知啜茶聽平逆武功。」在這種心理下，產生了許多《品花寶鑑》、《青樓夢》、《海上花列傳》這一類的軟性小說；和《彭公案》、《三俠五義》這種公案和武俠雜糅的小說，把當時社會上黑暗和強暴的一面，訴諸於某些具超能力的人物上，以求得片刻安慰。

這段期間內，清廷和列強因通商啟釁，屢戰屢敗，北京成為敵人攻奪之地；各地藩屬如琉球、安南、緬甸，先後喪失；尤其是一八九四年為朝鮮問題與日本開戰，海陸軍一起大敗，最後割地賠款，忍辱講和。消息傳來，有識之士，無不抱著改革的思想，高喊維新救國的口號：在政治上發生了戊戌變法運動；民間由於敵愾之心得不到正常的導引，更爆發義和團事件，鑄成庚子八國聯軍侵華的慘禍。

戊戌變法中最重要的一點就是「廢科舉」，原來當時科舉考試的文章，是所謂的八股文。大多數通過科舉，取得功名的文人，除了考試必讀書籍之外，一生沒有看過幾部書的大有人在，更遑論追求世界新知了。至於全國絕大多數的庶民，無法讀書寫字，知識非常淺薄，更是普遍的事。像這樣無知無識，守舊迷信的人，根本無法參與政治和社會的改革，國家便沒有了生機。因此，梁啟超等人才提出了「啟迪民智」的呼籲，梁氏說：「今言變法，必自求才始，言求才必自興學始，然今之士大夫，號稱知學者，則八股八韻，大卷白摺之才，十之八九也。本根已壞，結習已久，從而教之，蓋稍難矣，年既二三十，而於古今之故，中外之變，尚寡所識，妻子、仕宦、衣食，日日擾其胸，其安能教？其安能學？故吾恆言他日救天下者，其在今第十五歲以下之童子乎？西國教科之書最盛，而出以遊戲小說者尤夥，故日本之變法，賴俚歌與小說之力，蓋以悅童子，以導愚氓，未有善於是者也。他國且然，況我支那之民，不識字者十人而六，其僅識字而未能文法者，又四人而三乎！故教小學、教愚民，實為今日救中國第一義。」

梁氏侃侃而談，由變法、興學、求才，談到如何啟迪民智，以期培養他日能夠救天下（中國）的人才。千言萬語，歸於小說；他又說：「在昔歐洲變革之始，其魁儒碩學，仁人志士，往往以其身之所經歷，及胸中所懷政治之議論，一寄之於小說，於是彼中輟學之子，黌塾之暇，手之口之，下而兵丁而市儈而農氓，而工商而車夫馬卒，而婦女而童孺，靡不手之口之；往往每一書出，而全國之議論，為之一變。彼美、英、德、法、奧、意、日本，各國政界之日進，則政治小說為功最高焉。」這段話，不免有過於誇張小說功能之處；但是對於小說的政治功能的熱切盼望，無疑地道出了當時維新改革論者的一大心聲，尤其值得重視的一點是，梁氏這些見解，發表的時間，恰恰比《老殘遊記》早了五六年。《老殘遊記》的寫作動機，顯然是受到這一說法影響的。

在這種思潮之下，晚清小說的產量，達到空前未有的繁榮。當時小說數量究竟多少，始終沒有精確的統計，據《晚清小說史》作者阿英的估計，最少在一千種以上。這些小說，主要發表在新聞紙（報）和專刊小說的雜誌。傳統的刻書方法，極其費事，刻書困難，當然妨礙了小說的發展；晚清時拜西方科技之賜，印刷事業連帶著新聞事業，一起發達。

新聞報和小說的密切關係，在光緒二十三年，天津《國聞報．創刊號》所刊載的嚴復與夏穗卿合作的〈本館附印小說緣起〉，即曾說明。同年尚有《演義白話報》創刊，該報文學性質甚高。此後相繼刊行的不少白話報，首先行銷於上海，漸漸推廣遍及長江中、上游各省，然後遠達開封、太原、哈爾濱、奉天、吉林、新疆各地，不下四十餘種。這些新聞報，大都刊載小說。

至於專刊小說的雜誌，最早的一種，是梁啟超辦的《新小說》，始刊於光緒二十三年。繼有李伯元主編的《繡像小說》半月刊；吳趼人創辦《月月小說》，《小說林》最晚出，這是主要的四大雜誌，其他尚有多種。四大雜誌當中，以《繡像小說》發行最久，共七十二期；《老殘遊記》最早的一部分就是在這上面發表的。

嚴格地講，晚清的小說，應該冠以政治小說的名字。不論是作者也好，小說雜誌的編輯也好（如《繡像小說》半月刊所揭示的〈本館編印繡像小說緣起〉），都把小說視為社會改革的宣傳工具。當時最著名的四部小說，都具有這個色彩，分別是：劉鶚的《老殘遊記》和李伯元的《官場現形記》、吳沃堯的《二十年目睹之怪現狀》、曾樸的《孽海花》。這四部書都相當地暴露和糾彈了當時的政治，辭氣極為露骨，筆調極為銳利，《老殘遊記》雖較溫和，但在大體上看，並沒有太大區別。這四部小說，魯迅在《中國小說史略》裡，並稱為「清末四大譴責小說」，這種說法，是可以承認的。

至於《老殘遊記》實質上比其他三本溫和的地方，是因為劉鶚的保皇改良主義的立場，主張在現有的秩序下診病去疾，反對革命。他在原書第一回的自評上說：「舉世皆病，又舉世皆睡，真正無下手處；搖串鈴先醒其睡，無論何等病症，非先醒無治法。」他將當世的罪惡，僅僅視為「病症」，所以他是相信「治」的。再看看他在〈二集自序〉上說的：「吾人生今之世，有身世之感情，有家國之感情，有社會之感情，有種教之感情，其感情愈深者，其哭泣愈痛，此洪都百鍊生所以有《老殘遊記》之作也。」所謂「哭泣愈痛」四字，不僅點出本書的寫作動機，且兼把他的寫作態度，明白示人。因此，我們雖然認定《老殘遊記》是一部譴責小說，至少仍須明白它是一本代表著溫和的改良主義見解的政治小說。

《老殘遊記》作者的略歷

蔣瑞藻《小說枝談》引《負暄瑣語》說：「《老殘遊記》，雖篇幅稍短，而意趣淵厚，取境遙奇，底是作手。……著者自序洪都百鍊生，聞之人云，係劉姓，名鶚，字云湍，丹徒人。」蔣氏語中，「聞之人云」四字，頗值注意。因當時撰作小說者，好用假名；對於作者真實名姓，反而需要多方探聽。蔣氏得來的情報，也不完全正確。劉鶚曾經以雲摶為字，而非云湍。以下再作詳細說明。

劉鶚，原名孟鵬，字雲摶；後改名為鶚，字鐵雲，又字公約；清咸豐七（一八五七）年生於六合（今江蘇省儀徵縣西），宣統元（一九〇九）年死於新疆迪化。清末考古學者羅振玉在他的《五十日夢痕錄》集中，著有〈劉鐵雲傳〉，可以參看；又劉鶚曾孫名「鐵孫」者，在《老殘遊記二集・跋》中，也略及其身世；劉大紳的〈關於老殘遊記〉一文，對劉氏家族情形，敘述非常詳明，文後附有劉厚澤的注釋，也保存不少珍貴的史料。劉厚澤還根據一些資料，反駁劉鐵孫的說法。至於寫成年譜的，有蔣逸雪一家。以上資料，均收錄在魏紹昌所編的《老殘遊記資料》。

劉氏原籍陝西省保安縣，出身於軍人世家。先祖延慶公的第三子劉光世，隨宋高宗南渡，在鎮江府居住；二十二代孫劉成忠即劉鶚之父，於咸豐二年舉進士，授翰林院編修，京畿道監察御史，參與河南治黃河有功，又曾助曾國荃剿平捻亂。著有《因齋詩存》、《河防芻議》等書。劉鶚排行第二，有一兄（孟熊）、三姊。當時歐美學術輸入伊始，洋務運動漸盛，劉家也購置了許多新舊書籍。

少年時期的劉鶚，對科舉便不感興趣；他的父親要他準備應試，他卻放曠不守繩墨；羅振玉在〈劉鐵雲傳〉裡說，當他年少時，聽到劉鶚的足音，就得遠遠避開。劉鶚年紀漸長，始知悔悟，蟄居起來把家藏的書飽讀一番；理學、道術、金石文字，甚至醫卜、算術之書，都泛博地涉獵，有「博雜」之稱。

青年時期，他拿了家裡的一些資本，就在淮安縣的南市橋邊做生意，專賣遼東煙草；由於沒有經驗，很快就失敗了。隨後他又到揚州，和一位姓卞的親戚合開了一家醫院；後來因為參加科舉，離開揚州才停止。以後又到上海經營石昌書局，也失敗了。

在一連串的經營和失敗的過程中，他於二十四歲那年，經人介紹參謁了太谷學派的李光炘，對他將來的思想，影響甚大。再者，就是在三十歲的時候，家裡用錢替他捐了一個「同知」的資格。由於這回捐官，使他後來能夠被以「知府」任用，在總理衙門上班。

三十二歲這年，是劉鶚生命力最充分發揮的一年。那年是光緒十四年（一八八八），黃河在河南鄭縣一帶大大的潰決；他聽到消息，就跑到當時主管河南黃河的河督吳大澂中丞那裡，志願投效。吳中丞大為賞識，接受了他的治河方略，就留他下來工作。他每天清晨起來，穿上短衣窄袴，騎著馬，到處巡視，有時還下馬幫助工人。修河築堤的事，汙泥處處，同僚們都遠遠地督察了事；因此，劉鶚的作風就贏得了工人們的好感；等到決口堵住，他的聲譽也傳遍了遠近。這時政府計劃測繪河南、河北、山東三省黃河圖，吳中丞就派他做提調官；河圖剛剛完成，山東地區的黃河又泛濫了。吳中丞便推薦他給山東巡撫張曜。張氏對他十分禮重，但是巡撫署中的幕僚人員，卻和他意見相左。這時他才三十五歲，寫下了《治河七說》、《黃河變遷圖考》、《勾股天元草》、《弧角三術》等書。以後他寫《老殘遊記》，就是以這一段在山東的經歷作為內容。

其後中日戰爭爆發，劉鶚正在淮安為逝去的母親服喪，和羅振玉相會；對扼守山海關的清軍的戰略，大力批評，並預言旅順、大連的危機，事後都應驗。

張曜病死在任上，繼任者福潤數次推薦劉鶚到北京總理衙門，以知府資格任用。他在母喪服闋之後，才到總理衙門上班。他深以為利用這個地位，可以發展其抱負，最後失望而歸。不久，應張之洞的招聘，到湖北建議敷設蘆漢鐵道，和盛宣懷意見不相容，只好返京。又由王文韶介紹，計劃興建津鎮鐵道（平浦鐵道），結果仍受反對。一八九七年，應西商之聘，主辦山西鐵礦開採事務；這件事情，依劉鶚的說法，是想導引外資來開發本國礦藏；先預定一個有限期間的利益給外國人，期限一到，收回自營，仍不失為百代之利，但是不為當時人所接受。友人羅振玉就忠告他說：這樣的作法，雖於國家有利，對個人卻有大害；果然，晉鐵一開，就招徠了「漢奸」的汙名。一九〇〇年，義和團在北京起事時，剛毅就奏稱劉鶚通洋，請處極刑，所幸他避居上海租界，才得免禍。

這一年，八國聯軍打進北京，燒殺劫掠，難民遍地。劉鶚聽到這個消息，不忍坐視，便寫信給當時倡議賑濟的陸伯純，表示願意共襄盛舉。當時清廷的米倉——太倉掌握在俄軍手中，幾經交涉，才買過來，平價糶（ㄊㄧㄠˋ tiào）給京師士民，拯救了很多飢餓邊緣的窮京官和平民。不料，卻因為這件事情，在事隔數年後，被清廷以「私售倉粟」的罪名，流放到新疆省；一九〇九年七月八日，因中風而病死迪化，結束了他振奇的一生。他被捕以前，在浦口長江邊還有五六百畝土地，和無數的珍藏古玩，都被清廷沒收了。

對於這次流放的隱因，他的兒子和孫子，都做過揣測的談話，大約有三點：第一、他的主張和行為，太過振奇，招徠漢奸的汙名。第二、性格正直，易得罪人，如袁世凱、剛毅、毓賢都和他不和；為了蘆漢鐵道的問題又和盛宣懷對立，京鎮鐵道修築時，他預先在浦口買了大批土地，後來地價騰貴，謠言四起。此外，《老殘遊記》中寫清廷官吏的痛快筆墨，也成為隱伏的禍端。第三、劉鶚收集的古董中，有一件為端方所賞愛，端方要求劉鶚讓售，不為所允，雙方因而結怨。最後逮捕劉鶚的，就是端方。

劉鶚一生，留心時務，熱心改革，是晚清少數的先覺者之一。他的成就，除了上述實績外，就是殷虛甲骨的發現和《老殘遊記》的完成這兩件事。羅振玉的〈劉鐵雲傳〉一開頭就說：「子之知有殷虛文字，實因丹徒劉君鐵雲。」羅振玉是劉鶚的少年朋友，後來把女兒許配給劉鶚的三子大紳為妻，成了親家；羅氏知鶚最深，本文敘述劉鶚經歷也是根據羅傳加以增刪的。羅氏所提到的殷虛文字，是一八九九年在河南安陽縣發掘的殷人卜辭文字，亦即甲骨文。當時學者多不相信，惟獨劉鶚作了一本《鐵雲藏龜》，成為研究甲骨文字的先驅。此外，還收藏了許多古董，如書畫碑帖，鐘鼎彝器、磚瓦古錢、印章封泥、古代樂器……無不網羅。

在這裡還要談談劉鶚在《老殘遊記》表現的思想。當時一般無識的人將《老殘遊記》當做預言之書，這點現在談起已無意義，所以，我只就他的中心思想來談。劉鶚不像李伯元那樣肆意地，攻擊梁啟超等人的維新派，及對西太后一派的保守派失望，同時又罵倒孫中山先生的革命黨。他也不像吳沃堯那樣露骨而廣泛地暴露清末社會的陰影。他受了太谷學派的影響，相信儒道釋三家思想的融合，可以挽救人間的墮落，因而塑造了嶼姑、黃龍子這種先知的角色，借他們的口舌描畫出一個道德文明的烏托邦，因而堅定了改良主義的思想。在現實事務上，他也相信發展科學與實業，和外國資本合作，可以改善當前貧弱的現狀，因此反對激烈的排外行為。他且又相信，擁護清廷，漸事改革，是可行的方略，始終反對革命。換一句話說，劉鶚自始至終就是一個溫和的、保皇的改良主義者；甚至可說是具有高度「道德想像力」的熱心家，《老殘遊記》相當精確地反映了他的思想。

《老殘遊記》的社會意義

《老殘遊記》中特別多「影射」手法，劉大紳的〈關於《老殘遊記》〉一文，把影射的人事時地物，都做了詳盡說明；本文僅把重要的影射，提出來做重點討論，希望從這裡探索它的社會意義。

書的一開頭，就安排老殘為黃瑞和診治。黃瑞和就是黃河的寓身，黃瑞和全身潰爛，每年夏天發作，秋分以後就不要緊了，這便意味著黃河潰決的事件。劉鶚以他最有自信的治河主張作為開場，可以想見他當時的心情。

接著劉鶚安排了蓬萊閣的一幕，德慧生和文章伯二個虛構的人物，象徵著他自身的智慧、道德、文章三者完備。三人在蓬萊閣上看日出，看見北方一片火雲向中央飛，東方一片黑雲，也逼迫上來，風雲詭譎，互不相讓；暗示著俄、日兩國的明爭暗鬥。飄流的大帆船象徵中國，長二十三四丈，即當時行政區域有二十三四省；舵工四人，喻軍機大臣，八隻帆柱，喻全國督撫。東方三丈，業已殘破，即東三省，當時日、俄兩國正在角逐東北。船上的一片擾亂，象徵清廷中下級官僚的虐害人民，船客中的演說和斂錢者，象徵革命黨人。老殘本人將羅盤等西洋儀器呈獻，則反映他平時以西洋科學救國的主張。最後被冠上「漢奸」之名，趕下船去，正是他對自己行為的無可奈何的解釋。

近人侯師娟指出，這部分的內容和後面的文章，在結構上並沒有嚴謹的關聯，這是不錯的。基本上，我們可以把它當做一個短篇小說來看。此後的書中，則站在它的基本精神上，繼續推展下去。

在初編裡，他主要寫了四件主題：

1. 玉賢
2. 北拳南革的看法
3. 治河失敗
4. 剛弼

上舉四件主題，都有實事可以參證。劉鶚透過影射的方法，用真人真事為依據，不憑虛捏造。以玉賢這部分來說，書中極力描寫玉賢貪功冒進、冷酷好殺的性格，而在《清史稿》中也說：「光緒十四年，署曹州，善治盜，不憚斬戮，以巡撫張曜奏薦，得實授。」所謂「不憚斬戮」，正是說明他的好殺成性；人殺多了，一定會殃及無辜。在那個司法不能獨立，審判可以任意輕重的制度底下，玉賢的事件，正好可作為今天我們來鑑察晚清社會概況的一面浮世繪。

另外在寫到張曜（書中的莊宮保）毀埝縱河這一段，劉氏把幕府裡面意見紛歧，一班好逞口談，拘泥古書，而不顧實際者的嘴臉，都一一勾畫出來。把百姓的措手不及，頃刻破家亡身的慘狀，也著意地描寫了。劉鶚對此事，知之最為詳切，所以能成為極有價值的社會史料。

從剛弼——影射剛毅——那自以為是的清官，所做出的種種荒唐、酷虐行為，劉鶚對他做了一番譏諷，並對「清官」下了鞭辟入裡的批評，充分呈露了當時做官人的心態。我已在改寫時，把它融入正文，就不再舉出了。

除上面幾件重大的刻劃外，劉鶚在字裡行間，還能下許多厲害的伏筆，可作為我們考察晚清社會的史料。如，原書第十九回（改寫後第七部）：「老殘問起曹州的信：『你怎樣對宮保說的？』姚雲松道：『我把原信呈給宮保看的。宮保看了，難受了好幾天，說今後不再明保他了。』老殘道：『何不撤他回省來？』雲松笑道：『你究竟是方外人，豈有個才明保了的就撤省的道理呢？天下督撫誰不護短，這宮保已經是難得的了。』這段談話，劉鶚寫來不勝感慨。「天下督撫誰不護短」八字，雖說是從古到今，罔不如此；但是探究清廷腐敗的根源，的確不可忽視到這一點。

另外，在原書第十二回（改寫的第五部），劉鶚介紹黃人瑞說：「其兄由翰林轉了御史，與軍機達拉密至好，故這黃人瑞捐了個同知來山東河工投效，有軍機的八行，撫臺是格外照應的，眼看大案保舉出奏，就是個知府大人了。」且看黃人瑞的行徑如何？同一回說他吃一個「一品鍋」，只撈了幾筷子就丟下不吃；又原書十二、三兩回中，都特別指出他有吸食鴉片的習慣。一般而言，劉鶚在暴露官場的黑暗面上，較為保守，除了對玉賢、剛弼二人的殘民以逞，宣示憤恨外，對於其他人，可以迴護，就加以迴護，因此像莊宮保、申氏兄弟、黃人瑞等人，他都予以原諒，這是原書的一樁態度。但是，假使他所寬容而認可的官僚，都是這樣具有多方面缺點的，則當時官場上腐化的程度，顯然已不堪聞問了。

劉鶚在書中，一面採取和他主張一致的溫和改良主義的作風，不肯對清廷太過醜化；一面又宣告他不願參加官僚集團，自稱「方外人」、「局外人」，書中他以此自稱，眾人也這樣稱他（姚雲松、申氏兄弟、黃人瑞都這樣稱他），而且在書中許多理想化的情節，都歸於所謂方外的黃龍子等人；可見他對這個「方」和「局」內的許多事是看不慣的。

《老殘遊記》的文學技巧

晚清小說的特色，在前面幾節中已談到過，就是具有濃厚的政治味道，特別是影射事實的手法，幾乎每一部重要的小說都用到。《老殘遊記》運用影射手法，尤為明顯。不過，由於這部書基本的性質中有遊記的成分，因此對寫景文字，還頗注意。

胡適曾經批評《老殘遊記》說：「《老殘遊記》在中國文學史上的最大貢獻，卻不在於作者的思想，而在於作者描寫風景、人物的能力。」事實上，《老殘遊記》描寫人物的能力，絕對不能超過李伯元和吳趼人、曾樸等人；胡適的觀點並不正確，至於寫景的部分，倒真是下過特別工夫。不過，胡氏認為本書擅長於描寫的緣故，是因為「作者都不肯用套語爛調，總想鎔鑄新詞，作實地描畫」，卻沒有搔著癢處。

劉鶚寫景文字的造詣，恐怕是得自於他的科學思想，促使他對自然景物做更仔細的觀察。我們從書中，他對渤海諸島的描寫（改寫第一部），董家口黃河改道的說明（改寫第三部），桃花山東西峪的介紹（改寫第四部），當他懷疑魏、黃家命案的毒藥時，便向西藥房和神父等人尋訪（改寫第七部）；以及在他看見嶼姑洞房的明珠，便急急想研究它發熱的道理來看（改寫第四部），都可以證明他這種注意地理的態度，是受到重視西方科學的心理所影響的。

就以原書中最著稱的「黃河結冰記」來說吧，原文說：「老殘洗完了臉，把行李鋪好，把房門鎖上，也出來步到河堤上，見那黃河從西南上下來，到此卻正是個彎子，過去便向正東去了。河面不甚寬，兩岸相距不到二里，若以此刻河水而論，也不過百把丈寬的光景，只是面前的冰插的重重疊疊的，高出水面有七八寸厚，再望上游走了一二百步，只見那上流的冰，還一塊一塊的漫漫價來，到此地被前頭的攔住，走不動，就站住了。那後來的冰趕上它，只擠得嗤嗤價響。後冰被這溜冰逼得緊了，就竄到前冰上頭去，前冰被壓，就漸漸低下去了。看那河身不過百十丈寬，當中大溜約莫不過二三十丈，兩邊俱是平水。這平水之上早已有冰結滿，冰面卻是平的，被吹來的塵土蓋住，卻像沙灘一般。……那冰能擠到岸上十五六尺遠，許多碎冰被擠得站起來，像個小插屏似的。看了有點把鐘工夫，這一截子的冰又擠死不動了。」這段文字，十分精采，請讀者注意兩點：第一、在敘述過程中，不斷地使用數字，如二里、一二百步、七八寸厚、百十丈寬、二三十丈、十五六尺，點把鐘。在短短的四五百字的文章裡，出現了七次近於實測的數字來，並非偶然現象。第二、文中有「見那黃河從西南上下來，到此正是個彎子，過去便向正東去了」等語，把方位清清楚楚地記下來，這也是不平凡的跡象。

為什麼他會持著這種記事態度呢？這和劉鶚曾經擔任河圖測繪工作，以及實際參與河工，有相當大的關係。由於測繪的需要，他曾對西洋科學加以講求，因此才有「黃河結冰記」這樣的文章；且看他自己所下的評語，道：「止水結冰是何情狀？流水結冰是何情狀？小河結冰是何情狀？大河結冰是何情狀？河南黃河結冰是何情狀？山東黃河結冰是何情狀？——須知前一卷所寫的是山東黃河結冰。」這樣的口吻，簡直像個地形學家寫作測量報告之後，很自負的宣示報告的可靠性；由這一點，可以看出劉鶚對文學的一種科學態度了。

除了黃河結冰以外，遊記中有關音樂的兩個片斷，白妞黑妞說書，和桃花山嶼姑等人鼓瑟及箜篌的描寫，也頗見精采。這是因為劉鶚本人精擅琴藝，能實際演奏，且編著過《十一弦館琴譜》的緣故。胡適雖曾指出劉鶚好作實地描寫，卻不能說明他為何能作實地描寫，未免僅見其一耳。

其次談到本書的結構。劉鶚死後，《老殘遊記》的聲名愈來愈大，流傳既廣，口耳批評必多，其子劉大紳不得不出來說明道：「《老殘遊記》為先君一時興到筆墨，初無若何計劃宗旨，亦無組織結構，當時不過日寫數紙，贈諸友人。」此語頗值得懷疑，恐怕是一種迴護之詞。因為這部遊記，前半發表在《繡像小說》半月刊，每半個月一定要交稿，怎能說沒有計劃呢？書中借著主人翁老殘發表了許多立場鮮明的言論，怎能說沒有宗旨呢？

逐期發表，更不可說是每日寫數紙，贈諸友人而已。所以，《老殘遊記》有許多結構上的缺點，是不能夠掩飾的。下面分三點來談：

1.第一回和後面十九回的筆法完全不同。在第一回使用兩次象徵手法，到後面各回中，從未再度出現。而且，若以那再次象徵的意義和象徵故事的完整性來看，第一回已足可以構成和後文絕不相干的短篇小說了。

2.利用第三者的口述進行情節的地方太多。第十三、四兩回寫山東黃河泛濫的情形，都是借翠環一人口述；第十五、六兩回寫剛弼審理賈魏氏一案，則是由黃人瑞一人口述，第四、五兩回于家村一案，又是借老董一人轉述，減少了富有第一感的參與氣氛。

3.書中人物不能彼此呼應，情節發展有時還離開了主人翁。呼應兩字，劉鶚似乎未曾留意，處理人物，十分散漫，前後出場的人，了無相關，亦無伏筆。尤其文章伯和德慧生兩人，在第一回中扮演相當吃重的角色，他們的命名，也頗有象徵意義，但是在原書的其他十九回中，從未提及。其他舉不勝舉。至於部分章節根本沒有老殘出場的，有第九、十、十一、十三回，這三回的主角，似乎移到嶼姑和黃龍子身上。還有，在十九、二十兩回的主角，似乎是許亮，老殘反而居於配角。雖然這個缺點仍然可以解釋得過去（本人在〈導讀〉中曾略做交代了），仍然覺得並不太好。文學的技巧，本來不可一概而求，但是因為對人物不夠講求的結果，而造成了每個出場人物，幾乎都是從固定模子出來，缺少活潑明顯的個性（特別是玉賢和剛弼），而變成只供做情節發展的傀儡，這就不得不說是一種缺憾了。

綜論上述三點，都屬於經營上的疏忽；但是在當時，不論作者和讀者，都只著眼在思想性上面，追求對現實政治的建言和批判的作用；這種缺點，也就可以原諒了。

《老殘遊記》的寫作和發表

《老殘遊記》第一回到第十三回，發表在《繡像小說》半月刊第九期到第十八期（一九〇三年九月—一九〇四年一月）。（《繡像小說》於一九〇三年五月創刊，由上海商務印書館發行。）發表期間，因館方以迷信為藉口，削除了部分原文，引起劉鶚的不滿，而半途中止。

同年（一九〇四年）又從頭起，逐回地重新刊載於《天津日日新聞》，這次一直發表到二十回的初編正文完全結束。《天津日日新聞》的主編方藥雨和劉鶚交情很深，所以改在這裡發表。

初編的寫作緣起，據劉鶚自言，是為了支領稿費幫助友人連夢青的生活。起初，連夢青、沈藎兩人都與《天津日日新聞》主編方藥雨先生為友，一九〇〇年，沈藎在湖南舉兵失敗，逃到京津一帶；偶然和方藥雨談起中俄密約的事，被方先生揭露於報端，清廷大怒，嚴究洩漏者，沈藎被殺，牽連到連夢青，夢青偕母逃往上海，孑然一身，無法度日；當時《繡像小說》開始發行，夢青就以憂患餘生的筆名寫《鄰女語》小說，在《繡像小說》上發表，所得仍然無幾。劉鶚知道了這件事，決定寫一部小說稿送他發表，以所得供給菽水之養，這就是大概的情形。

初編發表的時候，是以「洪都百鍊生」為筆名，劉鶚的本名反而不為人所知。初編二十回發表後，劉鶚繼續又在《天津日日新聞》上發表了《老殘遊記二集》共十四回；今存九回。其中前六回，由良友圖書公司發行單行本；第七、八、九三回敘述地獄遊覽，語涉神怪，所以良友版將之刪除。

《二集》的發現，有一段曲折故事，劉鶚遺有數子，大縉、大紳、大經三人較為著名；大縉、大紳二宗交情不洽，據大紳之子厚澤說，《二集》的原稿，本來是劉大經在《天津日日新聞》的倉庫中無意間得到的，是剪貼的草訂本。劉大經得到後，如獲至寶，為了便於保存，就讓大紳的二子厚滋、厚澤抄了兩份。以後大經把原稿賣給上海蟫隱廬書店的親戚羅子經，為大縉的長子厚源（鐵孫）所悉，認為劉姓的利益不能外溢，強以原價贖回，這部原稿，就到了鐵孫手裡；到了一九三五年，才由良友公司出版。其間經緯如此。除了初編、二集外，還有《老殘遊記外編》手稿，一九二九年農曆除夕，劉氏家人（大紳）在天津勤藝里舊宅書箱中找到的。這部分手稿是只有十五張的殘篇，劉鶚對這個外編似乎並不滿意。

以上是《老殘遊記》初編、二集、外編的真相。魏紹昌的《老殘遊記資料》（一九六二年出版），已將初編及良友版二集以外的二集第七、八、九三回，和外編殘稿排印出來。目前臺灣可以看到的版本，以藝文印書館一九七二年版的《老殘遊記全編》，收集最完備，不但正文完全錄入，連原版末附的初篇及二集自序、印篇第一回至十七回的自評語，都補足了。藝文的這部書，是根據世界書局的《老殘遊記初、二集及其研究》的遊記原文部分，和魏紹昌所輯錄的正文、自序、自評，剪補而成的。

《老殘遊記初編》完成以後，廣受歡迎，因而仿作、偽作的情形十分嚴重；胡適〈老殘遊記序〉、劉大紳〈關於老殘遊記〉、阿英〈老殘遊記版本考〉，都提到過；其最著名的仿假本，是上海大新公司在一九一六年出版的《全本老殘遊記》，分上、下卷，上卷即是原本二十回，下卷也是二十回，是續作的。劉厚澤指出該書繼作者為陳蓮痕，但是在書的封面上仍作「劉氏原本《老殘遊記》」，可見是偽造無疑。

附錄

原典精選

第一回　元機旅店傳龍語　素璧丹青繪馬鳴

話說老殘在齊河縣店中，遇著德慧生攜眷回揚州去，他便雇了長車，結伴一同起身。當日清早，過了黃河，眷口用小轎搭過去，車馬經從冰上扯過去，過了河不向東南往濟南府那條路走，一直向正南奔墊臺而行。到了午牌時分，已到墊臺，打過了尖，晚間遂到泰安府南門外下了店。因德慧生的夫人要上泰山燒香，說明停車一日，故晚間各事自覺格外消停了。

卻說德慧生名修福，原是個漢軍旗人，祖上姓樂，就是那燕國大將樂毅的後人，在明朝萬曆末年，看著朝政日衰，知道難期振作，就搬到山海關外錦州府去住家。崇禎年間，隨從太祖入關，大有功勞，就賞了他個漢軍旗籍。從此一代一代的便把原姓收到荷包裡去，單拿那名字上的第一字做了姓了。這德慧生的父親，因做揚州府知府，在任上病故的，所以家眷就在揚州買了花園，蓋一所中等房屋住了家。

德慧生二十多歲上中進士，點了翰林院庶吉士，因書法不甚精，朝考散館散了一個吏部主事，在京供職。當日在揚州與老殘會過幾面，彼此甚為投契，今日無意碰著，同住在一個店裡，你想他們這朋友之樂，盡有不言而喻了。

老殘問德慧生道：「你昨日說明年東北恐有兵事，是從哪裡看出來的？」慧生道：「我在一個朋友座中，見一張東三省輿地圖，非常精細，連村莊地名俱有。至於山川險隘，尤為詳盡。圖末有『陸軍文庫』四字。你想日本人練陸軍把東三省地圖當作功課，其用心可想而知了！我把這話告知朝貴，誰想朝貴不但毫不驚慌，還要說：『日本一個小國，他能怎樣？』大敵當前，全無準備，取敗之道，不待智者而決矣。況聞有人善望氣者云：『東北殺氣甚重，恐非小小兵戈蠢動呢！』」老殘點頭會意。

慧生問道：「你昨日說的那青龍子，是個何等樣人？」老殘道：「聽說是周耳先生的學生。這周耳先生號柱史，原是個隱君子，住在西嶽華山裡頭人跡不到的地方。學生甚多。但是周耳先生不甚到人間來。凡學他的人，往往轉相傳授，其中誤會意旨的地方，不計其數。惟這青龍子等兄弟數人，是親炙周耳先生的，所以與眾不同。我曾經與黃龍子盤桓多日，故能得其梗概。」

慧生道：「我也久聞他們的大名，據說絕非尋常鍊氣士的蹊徑，學問都極淵博的。也不拘專言道教，於儒教、佛教，亦都精通。但有一事，我不甚懂，以他們這種高人，何以取名又同江湖術士一樣呢？既有了青龍子、黃龍子，一定又有白龍子、黑龍子、赤龍子了。這等道號實屬討厭。」

老殘道：「你說的甚是，我也是這麼想。當初曾經問過黃龍子，他說道：『你說我名字俗，我也知道俗。但是我不知道為什麼要雅？雅有什麼好處？盧杞、秦檜名字並不俗；張獻忠、李自成名字不但不俗，「獻忠」二字可稱純臣，「自成」二字可配聖賢。然則可能因他名字好就算他是好人呢？老子《道德經》說：「世人皆有以，我獨愚且鄙」。鄙還不俗嗎？所以我輩大半愚鄙，不像你們名士，把個「俗」字當做毒藥，把個「雅」字當做珍寶。推到極處，不過想借此討人家的尊敬。要知道這個念頭，倒比我們的名字，實在俗得多呢。我們當日，原不是拿這個當名字用。因為我是己巳年生的，青龍子是乙巳年生的，赤龍子是丁巳年生的，當年朋友隨便呼喚著頑兒，不知不覺日子久了，人家也這麼呼喚。難道好不答應人家麼？譬如你叫老殘，有這麼一個老年的殘廢人，有什麼可貴？又有什麼雅處？只不過也是被人叫開了，隨便答應罷了，怕不是呼牛應牛，呼馬應馬的道理嗎？』」

德慧生道：「這話也實在說得有理。佛經說人不可以著相，我們總算著了雅相，是要輸他一籌哩！」慧生又道：「人說他們有前知，你曾問過他沒有？」老殘道：「我也問過他的。他說叫做有也可，叫做沒有也可。你看儒家說『至誠之道，可以前知』是不錯的。所以叫做有也可。若像起課先生，瑣屑小事，言之鑿鑿，應驗的原也不少，也是那只叫做術數小道，君子不屑言。邵堯夫人頗聰明，學問也極好，只是好說術數小道，所以就讓朱晦庵越過去的遠了。這叫做謂之沒有也可。」

德慧生道：「你與黃龍子相處多日，曾問天堂地獄究竟有沒有呢？還是佛經上造的謠言呢？」

老殘道：「我問過的。此事說來真正可笑了。那日我問他的時候，他說：『我先問你，有人說你有個眼睛可以辨五色，耳朵可以辨五聲，鼻能審氣息，舌能別滋味，又有前後二陰，前陰可以撒溺，後陰可以放糞。此話確不確呢？』我說：『這是三歲小孩子都知道的，何用問呢？』他說：『然則你何以教瞎子能辨五色？你何以能教聾子能辨五聲呢？』我說：『那可沒有法子。』他就說：『天堂地獄的道理，同此一樣。天堂如耳目之效靈，地獄如二陰之出穢，皆是天生成自然之理，萬無一毫疑惑的。只是人心為物欲所蔽，失其靈明，如聾盲之不辨聲色，非其本性使然。若有虛心靜氣的人，自然也會看見的。只是你目下要我給個憑據給你，讓你相信，譬如拿了一幅吳道士的畫給瞎子看，要他深信這是吳道子畫的，雖聖人也沒這個本領。你若要想看見，只要虛心靜氣，日子久了，自然有看見的一天。』我又問：『怎樣便可以看見？』他說：『我已對你講過，只要虛心靜氣，總有看見的一天。你此刻著急，有什麼法子呢？慢慢的等著吧。』」

德慧生笑道：「等你看見的時候，務必告訴我知道。」老殘也笑道：「恐怕未必有這一天。」兩人談得高興，不知不覺，已是三更時分。同說道：「明日還要起早，我們睡吧。」德慧生同夫人住的是西上房，老殘住的是東上房，與齊河縣一樣的格式。各自回房安息。

次日黎明，女眷先起梳頭洗臉。雇了五肩山轎。泰安的轎子像個圈椅一樣，就是沒有四條腿。底下一塊板子，用四根繩子吊著，當個腳踏子。短短的兩根轎杠，杠頭上拴一根挺厚挺寬的皮條，比那轎車上駕騾子的皮條稍微軟和些。轎夫前後兩名，後頭的一名先鑽到皮條底下，將轎子抬起一頭來，人好坐上去。然後前頭的一個轎夫再鑽進皮條去，這轎子就抬起來了。

當時兩個女眷，一個老媽子，坐了三乘山轎前走。德慧生同老殘坐了兩乘山轎，後面跟著。進了城，先到嶽廟裡燒香。廟裡正殿九間，相傳明朝蓋的時候，同北京皇宮是一樣的。德夫人帶著環翠正殿上燒過了香。走著看看正殿四面牆上畫的古畫。因為殿深了，所以殿裡的光，總不大十分夠，牆上的畫年代也很多，所以看不清楚。不過是些花里胡紹的人物便了。小道士走過來，向德夫人道：「請到西院裡用茶。還有塊溫涼玉，是這廟裡的鎮山之寶，請過去看看。」

德夫人說：「好。只是耽擱時候太多了，恐怕趕不回來。」環翠道：「聽說上山四十五里地哩！來回九十里，現在天光又短，一霎就黑天，還是早點走吧！」

老殘說：「依我看來，泰山是五嶽之一，既然來到此地，索興痛痛快快的逛一下子。今日上山，聽說南天門裡有個天街，兩邊都是香鋪，總可以住人的。」小道士說：「香鋪是有的，他們都預備乾淨被褥，上山的客人在那兒住的多著呢。老爺太太們今兒盡可以不下山，明天回來，消停得多，還可以到日觀峰去看出太陽。」

德慧生道：「這也不錯。我們今日竟拿定主意，不下山吧。」德夫人道：「使也使得。只是香鋪子裡被褥，什麼人都蓋，骯髒得了不得，怎麼蓋呢？若不下山，除非取自己行李去，我們又沒有帶家人來，叫誰去取呢？」

老殘道：「可以寫個紙條兒，叫道士著個人送到店裡，叫你的管家雇人送上山去，有何不可？」慧生道：「可以不必。橫豎我們都有皮斗篷在小轎上，到了夜裡披著皮斗篷，歪一歪就算了，誰還當真睡嗎？」德夫人道：「這也使得。只是我瞧鐵二叔他們二位，都沒有皮斗篷，便怎麼好？」

老殘笑道：「這可多慮了！我們走江湖的人，比不得你們做官的，我們哪兒都可以混。不要說他山上有被褥，就是沒被褥，我們也混得過去。」慧生說：「好，好！我們就去看溫涼玉去吧。」

說著就隨了小道士走到西院，老道士迎接出來，深深施了一禮，各人回了一禮。走進堂屋，看見收拾得甚為乾淨。道士端出茶盒，無非是桂圓、栗子、玉帶糕之類。大家吃了茶，要看溫涼玉，道士引到裡間，一個半桌上放著，還有個錦幅子蓋著，道士將錦幅揭開，原來是一塊青玉，有三尺多長，六七寸寬，一寸多厚，上半截深青，下半截淡青。

道士說：「儜用手摸摸看，上半多凍扎手，下半截一點不涼，彷彿有點溫溫的似的，上古傳下來是我們小廟裡鎮山之寶。」德夫人同環翠都摸了，詫異得很。老殘笑道：「這個溫涼玉，我也會做。」大家都怪問道：「怎麼？這是做出來假的嗎？」老殘道：「假卻不假，只是塊帶半璞的玉，上半截是玉，所以甚涼；下半截是璞，所以不涼。」德慧生連連點頭：「不錯，不錯。」

稍坐了一刻，給了道人的香錢，道士道了謝，又引到東院去看漢柏。有幾棵兩人合抱的大柏樹，狀貌甚是奇古，旁邊有塊小小石碣，上刻「漢柏」兩個大字。諸人看過走回正殿，前面二門裡邊山轎俱已在此伺候。

老殘忽抬頭，看見西廊有塊破石片嵌在壁上，心知必是一個古碣，問那道士說：「西廊下那塊破石片是什麼古碑？」道士回說：「就是秦碣，俗名喚作『泰山十字』。此地有拓片賣，老爺們要不要？」

慧生道：「早已有過的了。」老殘笑道：「我還有廿九字呢！」道士說：「那可就寶貴得了不得了。」說著各人上了轎，看看搭連裡的錶已經十點過了。

轎子抬著出了北門，斜插著向西北走；不到半里多路，道旁有大石碑一塊立著，刻了六個大字：「孔子登泰山處」。慧生指與老殘看，彼此相視而笑，此地已是泰山跟腳，從此便一步一步的向上行了。

老殘在轎子上看泰安城西南上有一座圓陀陀的山，山上有個大廟，四面樹木甚多，知道必是個有名的所在。便問轎夫道：「你瞧城西南那個有廟的山，你總知道叫什麼名字吧？」轎夫回道：「那叫蒿里山，山上是閻羅王廟，山下有金橋、銀橋、奈何橋，人死了都要走這裡過的，所以人活著的時候多燒幾回香，死後占大便宜呢！」

老殘詼諧道：「多燒幾回香，譬如多請幾回客，閻王爺也是人做的，難道不講交情嗎？」轎夫道：「您老真明白，說的一點不錯。」這時已到真山腳，路漸彎曲，兩邊都是山了。走有點把鐘的時候，到了一座廟宇，轎子在門口歇下。轎夫說：「此地是斗姥宮，裡邊全是姑子，太太們在這裡吃飯很便當的。但凡上等客官，上山都在這廟裡吃飯。」

德夫人說：「既是姑子廟，我們就在這裡歇歇吧。」又問轎夫：「前面沒有賣飯的店嗎？」轎夫說：「老爺太太們都是在這裡吃，前面有飯篷子，只賣大餅鹹菜，沒有別的，也沒地方坐，都是蹲著吃，那是俺們吃飯的地方。」

慧生說：「也好，我們且進去再說。」走進客堂，地方卻極乾淨，有兩個老姑子接出來，一個約五六十歲，一個四十多歲，大家坐下談了幾句。

老姑子問：「太太們還沒有用過飯吧？」德夫人說：「是的。一清早出來的，還沒吃飯呢。」老姑子說：「我們小廟裡粗飯是常預備的，但不知太太們上山燒香，是用葷菜是素菜？」德夫人道：「我們吃素吃葷，倒也不拘，只是他們爺們家恐怕素吃不來，還是吃葷吧。可別多備，吃不完可惜了的。」老姑子說：「荒山小廟，要也多備不出來。」又問：「太太們同老爺們是一桌吃兩桌吃呢？」

德夫人道：「都是自家爺們，一桌吃吧，可得勞駕快點。」老姑子問：「傍今兒還下山嗎？恐來不及哩！」德夫人說：「雖不下山，恐趕不上山可不好。」老姑子道：「不要緊的，一霎就到山頂了。」

當這說話之時，那四十多歲的姑子，早已走開，此刻才回，向那老姑子耳邊咭咕了一陣，老姑子又向四十多歲姑子耳邊咭咕了幾句，老姑子回頭便向德夫人道：「請南院裡坐吧！」便叫四十多歲的姑子前邊引道，大家讓德夫人同環翠先行，德慧生隨後，老殘打末。出了客堂的後門，向南拐彎，過了一個小穿堂，便到了南院。這院子朝南，五間北屋甚大，朝北卻是六間小南屋，穿堂東邊三間，西邊兩間。

那姑子引著德夫人出了穿堂，下了臺階，望東走到三間北屋跟前，看那北屋中間是六扇窗格，安了一個風門，懸著大紅呢的夾板棉門簾。兩邊兩間，卻是磚砌的窗臺，臺上一塊大玻璃，掩著素絹書畫玻璃擋子，玻璃上面係兩扇紙窗，冰片梅的格子眼兒，當中三層臺階，那姑子搶上那臺階，把板簾揭起，讓德夫人及諸人進內。走進堂門，見是個兩明一暗的房子，東邊兩間敞著，正中設了一個小圓桌，退光漆漆得灼亮，圍著圓桌六把海梅八行書小椅子，正中靠牆設了一個窄窄的佛櫃，佛櫃上正中供了一尊觀音像，走近佛櫃細看，原來是尊康熙五彩御窯魚籃觀音，十分精緻。觀音的面貌，又美麗、又莊嚴，約有一尺五六寸高。龕子前面放了一個宣德年製的香爐，光彩奪目，從金子裡透出硃砂斑來。龕子上面牆上掛了六幅小屏，是陳章侯畫的馬鳴、龍樹等六尊佛像。佛櫃兩頭放了許多大大小小的經卷。

兩望東看，正東是一個月洞大玻璃窗，正中一塊玻璃，足足有四尺見方。四面也是冰片梅格子眼兒，糊著高麗白紙。月洞窗下放了一張古紅木小方桌，桌子左右兩張小椅子，椅子兩旁卻是一對多寶櫥，陳設各樣古玩。圓洞窗兩旁掛了一副對聯，寫的是：

靚妝豔比蓮花色
雲幕香生貝葉經

上款題「靚雲道友法鑒」，下款寫「三山行腳僧醉筆」。屋中收拾得十分乾淨。再看那玻璃窗外，正是一個山澗，澗裡的水花喇花喇價流，帶著些亂冰，玎玲瑲瑯價響，煞是好聽。又見對面那山坡上一片松樹，碧綠碧綠，襯著樹根下的積雪，比銀子還要白些，真是好看。

德夫人一面看，一面讚歎，回頭笑向德慧生道：「我不同你回揚州了，我就在這兒做姑子吧，好不好？」慧生道：「很好，可是此地的姑子是做不得的。」德夫人道：「為什麼呢？」慧生道：「稍停一下，你就知道了。」

老殘說道：「儜別貪看景致；儜聞聞這屋裡的香，恐怕你們旗門子裡雖闊，這香倒未必有呢！」德夫人當真用鼻子細細價嗅了會子說：「真是奇怪，又不是芸香、麝香，又不是檀香、降香、安息香，怎麼這麼好聞呢？」

只見那兩個老姑子上前打了一個稽首說：「老爺太太們請坐，恕老僧不陪，叫他們孩子們過來伺候吧。」德夫人連稱：「請便，請便。」老姑子出去後，德夫人道：「這種好地方給這姑子住，實在可惜！」

老殘道：「老姑子去了，小姑子就來的，但不知可是靚雲來？如果他來，可妙極了！這人名聲很大，我也沒見過，很想見見。倘若沾大嫂的光，今兒得見靚雲，我也算得有福了。」未知來者可是靚雲，且聽下回分解。

第六回　斗姥宮中逸雲說法　觀音庵裡環翠離塵

話說靚雲聽說宋公已有懼意，知道目下可望無事，當向慧生夫婦請安道謝。少頃老姑子也來磕頭，慧生連忙摻起說：「這算怎樣呢，值得行禮嗎？可不敢當！」老姑子又要替德夫人行禮，早被慧生抓住了，大家說些客氣話完事。逸雲卻也來說：「請吃飯了。」

眾人回到靚雲房中，仍舊昨日坐法坐定，只是青雲不來，換了靚雲，今月是靚雲執壺，勸大家多吃一杯。德夫人亦讓二雲吃菜飯酒，於是行令猜枚，甚是熱鬧。瞬息吃完，席面撤去。德夫人說：「天時尚早，稍坐一刻，下山如何？」靚雲說：「儜五點鐘走到店，也黑不了天，我看儜今兒不走，明天早上去好不好？」

德夫人說：「人多不好打攪的。」逸雲說：「有的是屋子，比山頂元寶店總要好點。

我們哥兒倆屋子讓儜四位睡，還不夠嗎？我們倆同師父睡去。」德夫人說：「你們走了，我們圖什麼呢」？逸雲說：「那我們就在這裡伺候也行。」德夫人戲說道：「我們兩口子睡一間屋。」指環翠說：「他們兩口子睡一間屋。」

逸雲說：「我睡在儜心坎上。」問逸雲：「你睡在哪裡呢？」德夫人笑道：「這個無賴，你從昨兒就睡在我心上，幾時離開了嗎？」大家一齊微笑。德夫人又問：「你幾時剃辮子呢？」逸雲搖頭道：「我今生不剃辮子了。」

德夫人說：「不是這廟裡規定三十歲就得剃辮子嗎？」答道：「也不一定，倘若嫁人走的呢，就不剃辮子了。」問：「你打算嫁人嗎？」答：「不是這個意思，我這些年替廟裡掙的功德錢雖不算多，也夠贖身的分際了，無論何時都可以走。我目下為的是自己從小以來，凡有在我身上花過錢的人，我都替他們念幾卷消災延壽經，稍盡點我報德的意思。念完了我就走，大約總在明年春夏天吧。」德夫人說：「你走，可以到我們揚州去住幾天，好不好呢？」逸雲說：「很好，我大約出門先到普陀山進香，必走過揚州，儜開下地名來我去瞧儜去。」

老殘說：「我來寫，儜給管筆給張紙給我。」靚雲忙到抽屜裡取出紙筆遞與老殘，老殘就開了兩個地名遞與逸雲說：「儜也惦著看看我去呀？」逸雲說：「那個自然。」又談了半天話，轎夫來問過數次，四人便告辭而去，送了打攪費二十兩銀子，老姑子再三不肯收，說之至再，始勉強收去。老姑子同逸雲、靚雲送出廟門而歸。

這裡四人回到店裡，天尚未黑，德夫人把山頂與逸雲說的話一一告訴了慧生與老殘，二人都讚歎逸雲得未曾有。慧生問夫人道：「可是呢，你在山頂上說愛極了他，你想把他怎樣，後來沒有說下去。到底你想把他怎樣？」德夫人說：「我想把他替你收房。」德生說：「感謝之至，可行不行呢？」夫人道：「別想吃天鵝肉了，大約世上沒有能中他的意了。」

慧生道：「這個見解倒也是不錯的，這人做妾未免太褻瀆了，可是我卻不想娶這麼一個妾，倒真想結交這麼一個好朋友。」老殘說：「誰不是這麼想呢？」環翠說：「可惜前幾年我見不著這個人，若是見著，我一定跟他做徒弟去。」

老殘說：「你這話真正糊塗，前幾年見著他，他正在那裡熱任三爺呢，有啥好處？況且你家道未壞，你家父母把你當珍寶一樣的看待，也斷不放你出家，倒是此刻卻正是個機會，逸雲的道也成了，你的辛苦也吃夠了，你真要願意，我就送你上山去。」環翠因提起他家舊事，未免傷心，不覺淚如雨下，掩面啜泣。聽老殘說道送他上山，此時卻答不出話來，只是搖頭。德夫人道：「他此時既已得了你這麼個主兒，也就離不開了。」

正在說話，只見慧生的家人連貴進來回話，立在門口不敢做聲。慧生問：「你來有什麼事？」連貴稟道：「昨兒王媽回來就不舒服的很，發了一夜的大寒熱，今兒一天沒有吃一點什麼，只是要茶飲；老爺車上的轅騾也病倒了，明日清早開車恐趕不上。請老爺示下，還是歇半天，還是怎麼樣？」

慧生說：「自然歇一天再看，騾子叫他們趕緊想法子。王媽的病請鐵老爺瞧瞧，抓劑藥吃吃。」正要央求老殘，老殘說：「我此刻就去看。」站起身來就走。少頃回來對慧生說：「不過冒點風寒，一發散就好了。」

此時店家已送上飯來，卻是兩份，一份是本店的，一份是宋瓊送來的。大家吃過了晚飯，不過八點多鐘，仍舊坐下談心。德夫人說：「早知明日走不成功，不如今日住在斗姥宮了，還可同逸雲再談一晚上。」慧生說：「這又何難，明日再去花上幾個轎錢，有限的很。」

老殘道：「我看逸雲那人灑脫的很，不如明天竟請他來，一定做得到的。我正有話同他商量呢。」慧生說：「也好，今晚寫封信，我們兩人聯名請他來，今晚交與店家，明日一早送去。」老殘說：「甚好，此信你寫我寫？」慧生說：「我的紙筆便當，就是我寫吧。」當時寫好交與店家收了，明日一早送去。

老殘遂對環翠道：「你剛才搖頭，沒有說話，是什麼意思？我對你說吧：我不是勸令要你出家，因為你說早幾年見他，一定跟他做徒弟，我所以說早年是萬不行的，惟有此刻倒是機會，也不過是據理而論，其實也是做不到的事情。何以呢？其餘都無難處，第一條：現在再要你去陪客，恐怕你也做不到了；若說逸雲這種人真是機會難遇，萬不可失的，其如廟規不好何？」

環翠說：「我想這一層倒容易辦，他們凡剃過頭的就不陪客，倘若去時先剃頭後去，他就沒有法子了。只是有兩條萬過不去的關頭：第一，承您從火水中搭救我出來，一天恩德未報，我萬不能出家，於心不安；第二，我還有個小兄弟帶著，交與誰呢？所以我想只有一個法子，明天等他來，無論怎樣，我替他磕個頭，認他做師父，請他來生度我，或者我伺候您老人家百年之後，我去投奔他。」

老殘道：「這倒不然，你說要報恩，你跟我一世，無非吃一世用一世，哪會報得了我的恩呢？倘若修行成道，哪時我有三災八難，你在天上看見了，必定飛忙來搭救我，那才是真報恩呢。或者竟來度我成佛作祖，亦未可知。至於你那兄弟更容易了，找個鄉下善和老兒，我分百把銀子替他置個二三十畝地，就叫善和老兒替他管理撫養成人，萬一你父親未死，還有個會面的日期。只是你年輕的人，守得住守不住，我不能知道，是一難，逸雲肯收留你不肯收留你，是第二難。且等明日逸雲到來，再作商議。」德夫人道：「鐵叔叔說的十分有理，且等逸雲到來再議吧。」大家又說了些閒話，各自歸寢。

次日八點鐘，諸人起來，盥漱方畢，那逸雲業已來到。四人見了異常歡喜，先各自談了些閒話，便說到環翠身上。把昨晚議論商酌的話，一一告知逸雲。逸雲又把環翠仔細一看，說：「此刻我也不必說客氣話了，鐵姨奶奶也是個有根器的人，你們所慮的幾層意思，我看都不難，只有一件難處，我卻不敢應承。我先逐條說去：第一條我們廟裡規矩不好，是無妨礙的；你也不必先剪頭髮，明道不明道，關不到頭髮的事。我們這後山，有個觀音庵，也是姑子廟，裡頭只有兩個姑子，老姑子叫慧淨，有七十多歲，小姑子叫清修，也有四十多歲了，這兩個姑子皆是正派不過的人，與我都極投契；不過只是尋常吃齋念佛而已，那佛菩薩的精義，他卻不甚清楚。在觀音庵裡住，是萬分妥當的。

第二條他的小兄弟的話呢，也不為難：我這傲來峰腳下有個田老兒，今年六十多歲了，沒有兒子。十年前他老媽媽勸他納個妾，他說：『沒有兒子將來隨便抱一個就是了。若是納了妾，我們這家人家，今兒吵，明兒鬧，可就過不成安穩日子了。你留著俺們兩個老年人多活幾年吧。況且這納妾是做官的人們做的事，豈是我們鄉農好做得嗎？』因此他家過得十分安靜，從去年常託我替他找個小孩子。他很信服我。非我許可的他總不要，所以到今兒還沒選著。他家有二百畝地的家業，不用貼他錢，他也是喜歡的，只是要姓他的姓。不怕等二老歸天後再還宗，或是兼祧兩姓俱可。」

環翠說道：「我家本也姓田。」逸雲道：「這可就真巧了。第三層，鐵老爺，你怕你姨太太年輕守不住，這也多慮，我看他一定不會有邪想的。你瞧他眼光甚正，外平內秀，決計是仙人墮落，難已受過，不會再落紅塵的了。以上三件，是你們諸位所慮的，我看都不要緊。只是一件甚難；姨太太要出家是因我而發，我可是明年就要走的人。把他一個人放在個荒涼寂寞的姑子庵裡，未免太苦。倘若可以明道呢，就辛苦幾年也不算事。無奈那兩個姑子只會念經吃素，別的全不知道。與其苦修幾十年，將來死了不過來生變個富貴女人，這也就大不合算了！倒不如跟著鐵老爺，還可講幾篇經，說幾段道，將來還有個大徹大悟的指望，這是一個難處。若說教我也不走，在這裡陪他，我卻斷做不到，不敢欺人。」環翠道：「我跟師父跑不行嗎？」

逸雲大笑道：「你當做我出門也像你們老爺雇著大車同你坐嗎？我們都是兩條腿跑，夜裡借個姑子廟住住，有得吃就吃一頓，沒得吃就餓一頓，一天盡量我能走二百里地呢。你那三寸金蓮，要跑起來怕到不了十里，就把你累倒了！」環翠沉吟了一會兒，說：「我放腳行不行？」逸雲也沉吟了一會兒，對老殘道：「鐵爺，你意下如何？」老殘道：「我看這事最要緊的是你肯提挈他不肯，別的都無關係。」環翠此刻忽然伶俐，也是他善根發動，他連忙跪到逸雲跟前，淚流滿面說：「無論怎樣都要求師父超度。」逸雲此刻竟大刺刺的也不還禮，將他拉起說：「你果然一心學佛，也不難。我先同你立約：第一件到老姑子廟後，天天學走山道，能把這崎嶇山道走得如平地一般，你的道就根基立定了。將來我再教你念經說法。大約不過一年的艱苦，以後就全是樂境了。古人云：『十月持戒』。也大概不錯的，你再把主意拿定一定。」環翠道：「主意已定，同我們老爺意思一樣。只要跟師父，隨便怎樣，我斷無悔恨就是了。」老殘立起身來，替逸雲長揖說：「拜託拜託。」逸雲慌忙還禮說：「將來靈山會上，我再問儜索謝儀吧。」老殘道：「那時候，才知道跟誰要謝儀呢？」大家都笑了。

環翠立起來替慧生夫婦磕了頭道：「蒙成就大德。」末後替老殘磕頭，就淚如雨下說：「只是對不住老爺到萬分了。」老殘也覺淒然，隨笑說道：「恭喜你超凡入聖，幾十年光陰迅速，靈山再會，轉眼的事情。」德夫人也含著淚說：「我傷心就不能像你這樣，將來倘若我墮地獄，還望你二位早來搭救。」逸雲道：「德夫人卻萬不會下地獄，只是有一言奉勸，不要被富貴拴住了腿要緊！後會有期。」

老殘打開了衣箱，取出二百兩銀子交與逸雲設法布置，又把環翠的兄弟叫來，替逸雲磕頭。逸雲收了一百兩銀子說：「盡夠了。不過田老兒處備份禮物，觀音庵捐點功德，給他自己準備四季道衣，如此而已。」德慧生說：「我們也送幾個錢，表表心意。」同夫人商酌。夫人說：「也是一百兩吧。」逸雲說：「都用不著了，出家人要多錢做什麼？」

來問開飯，慧生說：「開吧。」飯後，逸雲說：「我此刻先去到田老兒同觀音庵兩處說妥了再來回信，究竟也得答應，才能算數呢。」道了一聲，告辭去了。

這裡老殘一面替環翠收拾東西，一面說些安慰話，環翠哭得淚人兒似的，哽咽不止。德夫人也勸道：「在旁的人萬不肯拆散你們姻緣，只因為難得有這麼一個逸雲，我實在是沒法，有法我也同你去了。」

環翠含淚道：「我知道是好事，只是站在這裡就要分離，心上好像有萬把鋼刀亂扎一樣，委實難受！」慧生道：「明年逸雲朝南海，必定到我們那裡去，你一定隨同去的，那時就可以見面，何必傷心呢？」過了一刻，環翠也收住了淚。

太陽剛下山的時候，逸雲已經回來，對環翠說：「兩處都說好了，明日我來接你吧。」德夫人問：「此刻你怎樣？」逸雲說：「我回廟裡去。」德夫人說：「明日我們還要起身，不如你竟在我們這兒睡一夜吧。本來是他們兩個官客睡一處，我們兩個堂客睡一處的，你竟陪我談一夜吧。你肯度鐵奶奶，難道不肯度我德奶奶嗎？」

逸雲笑道：「那也使得，儜這個德奶奶已有德爺度你了。自古道：『儒釋道三教』，沒有你們德老爺度他，他總不能成道的。」德夫人道：「此話怎講？」逸雲道：「『德』字為萬教的根基，無德便是地獄。種子有德，再從德裡生出慧來，沒有一個不成功的了。」德夫人道：「那不過是個名號，哪裡認得真呢？」

逸雲說：「名者，命也，是有天命的。你怎麼不叫德富、德貴呢？可見是有天命的了，我並非當面奉承，我也不騙錢花，你們三位將來都要證果的，不定三教是哪一教便了。」德夫人說：「我終不敢自信，請你傳授口訣，我也認你做師父。」逸雲說：「師父二字語重，既是有緣，我也該奉贈一個口訣，讓儜依我修行。」德夫人聽了歡喜異常，連忙爬下地來就磕頭喊師父。逸雲也連忙磕頭說：「可折死我了。」二人起來，逸雲說：「請眾人迴避。」三人出去，逸雲向德夫人耳邊說了個「夫唱婦隨」四個字。

德夫人詫異道：「這是口訣嗎？」逸雲道：「口訣本係因人而施，若是有個一定口訣，當年那些高真上聖早把他刻在書本子上了。你緊記在心，將來自有個大徹大悟的日子，你就知道不是尋常的套話了。佛經上常說：『受記成佛』，你能受記，就能成佛；你不受記，就不能成佛。你們老爺現在心上已脫塵網，不出三年必棄官學道，他的覺悟在你之先。此時不可說破。你總跟定他走，將來不是一個馬丹陽、一個孫不二嗎？」德夫人凝了一會神，說：「師父真是活菩薩，弟子有緣，謹受記，不敢有忘。」又磕了一個頭。

其時外間晚飯已經開上桌子，王媽竟來伺候。德夫人說：「你病好了嗎？」王媽說：「昨夜吃了鐵爺的藥，出了一身汗，今日全好了；上午吃了一碗小米稀飯，一個饅頭，這會子全好了。」

當時五人同坐吃飯，德慧生問逸雲道：「儜何以不吃素？」逸雲說：「我是吃素，佛教同你們儒教不同，例得吃素。」慧生說：「我看你同我們一樣吃的是葷哩。」逸雲說：「六祖隱於四會獵人中，常吃肉邊菜，請問肉鍋裡煮的菜算葷算素？」慧生說：「那自然算葷。」逸雲說：「六祖他卻算吃素，我們在斗姥宮終日陪客，哪能吃素呢？可是有客時吃葷，無客時吃素，儜沒留心在葷碗裡仍是夾素菜吃？」

環翠說道：「當真我倒留心的，從沒見我師父吃過一塊肉同魚蝦之類。」逸雲道：「這也是世出世間法裡的一端。」老殘問道：「倘若竟吃肉，行不行呢？」逸雲道：「有何不可，倘若有客逼我吃肉，我便吃肉，只是我不自己找肉吃便了。若說吃肉，當年濟顛祖師還吃狗肉呢！也擋不住成佛。地獄裡的人吃長齋的，不計其數。總之，吃葷是小過犯，不甚要緊。譬如女子失節，是個大過犯，比吃葷重萬倍，試問你們姨太太失了多少節了。這罪還數得清嗎？其實若認真從此修行，同那不破身的處子毫無分別。因為失節不是自己要失的，為勢所迫，出於不得已，所以無罪。」

大家點頭稱善，飯畢之後，連貴上來回道：「王媽病已好了，轎騾又換了一個，明天可以行了，請老爺示下，明天走不走呢？」慧生看德夫人，老殘說：「自然是走。」德夫人說：「明天再住一天何如？」

老殘說：「千里搭涼棚，終無不散的筵席。」逸雲說：「依我看明天午後走吧。清早我同鐵老爺、奶奶送田頭兒弟到田老莊上，走後同鐵老爺到觀音庵，都安置好了停再走，鐵老爺也放心些。」大家都說甚是。

一宿無話，次日清晨，老殘果隨逸雲將環翠兄弟送去，又送環翠到觀音庵，見了兩個姑子，囑託了一番，老姑子問：「下髮不下呢？」逸雲說：「我不主剃頭的，然佛門規矩亦不可壞。」將環翠頭髮打開剪了一綹，就算剃度了，改名環極。

諸事已畢，老殘回店，告知慧生夫婦，讚歎不絕。隨即上車起行，無非「荒村雨露眠宜早，野店風霜起要遲」。八九日光陰已到清江浦，老殘因有親戚住在淮安府，就不同慧生夫婦同道，逕一車拉往淮安府去。這裡慧生夫婦雇了一個三艙大南灣子，逕往揚州去。欲知後事如何，且聽下回分解。

中國歷代經典寶庫㉑

老殘遊記——帝國的最後一瞥

編撰者—簡錦松
編輯—康逸藍
責任企劃—洪小偉、楊齡媛
校對—蕭淑芳
總編輯—余宜芳
董事長—趙政岷
出版者—時報文化出版企業股份有限公司
108019台北市和平西路三段二四〇號三樓
發行專線—（〇二）二三〇六—六八四二
讀者服務專線—〇八〇〇—二三一—七〇五
（〇二）二三〇四—七一〇三
讀者服務傳真—（〇二）二三〇四—六八五八
郵撥—一九三四四七二四時報文化出版公司
信箱—一〇八九九臺北華江橋郵局第九九信箱
時報悅讀網—http://www.readingtimes.com.tw
法律顧問—理律法律事務所 陳長文律師、李念祖律師
印刷—勁達印刷有限公司
五版一刷—二〇一二年六月十五日
五版三刷—二〇二三年六月十六日
定價—新台幣二百五十元

時報文化出版公司成立於一九七五年，
並於一九九九年股票上櫃公開發行，於二〇〇八年脫離中時集團非屬旺中，
以「尊重智慧與創意的文化事業」為信念。

老殘遊記：帝國的最後一瞥 / 簡錦松編撰. -- 五版. -- 臺北市：時報文化, 2012.06
面； 公分. --（中國歷代經典寶庫；21）

ISBN 978-957-13-5562-7（平裝）

857.44 101007105

ISBN 978-957-13-5562-7
Printed in Taiwan